Regarde-moi

Du même auteur
aux Éditions J'ai lu

La série Crossfire

1 – DÉVOILE-MOI

2 – REGARDE-MOI

3 – ENLACE-MOI

SYLVIA DAY

Regarde-moi

La série *Crossfire*

Traduit de l'anglais (États-Unis)
par Agathe Nabet

Éditions J'ai lu

Retrouvez l'univers de la série *Crossfire*
sur www.facebook.com/devoilemoi
et www.trilogiecrossfire.com, le blog officiel de la série

Titre original
REFLECTED IN YOU
Éditeur original
The Berkley Publishing Group,
published by the Penguin Group (USA) Inc.

Je dédie ce livre à Nora Roberts,
source d'inspiration et modèle.

1

J'aimais New York avec passion. Sa vitalité, son énergie, son rythme, sa démesure, son goût du paradoxe, cette espèce de vibration colorée qui en faisait une ville à nulle autre pareille.

Et l'incarnation vivante de ce dynamisme, de cette ambition sans bornes et de cette puissance unique venait de me régaler de deux prodigieux orgasmes.

Je jetai un coup d'œil aux draps froissés et je soupirai de plaisir au souvenir de nos ébats. Les cheveux encore mouillés au sortir de la douche, je ne portais en tout et pour tout qu'un drap de bain alors que j'étais supposée être au bureau une heure et demie plus tard… De toute évidence, j'allais devoir réaménager mon planning pour tenir compte du temps consacré aux ébats sexuels matinaux si je ne voulais pas courir perpétuellement, car dès le réveil Gideon Cross était prêt à conquérir le monde, et il adorait commencer par exercer sa domination sur moi.

Juillet approchait et la température commençait à grimper sérieusement. J'optai donc pour un pantalon de lin et un chemisier sans manches d'un gris pâle assorti à mes yeux. N'ayant aucun talent en matière de coiffure, je me contentai d'attacher mes longs cheveux blonds en queue-de-cheval, puis passai au maquillage. Une fois présentable, je quittai la chambre.

La voix de Gideon me parvint à l'instant où je posai le pied dans le couloir. Je me rendis compte qu'il était en colère. Sa voix était sourde et sèche. Gideon perdait rarement son sang-froid… sauf quand je le déstabilisais. Dans ces cas-là, il haussait le ton, jurait, et se ratissait nerveusement les cheveux. Cependant, la plupart du temps, c'était un modèle de maîtrise. Du reste, pourquoi aurait-il élevé la voix alors qu'il lui suffisait d'un regard ou d'une remarque bien sentie pour que ses interlocuteurs se mettent à trembler comme une feuille ?

Je le trouvai dans son bureau. Il tournait le dos à la porte, un récepteur bluetooth coincé dans l'oreille. Les bras croisés, le regard fixé vers la fenêtre de son penthouse surplombant la Cinquième Avenue, il semblait très solitaire – un individu coupé du monde qui l'entourait et cependant suprêmement capable de le diriger.

Je m'appuyai au chambranle pour savourer le spectacle fort agréable qui s'offrait à moi, en l'occurrence sa silhouette qui se découpait sur un vertigineux décor de gratte-ciel. Il portait le pantalon et le gilet d'un costume trois pièces hors de prix – tenue qui ne manquait jamais de m'émoustiller parce qu'elle mettait en valeur ses fesses musclées et sa carrure.

Un immense collage de photos de nous deux disposées autour d'un cliché de moi très intime, capturé durant mon sommeil, était fixé à l'un des murs. Les autres photos avaient presque toutes été prises par les paparazzis qui suivaient le moindre de ses déplacements. À seulement vingt-huit ans, Gideon Cross, fondateur et P.-D.G. de Cross Industries, était l'une des personnes les plus riches du monde. Je le soupçonnais de posséder une bonne partie de Manhattan, et je savais sans l'ombre d'un doute que c'était l'un des hommes les plus séduisants de la planète. Je savais aussi qu'il avait des photos de moi partout où il travaillait, comme si me contempler pouvait être aussi agréable que de le contempler lui.

Il se retourna lentement et je me retrouvai prise au piège de son regard bleu. Bien entendu, il avait perçu ma présence. Dès que nous étions dans la même pièce, l'atmosphère se chargeait d'électricité et d'une tension larvée rappelant le silence qui précède un coup de tonnerre. Il avait probablement laissé passer à dessein quelques secondes avant de me faire face, m'offrant ainsi l'occasion de l'admirer à loisir parce qu'il savait que j'adorais cela.

M. Noir Danger. Rien que pour mes yeux.

Seigneur… jamais je ne m'habituerais au choc que ce visage produisait sur moi. À ces pommettes sculptées, à ces sourcils aile de corbeau, à ces yeux bleus frangés de cils épais, à ces lèvres aussi sensuelles qu'insolentes. J'aimais lorsqu'elles se relevaient sur un sourire coquin, et me raidissais quand elles formaient un pli sévère. Et quand elles se promenaient sur mon corps, je m'embrasais purement et simplement.

Non, mais écoute-toi, ma pauvre fille.

Je ne pus m'empêcher de sourire en me rappelant l'ennui profond qui s'emparait de moi lorsque mes copines décrivaient leur petit ami avec de grandes envolées lyriques. J'avais bonne mine, moi qui passais désormais mon temps à m'extasier devant le physique de l'homme compliqué, irritant, perturbé et irrémédiablement sexy dont j'étais chaque jour davantage amoureuse.

Tandis que nos regards se croisaient, son froncement de sourcils ne s'atténua pas plus que le feu roulant de propos peu amènes qu'il déversait sur son malheureux interlocuteur, mais la froide irritation au fond de ses yeux céda peu à peu la place à une flamme ardente.

Dès qu'il me voyait, il se métamorphosait. J'aurais dû y être habituée à présent, eh bien, non, j'étais chaque fois prise de court. Ce regard exprimait la force et la profondeur du désir que je lui inspirais – et qu'il assouvissait à la moindre occasion –, mais m'offrait aussi un aperçu de sa volonté dans ce qu'elle avait d'inflexible et d'inébranlable. Tout ce que Gideon faisait était marqué du sceau de la puissance et de l'autorité.

— Samedi, 8 heures, conclut-il avant de se débarrasser du récepteur qu'il posa sur le bureau. Viens par ici, Eva.

De nouveau je frémis. Il avait prononcé ces quelques mots du ton mordant qu'il employait pour m'ordonner de jouir lorsque j'étais sous lui... qu'il m'emplissait... et que je m'efforçais de lui obéir...

— Pas le temps, champion, répliquai-je avant de battre en retraite dans le couloir.

Je connaissais mes faiblesses. Quand elle prenait cette tonalité rauque, sa voix avait quasiment à elle seule le pouvoir de me mener à l'orgasme. Et il suffisait qu'il me touche pour que je lui cède.

Je filai en direction de la cuisine.

Je l'entendis grommeler, puis il s'élança à ma suite, me rattrapa en quelques enjambées, et je me retrouvai plaquée contre le mur du couloir.

— Tu sais ce qui se passe quand tu t'enfuis, mon ange, murmura-t-il avant de me mordiller les lèvres, puis d'y passer la pointe de la langue. Je te rattrape toujours.

Je laissai échapper un soupir d'heureuse reddition et mon corps s'alanguit de plaisir au contact du sien. J'avais si constamment faim de lui que c'en était physiquement douloureux. Ce que je ressentais allait bien au-delà du désir. Aucun autre homme avant lui n'était jamais parvenu à me faire éprouver quelque chose d'aussi profond, d'aussi rare. Si un autre que lui avait tenté d'utiliser son corps pour s'imposer à moi, j'aurais paniqué. Cela n'avait jamais été un problème avec Gideon parce qu'il savait de quoi j'avais envie et ce que j'étais en mesure d'accepter.

Il me gratifia d'un sourire aussi soudain qu'étincelant, et mon cœur cessa un instant de battre.

Il frotta le bout de son nez contre le mien.

— Tu n'as pas le droit de me sourire comme tu l'as fait, puis de te sauver. Dis-moi à quoi tu pensais quand j'étais au téléphone.

J'affichai une expression ironique.

— Je me disais que tu étais vraiment très beau. Ça m'arrive tout le temps, c'est écœurant. Il va falloir que j'entame une cure de désamour.

Il glissa la main au creux de mon dos, m'attira plus près de lui et ondula du bassin. C'était un amant scandaleusement doué. Et il en avait conscience.

— Essaie seulement, répliqua-t-il.

— Tiens donc ! Je croyais que tu avais horreur des femmes qui ont des attentes excessives à ton endroit.

Nous formions un couple depuis si peu de temps. À peine un mois. Et nous ne savions ni l'un ni l'autre comment gérer une relation comme celle que nous tentions de construire – une relation fondée sur l'acceptation de nos fêlures réciproques.

Il me caressa la lèvre du pouce.

— Je veux occuper toutes tes pensées. Afin qu'il n'y ait plus de place pour qui que ce soit d'autre.

Je pris une profonde inspiration. Son regard brûlant, son ton provocant, la chaleur de son corps si proche, son odeur enivrante me laissaient toute tremblante de désir. Il était ma drogue et je n'avais aucune intention de décrocher.

— Gideon, soufflai-je.

Un gémissement franchit ses lèvres avant que sa bouche ne recouvre la mienne. Le baiser dont il me gratifia me fit oublier l'heure... et parvint presque à détourner mon attention de la dépendance qui venait de m'être révélée.

J'enfouis les doigts dans ses cheveux, immisçai la langue entre ses lèvres pour caresser la sienne.

Il m'enveloppa de ses bras et murmura tout contre ma bouche :

— J'aurais aimé passer le week-end avec toi en Floride, dans les Keys – rien que toi et moi, entièrement nus.

— Hmm, ça me paraît sympathique.

Plus que sympathique, même. Si alléchante que fût la vision de Gideon en costume trois pièces, celle de son corps nu me faisait défaillir. J'hésitais à lui avouer que je ne serais pas libre du week-end...

— Malheureusement, je vais être pris par mes affaires, reprit-il.

— Des affaires dont tu ne t'es pas occupé à cause de moi ?

Il quittait le bureau de bonne heure afin de passer du temps avec moi et cela devait lui en coûter. Les trois maris successifs de ma mère étaient tous des magnats de la finance et j'étais bien placée pour savoir que de longues journées de travail étaient le prix à payer lorsqu'on était ambitieux.

— Je verse de généreux salaires à mes employés pour être avec toi, rétorqua-t-il.

Belle esquive. J'eus cependant le temps de voir une lueur irritée s'allumer dans son regard et jugeai plus sage de changer de sujet.

— Et je t'en remercie. À présent, je ferais bien d'aller préparer le café ou nous allons être en retard.

Gideon fit courir sa langue sur ma lèvre inférieure avant de me relâcher.

— J'aimerais décoller aux alentours de 20 heures, demain soir, lança-t-il en regagnant son bureau. Prévois des vêtements légers. La canicule a déjà frappé en Arizona.

— Quoi ? C'est en Arizona que tes affaires t'appellent ?

— Malheureusement, dit-il avant de disparaître.

Je demeurai un instant ahurie, puis décidai de reporter la discussion à plus tard, sachant que je ne serais bonne à rien tant que je n'aurais pas avalé ma dose de caféine. Je traversai le somptueux appartement en direction de la cuisine, le cliquetis de mes talons tour à tour amplifié par le parquet ou étouffé par de luxueux tapis d'Aubusson.

Une fois dans la cuisine, je me dépêchai de préparer nos gobelets de voyage. Quand Gideon me rejoignit, sa veste sur le bras et son portable à la main, je venais juste de placer le sien sous le bec verseur de la cafetière.

— C'est peut-être une bonne chose que tu ailles en Arizona, finalement, déclarai-je en me tournant vers lui. Je compte avoir une sérieuse explication avec Cary ce week-end.

À l'évocation de mon colocataire, Gideon se rembrunit. Il glissa son portable dans la poche intérieure de sa veste qu'il posa sur le dossier d'une chaise.

— Tu viens avec moi, Eva.

Je laissai échapper un soupir tout en versant un nuage de crème dans ma tasse.

— Pour faire quoi ? Me vautrer nue toute la journée en attendant de s'envoyer en l'air entre deux rendez-vous ?

Soutenant mon regard, il s'empara de son gobelet et sirota une gorgée de café brûlant avec un calme délibéré.

— Tu tiens vraiment à ce qu'on se dispute ?

— Tu tiens vraiment à être pénible ? On en a déjà parlé, Gideon. Tu sais que je ne peux pas laisser Cary seul après ce qui s'est passé hier soir.

L'enchevêtrement de corps nus que j'avais découvert dans mon salon m'avait profondément choquée.

Je rangeai la crème dans le frigo, consciente d'être littéralement aimantée par Gideon, comme s'il m'attirait à lui par la seule force de sa volonté. C'était ainsi depuis le premier jour. Gideon avait le pouvoir de me faire sentir physiquement ses exigences. Et il était extrêmement difficile d'y résister.

— Tu t'occupes de tes affaires, enchaînai-je, et moi, je m'occupe de mon meilleur ami. On aura tout le temps de s'occuper l'un de l'autre ensuite.

— Je ne serai pas de retour avant dimanche soir, Eva.

Mon estomac se serra à l'idée d'être séparée de lui aussi longtemps. La plupart des couples ne passent pas tout leur temps libre ensemble, mais nous ne formions pas un couple ordinaire. Nous souffrions tous deux de blocages et d'insécurités divers, et d'un besoin compulsif de l'autre qui exigeait un contact régulier si nous voulions que notre relation fonctionne. Je détestais être loin de lui et je passais rarement plus de deux heures sans penser à lui.

— Tu ne supportes pas plus que moi cette idée, déclara-t-il tranquillement en m'étudiant de son regard si pénétrant. On ne tiendra jamais aussi longtemps.

Je soufflai sur mon café avant de me risquer à en boire une gorgée. L'idée d'un week-end entier sans lui me mettait mal à l'aise. Pire, je ne supportais pas de l'imaginer passant autant de temps loin de moi. Des femmes moins fêlées et plus faciles à vivre que moi couraient les rues ; il n'aurait que l'embarras du choix.

— Nous savons aussi bien l'un que l'autre que ce n'est pas précisément sain, Gideon, parvins-je malgré tout à objecter.

— Qui a dit cela ? Personne d'autre que nous ne sait ce que nous ressentons.

Soit. Je lui concédai un point.

— Il faut aller bosser, déclarai-je.

Nous étions dans une impasse, et je savais que, pour l'instant, la meilleure solution était de remettre à plus tard cette conversation.

Appuyé contre le comptoir de la cuisine, Gideon croisa les jambes, l'air buté.

— Il faut surtout et avant tout que tu m'accompagnes en Arizona, Eva.

— Gideon, répliquai-je, incapable de résister à l'envie de taper du pied, je ne peux pas renoncer à ma vie pour toi. Si je me transforme en potiche, tu te lasseras très vite de moi. Et je ne me supporterai pas non plus. Consacrer deux jours à régler nos problèmes annexes ne nous tuera pas, même si ça ne nous plaît pas.

— Tu es bien trop compliquée pour qu'on puisse faire de toi une potiche, assura-t-il.

— Et côté complications tu en connais un rayon.

Gideon se redressa, et sa troublante sensualité laissa instantanément place à une extrême gravité. Il était si versatile… autant que moi, en fait.

— Ton nom est régulièrement apparu dans la presse ces derniers temps, Eva. Ta présence à New York n'est un secret pour personne. Je ne peux pas te laisser seule ici. Emmène Cary s'il le faut. Tu pourras en découdre avec lui pendant que tu attendras qu'on s'envoie en l'air entre deux rendez-vous.

Alors même qu'il tentait de détendre l'atmosphère, je compris quelle était la véritable raison de son refus d'être séparé de moi : *Nathan*. Gideon semblait craindre que mon ex-demi-frère, vivant cauchemar issu de mon passé, ne réapparaisse dans ma vie. À raison, devais-je admettre non sans effroi. L'anonymat qui m'avait protégée des années durant avait volé en éclats à l'instant où les médias avaient rendu notre relation publique.

Nous n'avions vraiment pas le temps de discuter de cela, mais je savais que Gideon refuserait de transiger. Il était homme à revendiquer haut et fort ce qui lui appartenait et se débarrassait impitoyablement de ses adversaires. Il ne tolérerait jamais qu'on me fasse du mal. J'étais son refuge, ce qui faisait de moi un être rare et précieux à ses yeux.

Il consulta sa montre.

— Il est temps d'y aller, mon ange.

Il attrapa sa veste, puis me fit signe de le précéder dans le salon où je récupérai mes affaires. Quelques instants plus tard, nous nous glissions sur la banquette arrière de son SUV Bentley noir.

— Bonjour, Angus, lançai-je au chauffeur.

— Bonjour, mademoiselle Tramell, répondit-il en effleurant du bout des doigts la visière de sa casquette, le sourire aux lèvres.

J'appréciais cet homme pour un tas de raisons, qu'il soit le chauffeur de Gideon depuis l'enfance et lui porte une réelle affection n'étant pas la moindre.

Alors qu'Angus s'insérait habilement dans le flot de la circulation, je jetai un coup d'œil à ma montre. À moins que nous ne nous retrouvions coincés dans les embouteillages, je devrais arriver à l'heure au bureau.

Après le silence tendu de l'appartement, le vacarme de Manhattan me réveilla aussi efficacement qu'une dose de caféine pure.

Je m'emparai de la main de Gideon et la pressai doucement.

— Tu te sentirais mieux si Cary et moi quittions New York pour le week-end ? On pourrait s'offrir un aller-retour à Las Vegas, par exemple.

— Je représente une menace pour Cary ? demanda-t-il en étrécissant les yeux. C'est pour cela que tu n'envisages pas de m'accompagner en Arizona ?

— Quoi ? Non. Je ne pense pas. C'est juste que, parfois, cela me prend toute la nuit pour l'inciter à se confier, expliquai-je en me tournant de côté sur la banquette pour lui faire face.

— Tu ne penses pas ? répéta-t-il, ne s'attachant qu'à la première partie de ma réponse.

— Il a peut-être l'impression de ne pas pouvoir me parler parce que je suis tout le temps avec toi, précisai-je en refermant les mains sur mon gobelet de café alors que nous franchissions un ralentisseur. Il va falloir que tu surmontes ta jalousie vis-à-vis de Cary, Gideon. Quand je dis qu'il est comme un frère pour moi, je ne plaisante pas. Tu n'es pas obligé de l'aimer, mais il faut que tu comprennes qu'il fait partie de ma vie. De manière permanente.

— Tu lui as dit la même chose à mon sujet ?

— Je n'en ai pas eu besoin. Il le sait. J'essaie de trouver un compromis, là...

— Je ne fais jamais de compromis.

Je lui adressai un regard incrédule.

— En affaires, peut-être, mais il s'agit d'une relation, Gideon. Dans une relation, il faut donner si on veut...

Il m'interrompit en grommelant :

— Mon jet privé, mon hôtel, et si tu quittes l'hôtel, des gardes du corps t'accompagneront.

Cette soudaine capitulation me laissa muette de stupéfaction. Suffisamment longtemps pour que Gideon hausse les sourcils, l'air de dire : *C'est à prendre ou à laisser.*

— Tu ne crois pas que c'est un peu exagéré ? risquai-je. Cary sera avec moi.

— Tu m'excuseras, mais après ce que j'ai vu hier soir, je ne lui fais pas confiance pour garantir ta sécurité.

Il porta son gobelet à ses lèvres, signifiant par là que la conversation était terminée. Il m'avait fait part de ses conditions et elles n'étaient pas négociables.

J'aurais peut-être protesté si je n'avais pas compris qu'il ne songeait qu'à me protéger. J'avais quelques squelettes dans le placard, et le fait de sortir avec Gideon m'avait placée sous un éclairage médiatique qui risquait d'amener un jour Nathan Barker à ma porte.

À cela s'ajoutait le fait que Gideon avait un besoin maladif de tout contrôler. C'était ainsi, je devais m'en accommoder.

— D'accord, acquiesçai-je. Comment s'appelle ton hôtel ?

— J'en ai plusieurs. Tu choisiras celui qui te plaît, répondit-il en tournant les yeux vers la vitre. Scott t'enverra la liste par mail. Quand ton choix sera fait, tu le lui diras et il s'occupera de la réservation. Nous voyagerons ensemble à l'aller et au retour.

Alors que j'appuyais l'épaule contre la banquette pour boire une gorgée de café, je remarquai la façon dont il avait serré le poing sur sa cuisse. Son visage, qui se reflétait sur la vitre teintée de la Bentley, était impassible, mais je percevais sa contrariété.

— Merci, murmurai-je.

— Ne me remercie pas. Ça ne me plaît pas, Eva, répliqua-t-il, et un petit muscle tressaillit sur sa joue. Ton colocataire a pété les plombs et je ne te verrai pas du week-end.

Je ne supportais pas de le voir malheureux. Je lui pris son café, le calai avec le mien dans le porte-gobelet, puis je grimpai à califourchon sur ses genoux et nouai les bras autour de son cou.

— J'apprécie l'effort que tu viens de faire, Gideon. Cela signifie beaucoup pour moi.

Il riva son beau regard ombrageux sur le mien.

— J'ai su que tu allais me rendre dingue à la seconde où je t'ai vue.

Je souris en me remémorant notre première rencontre.

— Les quatre fers en l'air dans le hall du Crossfire Building ?

— Avant ça. Dehors.

— Où ça, dehors ? demandai-je en fronçant les sourcils.

— Sur le trottoir.

Gideon referma les mains sur mes hanches en un geste possessif que j'adorais.

— Je me rendais à une réunion, continua-t-il. À une minute près, je t'aurais ratée. Je venais de monter en voiture quand tu as tourné à l'angle de la rue.

Je me souvenais que son SUV était garé devant le Crossfire ce jour-là. Impressionnée par l'immense building, je ne l'avais pas remarqué en arrivant ; en revanche, je m'étais arrêtée devant en sortant.

— Je t'ai immédiatement repérée, avoua-t-il d'un ton bourru. Je ne pouvais pas te quitter des yeux. Je t'ai désirée instantanément. Follement. Presque violemment.

Comment avais-je pu ignorer que notre première rencontre allait bien au-delà de ce qu'elle semblait être ? J'étais persuadée que nous nous étions croisés par hasard. Mais si Gideon avait quitté le Crossfire, cela signifiait qu'il était revenu sur ses pas. Pour moi.

— Tu t'es arrêtée juste à côté de ma voiture, poursuivit-il, tu as renversé la tête pour contempler l'immeuble, et je t'ai imaginée à genoux devant moi, levant sur moi ce même regard.

Sa voix avait pris une inflexion si rauque que je ne pus m'empêcher de me tortiller sur ses genoux.

— Quel regard ? soufflai-je.

— Un regard émerveillé. À la fois admiratif et... légèrement intimidé, répondit-il en plaquant les mains sur mes fesses pour m'inciter à me rapprocher de lui. Je n'ai pas pu résister ; je t'ai suivie à l'intérieur. Et tu étais comme j'avais rêvé de te voir, quasiment agenouillée devant moi. À cet instant précis, une demi-douzaine de fantasmes dans lesquels tu étais nue m'ont traversé l'esprit.

Je me souvenais d'avoir réagi de manière identique à son sujet.

— Quand je t'ai vu, avouai-je à mon tour, j'ai tout de suite pensé sexe. Sexe torride.

— Je m'en suis aperçu, dit-il en laissant courir ses mains de chaque côté de ma colonne vertébrale. Et j'ai compris que tu me voyais *moi*. Que tu voyais ce que je suis... ce qui est en moi. Tu m'as percé à jour instantanément.

Oui, et j'en étais tombée à la renverse – littéralement. Je l'avais regardé au fond des yeux et j'avais deviné à quel point il refrénait ses instincts. Quels démons l'habitaient. J'avais tout perçu : sa force, son désir, sa maîtrise de soi, ses exigences. Tout au fond de moi, j'avais senti qu'il me dominerait.

Découvrir qu'il avait été aussi bouleversé que moi me libérait d'un poids immense.

Gideon glissa les paumes sur mes omoplates, puis m'attira vers lui jusqu'à ce que nos fronts se touchent.

— Personne n'a jamais lu en moi avant toi, Eva. Tu es la seule.

Ma gorge se serra douloureusement. À bien des égards, Gideon était un être dur, et cependant il était capable de se montrer infiniment tendre avec moi. Cette tendresse avait quelque chose de presque enfantin qui me ravissait parce qu'elle était si pure, si spontanée. Ceux qui ne prenaient pas la peine de voir au-delà de son aspect physique et de son monstrueux compte en banque ne méritaient vraiment pas de le connaître.

— Pour les fantasmes, je ne m'en serais pas doutée, murmurai-je. Tu étais tellement... froid.

— Froid ? répéta-t-il, moqueur. Je brûlais de désir. Et je ne m'en suis toujours pas remis.

— Merci, soufflai-je.

— Je suis complètement dépendant de toi, déclara-t-il d'une voix enrouée. Tu imagines ? J'en suis à ne pas supporter l'idée de me passer de toi deux jours.

J'encadrai son visage de mes mains et l'embrassai.

— Je t'aime aussi, chuchotai-je. Et je ne supporte pas non plus l'idée d'être séparée de toi.

Il répondit à mon baiser avec une ardeur dévorante, et néanmoins la façon dont il m'étreignait était empreinte de douceur. Comme s'il craignait de me casser. Quand il s'écarta, nous étions aussi haletants l'un que l'autre.

— Et pourtant je ne suis même pas ton genre, le taquinai-je, histoire de détendre l'atmosphère.

Il était en effet de notoriété publique que Gideon avait un faible pour les brunes.

La voiture ralentit, puis s'arrêta. Angus en descendit, laissant le moteur et l'air conditionné en marche. Je regardai par la vitre : nous étions garés devant le Crossfire.

— À propos de genre, fit Gideon en appuyant la tête contre le dossier de la banquette, figure-toi que Corinne a été très surprise en te voyant. Tu n'étais pas du tout comme elle s'y attendait.

L'entendre mentionner son ex-fiancée me fit serrer les dents. J'avais beau savoir que leur relation n'avait été fondée, en ce qui le concernait, que sur l'amitié, cela n'empêcha pas les griffes de la jalousie de se planter en moi.

— Parce que je suis blonde ?

— Parce que... tu ne lui ressembles pas.

J'en eus le souffle coupé. Je n'avais pas réalisé que c'était à cause de Corinne Giroux que Gideon avait la réputation de préférer les brunes. Magdalene Perez – l'une des amies de Gideon qui regrettait de n'être pas plus que cela – m'avait avoué garder les cheveux longs pour ressembler à Corinne, mais je n'avais pas saisi les implications de cet aveu. Mon Dieu... si c'était vrai, cela signifiait que Corinne exerçait un énorme – et intolérable – ascendant sur Gideon.

Mon cœur se mit à battre plus vite et mon estomac se souleva. C'était irrationnel, je le savais, mais je haïssais cette femme. Viscéralement. Qu'elle ait pu un jour jouir des attentions de Gideon m'était insupportable. En fait, je haïssais toutes les femmes qui avaient connu ses caresses... son désir... son corps sublime.

J'amorçai un mouvement de recul.

— Eva, dit-il en plaquant les mains sur mes cuisses pour me retenir, je ne sais pas si elle a raison d'être surprise.

Je baissai les yeux et la vision de la bague qu'il portait à l'annulaire de la main droite – la bague que je lui avais offerte et qui signifiait qu'il n'appartenait qu'à moi – m'apaisa un peu. De même que son expression perplexe quand je croisai son regard.

— Vraiment ? répliquai-je.

— Si j'ai cherché à retrouver Corinne chez les femmes avec qui je suis sorti après elle, c'était inconscient. Je n'avais pas le sentiment de chercher quoi que ce soit jusqu'à ce que je te rencontre.

Soulagée, je lissai les revers de sa veste. Quand bien même l'eût-il inconsciemment cherchée à travers d'autres femmes, j'étais tout le contraire de Corinne, tant sur le plan de l'apparence que sur celui de la personnalité. J'étais unique aux yeux de Gideon. Une femme différente des autres à tous points de vue.

Si seulement cette certitude avait suffi à venir à bout de ma jalousie !

— C'était peut-être un modèle plus qu'une préférence, hasardai-je en lissant du bout de l'index le pli qui s'était creusé entre ses sourcils. Tu devrais demander ce qu'il en pense au Dr Petersen, ce soir. J'aimerais avoir davantage de réponses après toutes ces années de thérapie, mais ce n'est pas le cas. Il y a beaucoup de choses inexplicables entre nous, non ? Par exemple, je ne comprends toujours pas ce que tu vois en moi.

— C'est ce que tu vois en moi, mon ange, répondit-il posément, et son expression s'adoucit. Que tu puisses savoir ce qu'il y a en moi sans cesser de me désirer autant que je te désire. Chaque soir, je me couche avec la crainte de ne pas te trouver à côté de moi à mon réveil. Que tu ne prennes peur... que je fasse encore un de ces maudits cauchemars et que...

— Non, Gideon.

Ses paroles me brisaient le cœur. Me bouleversaient.

— Je ne te dis pas ce que je ressens pour toi comme tu le fais, mais je suis à toi. Tu le sais.

— Oui, je sais que tu m'aimes, Gideon.

Follement. Excessivement. Obsessionnellement. Autant que je l'aimais.

— Tu es ma drogue, Eva.

Il attira mon visage à lui pour me gratifier du plus doux des baisers.

— Je pourrais tuer pour toi, murmura-t-il. Renoncer à tout ce que je possède pour toi... Mais jamais je ne renoncerai à *toi*. Deux jours sans toi, c'est un déchirement. Ne me demande pas davantage parce que je ne pourrai pas te l'accorder.

Je ne prenais pas ses paroles à la légère. Sa fortune le protégeait, lui redonnait le pouvoir et le contrôle sur sa vie qui lui avaient été ôtés à un moment de son existence. Il avait été victime de brutalités physiques, tout comme moi. Qu'il soit prêt à perdre cette paix de l'esprit uniquement pour me garder auprès de lui en disait bien plus long que tous les *je t'aime*.

— Je n'ai pas besoin de plus de deux jours, Gideon. Et je ferai en sorte que tu ne le regrettes pas.

Une étincelle de désir flamba dans son regard.

— Aurais-tu l'intention de m'amadouer avec des gratifications sexuelles, mon ange ?

— Absolument, avouai-je sans honte. Des quantités. Après tout, cette tactique semble donner d'excellents résultats avec toi.

Il sourit, mais son regard se fit si acéré que mon souffle s'accéléra. Ce regard me rappelait – comme si j'avais pu l'oublier – que Gideon n'était pas homme à se laisser amadouer.

— Ah, Eva… ronronna-t-il en se laissant aller contre le siège avec la désinvolture du prédateur qui vient d'attirer sa proie dans sa tanière.

Un délicieux frisson me parcourut. Quand il s'agissait de Gideon, j'étais plus que disposée à me laisser dévorer toute crue.

2

Lorsque l'ascenseur s'immobilisa au vingtième étage, là où se trouvaient les locaux de l'agence publicitaire Waters, Field & Leaman pour laquelle je travaillais, Gideon me murmura à l'oreille :

— Pense à moi toute la journée.

Je lui pressai discrètement la main.

— Toujours, soufflai-je avant de sortir de la cabine bondée et de le laisser poursuivre son trajet jusqu'au dernier étage.

Megumi, la réceptionniste, déclencha l'ouverture de la porte et m'accueillit avec un grand sourire. C'était une Asiatique de mon âge, avec un casque de cheveux noirs et lisses, et des traits d'une extrême finesse.

— Salut, dis-je en m'arrêtant devant le comptoir. Tu as des projets pour le déjeuner ?

— J'en ai maintenant que tu me poses la question.

— Super.

J'avais beau adorer Cary, mon colocataire, et aimer sa compagnie, j'avais aussi besoin de sortir avec des copines. Cary s'était déjà tissé tout un réseau de relations et d'amis dans notre ville d'adoption, alors que je m'étais laissé happer par ma relation avec Gideon quasiment dès le début. Je préférais passer tout mon temps libre avec lui, mais je savais que ce n'était pas sain. Les femmes avaient tendance à se montrer plus franches quand le besoin s'en faisait sentir, je devais donc cultiver ce genre d'amitié.

Je gagnai mon box et sortis mon smartphone pour en bloquer la sonnerie. Cary m'avait envoyé un SMS.

Pardon, baby girl.

— Cary Taylor, soupirai-je, je t'aime... même quand tu me mets hors de moi.

Et il m'avait carrément fait sortir de mes gonds. Personne n'apprécie de tomber sur une partouze en rentrant chez soi. Et j'avais d'autant moins apprécié que je venais de me disputer avec Gideon.

Bloque ton WE pour moi si tu peux, répondis-je à Cary.

J'imaginai sa tête en découvrant mon message. Sa réponse ne tarda pas.

Aïe ! Je sens que je vais avoir droit à un méchant savon.

— Assez méchant, ouais, marmonnai-je.

Je ressentais surtout le besoin de passer un bon moment avec Cary. Nous vivions depuis peu à Manhattan. Tout était nouveau pour nous : ville, appart, job, expériences, amants. Loin de notre environnement familier, et vu le fardeau de nos passés respectifs, nous avions des problèmes d'adaptation. En général, nous nous épaulions mutuellement pour garder notre équilibre, mais ces dernières semaines, nous n'en avions pas trouvé le temps.

Je tapai à toute allure :

Partant pour WE à Vegas ? Rien que nous deux ?

Tu m'étonnes !

Le savon sera pour plus tard.

J'éteignis mon portable et le rangeai dans mon sac. Mon regard s'arrêta sur les deux pêle-mêle posés à côté de mon ordinateur – l'un contenait diverses photos de mes parents et une de Cary, l'autre, des photos de Gideon et de moi. Gideon l'avait composé lui-même et me l'avait offert pour que j'aie un souvenir de lui sur mon bureau, de même que lui en avait un de moi sur le sien. Comme si j'avais besoin de cela pour penser à lui...

L'une des photos avait été prise sur le yacht de mon beau-père, Richard Stanton, alors que ma mère (boucles blondes, sourire éblouissant) et lui passaient des vacances sur la Côte d'Azur. Bel homme distingué, Richard était beaucoup plus âgé qu'elle, mais leur couple n'en demeurait pas moins saisissant. Avec son regard vert pétillant et son sourire espiègle, Cary, quant à lui, était fabuleusement photogénique. Son visage apparaissait de plus en plus souvent dans les magazines et figurerait bientôt sur tous les abribus et les panneaux publicitaires de la ville, car il venait de signer un contrat avec les vêtements Grey Isles.

Je jetai un coup d'œil de l'autre côté de la paroi de verre, où se trouvait le bureau de Mark Garrity, mon patron, et aperçus sa veste sur le dossier de son fauteuil.

Sans surprise, je le découvris dans la salle de repos, fronçant les sourcils au-dessus d'un gobelet de café – breuvage auquel nous étions l'un et l'autre complètement accros.

— Je croyais que tu la maîtrisais à la perfection, dis-je en désignant la machine à expresso qui lui avait posé quelques problèmes.

— C'est le cas, confirma-t-il avec un charmant sourire en coin. Grâce à toi. Tiens, goûte-moi ça, ajouta-t-il en attrapant un second gobelet de café fumant.

Je l'acceptai avec reconnaissance, notant au passage qu'il avait eu la gentillesse d'y ajouter de la crème, comme je l'aimais. J'en pris une gorgée avec précaution et manquai de m'étrangler.

— Qu'est-ce que c'est que ça ? m'écriai-je.
— Un café aromatisé à la myrtille.
Cette fois, ce fut mon tour de froncer les sourcils.
— Qui aurait l'idée de boire un truc aussi infect ?
— Eh bien, figure-toi que c'est à nous de le découvrir, ma belle. Après quoi nous devrons trouver le moyen de le vendre.
Il leva son gobelet comme pour porter un toast.
— À notre nouveau client !
Je fis la grimace, carrai les épaules et goûtai bravement une deuxième gorgée.

Deux heures plus tard, le goût doucereux de la myrtille artificielle me collait encore au palais. C'était l'heure de ma pause, et j'en profitai pour lancer une recherche Internet sur le Dr Terrence Lucas, un homme qui n'était visiblement pas dans les petits papiers de Gideon à en juger par leur échange acide au gala de bienfaisance de la veille. J'avais à peine eu le temps de taper son nom que le téléphone sonna.
— Bureau de Mark Garrity, répondis-je, Eva Tramell à l'appareil.
— Tu es sérieuse pour Vegas ? demanda Cary sans préambule.
— Absolument.
Il y eut un silence, puis :
— Et tu vas m'annoncer que tu emménages avec ton copain milliardaire et que je dois dégager, c'est ça ?
— Quoi ? Non ! Tu es dingue ?
Je fermai les yeux. Je savais combien Cary était angoissé, mais je pensais que notre amitié était trop profonde pour laisser place à ce genre d'inquiétudes.
— Tu es coincé avec moi à vie, je te rappelle, ajoutai-je.

— Et tu as décidé de passer le week-end à Vegas avec moi sur un coup de tête ?

— En gros, oui. Je me suis dit que ça ne nous ferait pas de mal de siroter des mojitos au bord d'une piscine et d'utiliser le room service pendant deux jours.

— Je ne suis pas sûr de pouvoir m'offrir un tel luxe.

— Ne t'inquiète pas, c'est Gideon qui paye. On va là-bas avec son jet privé et l'hôtel lui appartient. Seules nos dépenses personnelles seront à nos frais.

Un demi-mensonge, car j'avais l'intention de tout régler, l'avion excepté. Mais Cary n'avait pas besoin de le savoir.

— Et il ne vient pas avec nous ?

Je m'adossai à mon fauteuil et regardai l'une des photos de Gideon. Il me manquait déjà et nous n'étions séparés que depuis deux heures.

— Ses affaires l'appellent en Arizona. Il fera l'aller-retour avec nous, mais à Vegas, ce ne sera que toi et moi. Je crois qu'on en a besoin.

— Un changement de décor le temps d'un week-end avec ma meilleure amie ne me ferait pas de mal, admit-il.

— Bon, alors, c'est réglé. Gideon veut décoller demain soir à 20 heures.

— Je fonce faire ma valise. Tu veux que je prépare ton sac ?

— Ce serait génial !

D'autant que Cary était un pro du style, et mon conseiller vestimentaire attitré.

— Eva ?

— Oui ?

Il soupira.

— Merci de me supporter. Je suis un gros nul.

— Boucle-la, Cary.

Après avoir raccroché, je fixai le téléphone un long moment. Que Cary soit si malheureux alors que tout allait bien dans sa vie me rendait malade. Hélas, en véritable expert de l'autodestruction, il était convaincu qu'il ne méritait pas d'être heureux !

Je reportai mon attention sur mon écran et appuyai sur la touche retour. Quelques articles concernant le Dr Terry Lucas avaient été publiés sur le Web et les photos qui en accompagnaient certains me confirmèrent qu'il s'agissait bien de l'homme que j'avais vu la veille au Waldorf Astoria.

Pédiatre. Quarante-cinq ans. Marié depuis vingt ans.

Je lançai une nouvelle recherche pour *Dr Terrence Lucas et son épouse*, redoutant de voir apparaître la photo d'une femme à la longue chevelure brune et à la peau dorée. Je ne pus retenir un soupir de soulagement quand je découvris que Mme Lucas était une rousse aux cheveux courts et au teint pâle.

Cette découverte me laissait cependant perplexe, car j'étais persuadée que l'animosité entre Gideon et le Dr Lucas était liée à une femme.

Cela dit, Gideon et moi ne savions que très peu de chose l'un de l'autre. Nous connaissions nos secrets honteux – du moins Gideon connaissait-il le mien, et j'avais quant à moi partiellement deviné le sien à partir d'indices assez évidents. Il avait rencontré la moitié de ma famille et j'avais rencontré la sienne au grand complet. Mais nous n'étions pas ensemble depuis assez longtemps pour avoir eu le temps de creuser certains sujets. À vrai dire, nous n'étions pas aussi bavards ou curieux que nous aurions dû l'être, comme si nous redoutions d'ajouter de nouveaux problèmes à une relation déjà compliquée.

Nous étions ensemble parce que nous étions accros l'un à l'autre. Rien ne me grisait davantage que ces moments de bonheur parfait que nous traversions, et je savais que Gideon ressentait la même chose. Nous étions prêts à endurer mille morts pour vivre ces instants-là, mais ils étaient si fragiles que seuls notre entêtement, notre détermination et notre amour nous incitaient à continuer à nous battre pour eux.

« Ça suffit », m'ordonnai-je.

J'ouvris ma boîte mail et tombai sur l'alerte quotidienne de Google pour *Gideon Cross*. Les liens du jour renvoyaient pour la plupart à des photos de Gideon et de moi prises au dîner du Waldorf.

En parcourant les photos où j'apparaissais en robe de cocktail Vera Wang, je ne pus m'empêcher de penser à ma mère. Pas tant à cause de la ressemblance physique – qui était frappante – que du milliardaire qui m'exhibait à son bras.

Monica Tramell Barker Mitchell Stanton était un modèle d'épouse décorative. Elle savait très précisément ce qu'on attendait d'elle et jouait son rôle à la perfection. Bien qu'elle ait divorcé deux fois – à son initiative –, ses ex-maris avaient profondément regretté son départ. Je n'en estimais pas moins ma mère, parce que c'était un être généreux qui ne tenait rien pour acquis, mais j'avais dû me battre bec et ongles pour conquérir mon indépendance. Et le droit de dire non était mon bien le plus précieux.

Je refermai ma boîte mail et repris mes recherches sur les cafés aromatisés. Je coordonnai ensuite les rendez-vous de Mark avec l'équipe de stratèges, puis travaillai un moment sur une nouvelle campagne commandée par un restaurant végétarien. Midi approchant, je commençai à avoir l'estomac dans les talons quand mon téléphone sonna. Je décrochai et prononçai la formule d'accueil rituelle.

— Eva ? s'enquit une voix féminine teintée d'un subtil accent hispanique. C'est Magdalene. Vous avez une minute ?

Je me redressai sur mon siège, tous les sens en alerte. Magdalene et moi avions partagé un instant de complicité lors de la réapparition aussi indésirable qu'inattendue de Corinne dans la vie de Gideon, mais je n'avais pas oublié la méchanceté dont elle avait fait preuve à mon égard lors de notre première rencontre.

— À peine, répondis-je. Que se passe-t-il ?

Elle soupira, puis débita à toute allure :

— J'étais assise à la table près de celle de Corinne, hier soir. J'ai entendu une partie de la conversation entre Gideon et elle.

Je me raidis. Magdalene avait le don d'exploiter mes doutes et mes incertitudes au sujet de Gideon.

— Me déranger au travail pour me raconter des ragots, c'est vraiment très bas, Magdalene, répliquai-je d'un ton glacial. Je ne crois p...

— Il ne vous ignorait pas, Eva.

Cette révélation inattendue me laissa bouche bée et elle profita de mon silence pour enchaîner :

— Il la manipulait, Eva. Elle lui suggérait des endroits à vous faire visiter sous prétexte que vous veniez d'arriver à New York, et lui rappelait dans la foulée tous ceux qu'ils avaient visités à l'époque où ils étaient ensemble.

— Une balade nostalgique dans le passé, marmonnai-je, heureuse de ne pas avoir été témoin de cette conversation entre Gideon et son ex.

— Exactement. Je sais que vous êtes partie parce que vous trouviez qu'il vous ignorait et je voulais que vous sachiez que ce n'était pas le cas, qu'il s'efforçait d'empêcher Corinne de vous déstabiliser.

— Je peux connaître la raison de cette soudaine sollicitude ?

— Il ne s'agit pas de sollicitude. C'est juste que je vous dois bien cela vu la façon dont je me suis conduite avec vous lors de notre première rencontre.

Je réfléchis un instant. Certes, elle m'était redevable pour m'avoir traquée jusque dans les toilettes et balancé des propos venimeux dictés par la jalousie. Mais je doutais que ce fût là sa seule motivation. Peut-être trouvait-elle simplement que, comparée à Corinne, j'étais un moindre mal.

— Eh bien, je vous remercie, dis-je du bout des lèvres.

Je devais cependant reconnaître que je me sentais mieux. Comme si je me retrouvais soudain délivrée d'un fardeau que j'ignorais porter.

— Autre chose, reprit Magdalene. Il vous a couru après quand vous êtes partie.

Ma main se crispa sur le combiné. Gideon passait son temps à me courir après... parce que je ne cessais de m'enfuir. J'étais si fragile que j'avais appris à me protéger à tout prix. Dès que quelque chose menaçait mon équilibre, je m'en débarrassais.

— D'autres femmes ont essayé cette stratégie avec lui, Eva. Parce qu'elles voulaient attirer son attention ou obtenir de lui une preuve d'amour... Elles prenaient la fuite dans l'espoir qu'il leur courrait après. Et vous savez ce qu'il faisait ?

— Rien, murmurai-je, connaissant mon homme.

Un homme qui ne sortait jamais avec ses partenaires sexuelles, et ne couchait jamais avec les femmes avec qui il sortait.

Corinne et moi étions les seules exceptions à la règle - raison pour laquelle j'étais si jalouse d'elle.

— Il veillait seulement à ce qu'Angus les raccompagne, confirma-t-elle, et j'en déduisis qu'elle avait sans doute testé personnellement cette stratégie. Après votre départ, il n'était plus lui-même. Il avait l'air complètement... ailleurs.

Parce qu'il avait eu peur.

Je fermai les yeux et m'appliquai mentalement une vigoureuse gifle.

Gideon m'avait dit plus d'une fois qu'il était terrifié quand je prenais la fuite parce qu'il ne supportait pas l'idée de me perdre.

À quoi cela rimait-il de lui dire que je n'imaginais pas vivre sans lui si je lui démontrais sans cesse le contraire par mes actes ? Après cela, comment s'étonner qu'il ne m'ait jamais rien confié de son passé ?

Il fallait que j'arrête de fuir ainsi. Gideon et moi allions devoir batailler ferme si nous voulions avoir une chance que notre couple fonctionne.

— Je vous suis redevable, à présent ? hasardai-je d'un ton neutre.

Magdalene exhala un soupir.

— Je connais Gideon depuis longtemps. Nos mères sont les meilleures amies du monde. Nous serons amenées à nous croiser souvent, Eva, et j'espère juste que nous trouverons le moyen d'éviter tout malaise.

La première fois qu'elle m'avait abordée, elle m'avait assuré qu'à l'instant où Gideon « me l'avait mise », j'avais cessé de l'intéresser. Et cette scène avait eu lieu à un moment où j'étais particulièrement vulnérable.

— Écoutez, Magdalene, si vous évitez les psychodrames, il n'y aura pas de malaise, assurai-je, et puisqu'elle s'était montrée si directe, j'ajoutai : Faites-moi confiance, je suis assez grande pour bousiller mon histoire avec Gideon toute seule. Je n'ai pas besoin d'aide.

Elle laissa échapper un petit rire.

— C'est l'erreur que j'ai commise, j'imagine. J'étais trop accommodante avec lui. Alors que vous, vous lui donnez du fil à retordre. Bon, ma minute est largement écoulée. Je vous laisse.

— Passez un bon week-end, dis-je en guise de remerciement – la raison de son appel me paraissait toujours aussi douteuse.

— Vous aussi.

Quand je raccrochai, mon regard se posa sur la photo de Gideon. Un sentiment de possession irrésistible me submergea d'un coup. Chaque jour je me disais qu'il m'appartenait, et cependant je n'avais aucune certitude qu'il m'appartiendrait encore le lendemain. Et la pensée qu'une autre femme puisse l'avoir me rendait dingue.

J'ouvris le tiroir dans lequel je rangeais mon sac et en sortis mon portable. Poussée par le besoin de savoir que Gideon pensait à moi autant que je pensais à lui, je lui adressai un texto on ne peut plus explicite.

Je donnerais n'importe quoi pour te sucer, là, maintenant, tout de suite.

Le simple fait de penser à son expression quand je le prenais en bouche... à ses gémissements lorsqu'il était sur le point de jouir...

Je me levai vivement, effaçai le message dès que je fus certaine qu'il avait bien été envoyé, puis fourrai mon portable dans mon sac. Une fois mon ordinateur en veille, j'allai retrouver Megumi à l'accueil.

— Tu as des envies particulières ? demanda-t-elle en se levant, révélant sa jolie robe sans manches ornée d'une fine ceinture qui soulignait sa taille de guêpe.

Sa question était on ne peut plus en phase avec le texto que je venais d'envoyer à Gideon, songeai-je.

— Non, je m'en remets à toi. Je ne suis pas difficile.

Nous gagnâmes le palier où se trouvaient les ascenseurs.

— J'attends le week-end avec impatience, avoua-t-elle. Plus qu'un jour et demi à tenir.

— Tu as quelque chose d'amusant de prévu ?

— Amusant, ça reste à voir, soupira-t-elle. Rendez-vous arrangé, expliqua-t-elle d'un air penaud.

— Ah. Et tu fais confiance à la personne qui l'a organisé ?

— C'est ma colocataire. Ce qui me garantit que le type en question sera séduisant – après tout, je sais où elle habite et elle n'ignore pas que je suis une vraie teigne quand on me fait une sale blague !

Les portes d'un des ascenseurs coulissèrent.

— C'est déjà un bon point de départ, observai-je en pénétrant dans la cabine.

— Pas sûr. En fait, elle a elle-même rencontré ce garçon au cours d'un rendez-vous arrangé. Elle m'a assuré qu'il était très sympa, mais que c'était davantage mon genre que le sien.

— Hmm.

— Oui, moi aussi, j'ai de gros doutes, acquiesça Megumi en surveillant l'aiguille qui indiquait les étages.

— Tu me raconteras comment ça s'est passé.

— Promis. Souhaite-moi bonne chance.

— Bonne chance, Megumi.

La cabine atteignit le rez-de-chaussée. Nous en sortions quand je sentis mon sac à main vibrer sous mon bras. Je pêchai mon portable au fond et mon estomac se noua lorsque je lus le nom de Gideon – il avait préféré m'appeler plutôt que de répondre à mon « sexto ».

— Tu veux bien m'excuser ? demandai-je à Megumi avant de prendre la communication.

— Je t'en prie.

Je décrochai.

— Coucou, lançai-je d'une voix enjouée.

— *Eva.*

La façon dont il avait prononcé mon prénom me fit presque chanceler. Sa voix était si riche de promesses que j'en restai sans voix.

Un flot de gens allait et venait autour de moi, mais le poids de son silence au bout du fil m'immobilisa. Il ne faisait pas le moindre bruit – je ne l'entendais même pas respirer –, et pourtant je percevais son désir. Si Megumi n'avait pas été là, à m'attendre patiemment, je serais montée sur-le-champ au dernier étage pour obéir à son ordre informulé de venir lui faire ce que j'avais évoqué dans mon texto.

Le souvenir du jour où je m'étais agenouillée devant lui dans son bureau s'insinua en moi au point que j'en eus l'eau à la bouche. Je déglutis.

— Gideon...

— Tu voulais attirer mon attention – c'est fait. Je veux t'entendre me le dire à voix haute.

Je sentis mes joues devenir brûlantes.

— Je ne peux pas. Pas ici. Laisse-moi te rappeler plus tard.

— Rapproche-toi de la colonne qui se trouve sur ta droite.

Interdite, je pivotai et le cherchai du regard. Puis je me rappelai que son identifiant indiquait qu'il appelait depuis son bureau. Je tentai de localiser les caméras de sécurité. Immédiatement, je sentis son regard sur moi, brûlant d'un désir qui aiguillonna le mien.

— Dépêche-toi, mon ange. Ton amie t'attend.

Je me rapprochai de la colonne, le souffle court.

— Ton message m'a fait durcir, Eva. Que comptes-tu faire à ce sujet ?

Je portai la main à ma gorge et ne pus m'empêcher de tourner les yeux vers Megumi, qui me répondit d'un haussement de sourcils. Je levai la main pour lui demander de patienter encore un instant, puis me détournai et murmurai :

— Je te veux dans ma bouche.

— Pourquoi ? Pour jouer avec moi ? Pour m'allumer comme tu le fais en ce moment ?

Il n'y avait aucune chaleur dans sa voix. Rien qu'une tranquille sévérité.

Je savais que je devais être très attentive quand Gideon se mettait à parler sexe avec sérieux.

— Non, soufflai-je en levant les yeux vers la caméra la plus proche. Pour te faire jouir. J'adore te faire jouir, Gideon.

— C'est un cadeau, alors ?

Moi seule savais ce que le fait d'envisager l'acte sexuel comme un cadeau représentait pour Gideon. Pour lui, le sexe avait toujours été synonyme de douleur et d'humiliation. Ou, dans le meilleur des cas, de nécessité et d'assouvissement. Désormais, avec moi, il était synonyme de plaisir et d'amour.

— Toujours.

— Tant mieux. Parce que tu m'es précieuse, Eva. Tout ce qui se passe entre nous m'est précieux. Y compris ce besoin irrépressible et constant de faire l'amour qui nous habite, car cela signifie quelque chose.

Je me laissai aller contre la colonne, forcée d'admettre que je venais de céder à l'une de mes vieilles habitudes destructrices : utiliser l'attirance sexuelle pour apaiser mon sentiment d'insécurité. Si Gideon me désirait, il ne pouvait pas en désirer une autre. Comment se débrouillait-il pour toujours deviner ce qui se passait dans ma tête ?

— Oui, acquiesçai-je en fermant les yeux, cela signifie quelque chose.

À une époque, j'avais utilisé le sexe pour combler un manque affectif, parce que je confondais désir ponctuel et affection véritable. J'avais compris mon erreur, et j'exigeais désormais qu'il y ait au moins de l'amitié avant d'accepter de coucher avec un homme.

Pour ne plus jamais quitter le lit d'un amant en me sentant minable.

Et je ne voulais surtout pas recourir à de tels expédients dans ma relation avec Gideon sous prétexte que j'étais terrifiée à l'idée de le perdre.

Je réalisai soudain que j'étais complètement déstabilisée, comme si quelque chose d'affreux allait se produire.

— Je te donnerai ce que tu veux après le travail, mon ange, m'assura-t-il d'une voix sourde. D'ici là, profite bien de ton déjeuner. Je penserai à toi. Et à ta bouche.

— Je t'aime, Gideon.

Je pris deux longues inspirations après avoir raccroché, histoire de me ressaisir, puis rejoignis Megumi.

— Tout va bien ? s'enquit-elle.

— Oui, tout va bien.

— Ta relation avec Gideon Cross est toujours au beau fixe ? continua-t-elle en m'adressant un petit sourire en coin.

— Heu... Oui, c'est toujours fabuleux.

J'aurais tellement aimé pouvoir me confier et parler de ces sentiments extrêmes qu'il éveillait en moi. Avouer que le simple fait de penser à lui m'embrasait, que promener les mains sur son corps me rendait folle, que sa passion torturée me déchiquetait telle une lame tranchante.

C'était impossible. Il était trop exposé, trop célèbre. Le moindre détail sur sa vie privée valait une fortune. Je ne pouvais pas prendre un pareil risque.

— Il l'est, acquiesça Megumi. Fabuleux. Tu le connaissais avant de travailler ici ?

— Non. Encore qu'on se serait sans doute rencontrés un jour ou l'autre, j'imagine.

À cause de nos passés respectifs. Ma mère parrainait des associations caritatives dédiées aux enfants victimes d'abus sexuels, et Gideon soutenait très généreusement son action. Je me demandai ce qui serait arrivé si nous nous étions croisés à un gala de bienfaisance, lui, une brune époustouflante au bras, moi, escortée de Cary. La même étincelle, la même réaction viscérale se serait-elle produite ?

Il m'avait désirée à la seconde où il m'avait vue tourner au coin de la rue, me rappelai-je.

— Je me posais la question parce que j'ai lu que c'était sérieux entre vous, expliqua Megumi en s'engageant dans la porte à tambour du Crossfire.

— Il ne faut pas croire tout ce qu'on raconte sur Internet.

— Ce n'est pas sérieux entre vous ?

— Ce n'est pas ce que j'ai dit.

C'était parfois trop sérieux. Douloureusement, brutalement sérieux.

Elle secoua la tête.

— Je me mêle de ce qui ne me regarde pas. Excuse-moi. Mais j'adore les ragots people. Et les beaux gosses comme Gideon Cross ! Je ne peux pas m'empêcher de me demander ce que ça fait de décrocher un homme aussi... *miam*. Dis-moi qu'il est génial au lit.

Je souris. Cela faisait du bien de sortir avec une fille. Cary était certes capable d'apprécier un beau garçon, mais rien ne valait un papotage entre copines.

— Je n'ai aucune plainte à formuler de ce côté-là.

— Veinarde ! dit-elle en me donnant un coup d'épaule. Et ton colocataire ? dis-moi. Si je me fie aux photos que j'ai vues, il est sublime, lui aussi. Il est libre ? Tu ne voudrais pas m'arranger un rendez-vous avec lui ?

Je détournai vivement la tête pour dissimuler une grimace. J'avais appris à mes dépens que je ne devais surtout pas brancher Cary avec mes amis ni même mes relations. Les gens tombaient facilement amoureux de lui, mais il était incapable de répondre à leur amour. Résultat : il avait de nombreux cœurs brisés à son actif. Dès qu'une relation se passait trop bien, il s'arrangeait pour la saboter.

— Je t'avoue que je ne sais pas trop s'il est libre. Je crois que c'est assez… compliqué de ce côté-là pour lui, en ce moment.

— Sache juste que si l'occasion se présente, je ne serai pas contre. Je te le dis au cas où. Est-ce que tu aimes les tacos ?

— J'adore.

— Je connais un super endroit à deux pas d'ici. Allons-y.

Après quarante délicieuses minutes à papoter et à faire des commentaires sur les mecs qui passaient, et trois fabuleux tacos à la viande grillée, Megumi et moi regagnâmes le bureau. Avec dix minutes d'avance, qui plus est, ce dont je ne pouvais que me féliciter car je n'avais pas été la plus ponctuelle des employées, ces derniers temps – même si Mark ne m'avait fait aucune réflexion à ce sujet.

Nous attendions en face du Crossfire que le feu passe au rouge pour traverser quand mon regard fut attiré par la Bentley noire garée devant l'immeuble. À l'évidence, Gideon venait tout juste de rentrer de déjeuner. Je l'imaginai, assis sur la banquette arrière, occupé à me dévorer du regard, ce jour où il m'avait remarquée pour la toute première fois. Rien que d'y penser, j'en avais des fourmillements de…

Un grand froid m'envahit soudain.

Une superbe jeune femme brune venait de franchir la porte à tambour et de s'immobiliser sur le trottoir, incarnation vivante de l'idéal féminin de Gideon, qu'il en ait conscience ou pas. Une femme qui l'avait subjugué – j'en étais témoin – à l'instant où il avait posé les yeux sur elle, dans la salle de réception du Waldorf Astoria. Une femme qui exerçait sur lui un tel ascendant qu'elle réveillait mes pires angoisses.

Juchée sur des escarpins rouge cerise et moulée dans une robe couleur crème, Corinne Giroux était vraiment d'une beauté saisissante. Elle passa la main dans sa longue chevelure brune, qui me parut soudain moins lisse que la veille au soir. À mieux y regarder, elle était même un peu emmêlée. La tête légèrement inclinée de côté, elle porta ensuite la main à sa bouche et en suivit le contour du bout de son doigt fuselé.

Je sortis mon smartphone de mon sac, activai l'appareil photo et pris un cliché d'elle. Le zoom confirma mes doutes : si elle se touchait ainsi les lèvres, c'était parce que son rouge avait filé. Ou plutôt non, il avait été étalé.

Par un baiser fougueux.

Le feu passa au rouge. Megumi et moi fûmes entraînées par le flot des piétons et la distance se rétrécit entre la femme que Gideon avait un jour accepté d'épouser et moi. Angus sortit de la Bentley, la contourna et adressa quelques mots à Corinne avant de lui ouvrir la portière arrière. Le sentiment de trahison qui me submergea – tant de la part d'Angus que de Gideon – fut si violent qu'il me coupa le souffle. Les jambes en coton, je chancelai.

— Hé ! s'écria Megumi en m'attrapant le bras. Heureusement que nous n'avons pris que des margaritas sans alcool !

Je regardai Corinne se glisser sur la banquette de la voiture de Gideon avec une grâce consommée et fus prise d'une telle fureur que j'en serrai les poings. Les yeux brouillés de larmes, je vis la voiture s'écarter du trottoir et s'éloigner.

3

Une fois dans l'ascenseur, j'appuyai sur le bouton du dernier étage.

— Si quelqu'un me demande, je reviens dans cinq minutes, dis-je à Megumi quand elle sortit au vingtième.

— Embrasse-le pour moi, fit-elle en feignant de s'éventer. Je me sens toute chose rien qu'à l'idée de l'embrasser par procuration !

Je grimaçai un sourire avant que les portes se referment, et la cabine reprit son ascension. Arrivée au dernier étage, je traversai le hall décoré avec goût, en direction de la porte de verre fumé sur laquelle s'étalaient les mots CROSS INDUSTRIES.

Contrairement à son habitude, la réceptionniste rousse se montra particulièrement coopérative et appuya sur le bouton de la porte avant même que je l'atteigne. Elle m'adressa ensuite un grand sourire qui m'incita à redresser le dos. J'avais toujours eu l'impression qu'elle ne me portait pas dans son cœur, et son amabilité soudaine ne me dit rien qui vaille. Je lui fis cependant un signe de la main et la saluai au passage parce que je ne suis pas une garce – tant qu'on ne me fournit pas une bonne raison de l'être.

Je m'engageai dans le long couloir qui conduisait au bureau de Gideon et m'arrêtai dans la deuxième aire d'accueil où Scott, son secrétaire, avait son bureau.

Il se leva aussitôt.

— Bonjour, Eva, dit-il en décrochant le téléphone. Je le préviens que vous êtes là.

La paroi de verre transparent qui séparait le bureau de Gideon du reste de l'étage pouvait être obscurcie à volonté en pressant un simple bouton. Elle l'était, ce qui ne fit qu'accroître mon malaise.

— Il est seul ?

— Oui, mais...

Je ne le laissai pas achever sa phrase. Poussant la porte vitrée, je pénétrai dans le domaine de Gideon. Je balayai du regard l'immense bureau ultramoderne et remarquai immédiatement qu'un des coussins du canapé gisait sur le sol. Sur l'épaisse moquette, des traces indiquaient que le canapé avait été décalé de quelques centimètres.

Les battements de mon cœur s'accélérèrent et mes paumes devinrent moites. L'angoisse atroce qui m'avait submergée un instant plus tôt s'intensifia.

Je venais à peine de remarquer que la porte du cabinet de toilette était ouverte quand Gideon en sortit, torse nu. Il avait les cheveux humides, comme s'il venait de prendre une douche, et le haut de son torse ainsi que son cou étaient empourprés, comme lorsqu'il venait de faire de l'exercice.

Il se figea en me découvrant et son regard s'assombrit un instant avant que le masque impassible derrière lequel il dissimulait ses émotions se mette en place.

— Tu tombes mal, Eva, dit-il en enfilant la chemise qui se trouvait sur le dossier d'un des sièges du bar

– une chemise différente de celle qu'il portait en arrivant. J'ai un rendez-vous et je suis en retard.

Je m'agrippai à mon sac à main de toutes mes forces. Sa semi-nudité, l'intimité de cette scène avaient suffi à raviver mon désir. Je l'aimais à la folie, il m'était aussi nécessaire que l'air que je respirais... et je ne pouvais que comprendre ce que ressentaient Magdalene et Corinne, à quelles extrémités elles seraient capables de recourir pour le détourner de moi.

— Comment se fait-il que tu sois à moitié nu ?

Incapable d'empêcher mon corps de réagir à la vue du sien, je n'arrivais pas non plus à juguler les émotions qui m'assaillaient. Les pans de sa chemise fraîchement repassée laissaient entrevoir ses abdominaux et ses pectoraux nettement dessinés. Je ne pus m'empêcher de songer à son sexe, et un frisson de désir me traversa.

— Ma chemise était tachée, répondit-il en boutonnant celle qu'il venait de passer.

Il s'approcha du bar pour récupérer ses boutons de manchette.

— Il faut que je me sauve. Si tu as besoin de quoi que ce soit, demande à Scott, il s'en occupera. Ou bien je m'en occuperai à mon retour. Je ne devrais pas en avoir pour plus de deux heures.

— Comment se fait-il que tu sois en retard ?

— J'ai accepté de recevoir quelqu'un entre deux rendez-vous à la dernière minute, répondit-il sans me regarder.

Vraiment ?

— Tu t'étais douché ce matin. Pourquoi as-tu repris une douche ?

— Pourquoi cet interrogatoire ? répliqua-t-il d'un ton sec.

Je ne pris pas la peine de répondre et fonçai dans le cabinet de toilette. La vapeur qui y flottait encore était oppressante. Ignorant la petite voix qui me disait que je risquais de ne pas apprécier ce que j'allais trouver, je récupérai sa chemise dans le panier de linge... Une traînée de rouge à lèvres pareille à une tache de sang maculait l'un des poignets. Une violente douleur me broya la poitrine.

Je lâchai la chemise, pivotai sur mes talons et sortis du cabinet de toilette. Il fallait que je m'éloigne de Gideon au plus vite. Avant de vomir ou de fondre en larmes.

— Eva ! s'exclama-t-il quand je passai devant lui sans m'arrêter. Mais enfin, qu'est-ce qui te prend ?

— Tu n'es qu'une ordure !

— Pardon ?

Je venais de poser la main sur la poignée de la porte quand il me rejoignit. Me saisissant par le coude, il me tira en arrière sans douceur. Je fis volte-face et le giflai.

— Je t'interdis de me frapper ! hurla-t-il en m'agrippant les bras pour me secouer.

— Ne me touche pas !

Le contact de ses mains sur ma peau nue m'était insupportable.

Il me lâcha et recula.

— Qu'est-ce qui te prend, nom de Dieu ?

— Je l'ai vue, Gideon.

— Tu as vu qui ?

— Corinne !

Il fronça les sourcils.

— Qu'est-ce que tu racontes ?

Je sortis mon portable et lui fourrai sous le nez le cliché que j'avais pris sur le trottoir.

— Grillé !

Il étrécit les yeux, examina la photo, et le pli qui s'était creusé entre ses sourcils s'effaça.

— Grillé en train de faire quoi, exactement ? s'enquit-il trop calmement.

— Tu voudrais peut-être que je te l'épelle ? répliquai-je en fourrant mon portable dans mon sac avant de me tourner vers la porte. Ne compte pas sur moi !

Il plaqua la main sur la porte vitrée pour m'empêcher de l'ouvrir, puis se pencha et me murmura à l'oreille :

— Si, justement, je compte sur toi pour me l'épeler.

Je fermai les paupières et tâchai de refouler les souvenirs enflammés qui m'assaillaient soudain de toutes parts. La première fois que j'étais venue dans ce bureau, Gideon m'avait retenue de la même façon, séduite avec une habileté sans nom, et l'intermède s'était terminé par une étreinte fougueuse sur le canapé.

Celui sur lequel il s'était récemment passé quelque chose d'assez... intense pour le déplacer de plusieurs centimètres.

— Cette photo parle d'elle-même, non ? répliquai-je, les dents serrées.

— Cette photo dit que Corinne est un peu décoiffée et qu'elle aurait besoin de remettre du rouge à lèvres. Quel rapport avec moi ?

— Tu te moques de moi ? Laisse-moi sortir !

— Je ne trouve pas cela drôle, Eva. À vrai dire, je ne crois pas qu'une femme m'ait jamais autant énervé. Tu débarques dans mon bureau pour m'accuser de je-ne-sais-quoi, drapée dans une indignation qui n'a pas de raison d'être...

— J'ai tous les droits d'être indignée ! m'écriai-je en me retournant brusquement.

Je me faufilai sous son bras, car j'avais absolument besoin de m'éloigner de lui.

— Jamais je ne te tromperais ! enchaînai-je. Si j'avais envie d'aller voir ailleurs, je commencerais par rompre avec toi.

Gideon s'adossa à la porte et croisa les bras. Le voir ainsi, la chemise à demi ouverte, si sexy et tentateur, ne fit que redoubler ma colère.

— Tu penses que je t'ai trompée ? articula-t-il d'un ton glacial.

L'imaginer avec Corinne sur le canapé qui se trouvait derrière moi était si intolérable que je dus prendre une profonde inspiration avant de réussir à répondre :

— Explique-moi ce qu'elle faisait au pied du Crossfire avec cette tête-là. Pourquoi ton bureau est dans cet état. Pourquoi *tu* es dans cet état.

Il jeta un coup d'œil au canapé, au coussin qui gisait par terre, puis reporta son attention sur moi.

— Je ne sais pas pourquoi Corinne se trouvait là ni pourquoi elle avait cette tête-là, répondit-il. Je ne l'ai pas revue depuis la soirée d'hier, quand j'étais avec toi.

Le dîner de la veille me parut soudain remonter à une éternité. J'aurais voulu qu'il n'ait jamais eu lieu.

— Tu n'étais pas avec moi, fis-je remarquer. Il a suffi qu'elle batte des cils et qu'elle prétende vouloir te présenter quelqu'un pour que tu m'abandonnes.

— Nom de Dieu ! tonna-t-il, ses yeux lançant des éclairs. Tu ne vas pas remettre ça !

Je sentis une larme rouler sur ma joue ; je l'essuyai rageusement.

— Tu crois que je l'ai suivie parce que j'avais envie d'être avec elle plutôt qu'avec toi ?

— Je ne sais pas, Gideon. C'est toi qui m'as laissée tomber. C'est toi qui as la réponse.

— Tu m'as laissé tomber la première.

J'en restai un instant bouche bée.

— C'est faux ! m'exclamai-je, outrée.

— C'est la vérité, Eva. On venait à peine d'arriver que tu es partie. Je t'ai cherchée partout et quand je t'ai retrouvée, tu dansais avec ce crétin.

— Martin est le neveu de Stanton !

Richard Stanton étant mon beau-père, je considérais Martin comme un membre de ma famille.

— Ce serait le pape que ça ne changerait rien. Ce type ne pense qu'à te sauter !

— Ô mon Dieu, c'est absurde ! Cesse de détourner la conversation. Tu parlais affaires avec tes associés. Ma présence créait un malaise, autant pour moi que pour eux.

— Ta place est auprès de moi, malaise ou pas !

Je reculai comme s'il m'avait frappée.

— Répète ce que tu viens de dire.

— Comment réagirais-tu si je te quittais à une réception organisée par Waters, Field & Leaman sous prétexte que tu bavardes avec des collègues ? Et que tu me retrouves en train de danser avec Magdalene ?

— Je...

Je n'avais jamais envisagé les choses sous cet angle.

Adossé à la porte, Gideon paraissait parfaitement calme et maître de lui, mais je sentais la colère vibrer en lui. Il était toujours fascinant, mais plus encore lorsque la passion le submergeait.

— Quand nous sortons ensemble, ma place est auprès de toi, Eva. Pour te soutenir et aussi, je le reconnais, pour que tu puisses m'exhiber à ton bras. C'est mon droit, mon devoir et mon privilège. Tu as les mêmes droits, les mêmes devoirs et les mêmes privilèges que moi.

— Je pensais te rendre service en m'esquivant.

Pour toute réponse, il se contenta de hausser les sourcils.

— C'est pour ça que tu as suivi Corinne quand elle a claqué des doigts ? demandai-je en croisant les bras. Pour me punir ?

— Si j'avais voulu te punir, Eva, je t'aurais flanqué une fessée.

Je plissai les yeux. Cela ne risquait pas d'arriver. Jamais.

— Je te connais, poursuivit-il d'un ton coupant. Je ne voulais pas que tu sois jalouse de Corinne avant que j'aie eu le temps de t'expliquer ce qu'il en était. J'avais besoin de m'assurer qu'elle comprenait à quel point les choses étaient sérieuses entre nous. C'est uniquement pour cette raison que j'ai accepté de la suivre.

— Tu lui as demandé de ne pas me parler de vous deux, c'est ça ? Malheureusement, Magdalene a bousillé ton plan.

Et peut-être que Corinne et Magdalene avaient tout planifié. Corinne connaissait suffisamment Gideon pour deviner quelle serait sa réaction en la voyant réapparaître de manière inattendue.

Une hypothèse qui éclairait sous un jour nouveau l'appel téléphonique de Magdalene. Corinne et elle étaient en grande conversation lorsque Gideon et moi les avions repérées au Waldorf. Deux femmes désirant un homme qui appartenait à une autre. Tant que je figurerais dans le décor, elles n'avaient aucun espoir de lui mettre la main dessus et, pour cette raison, je ne pouvais exclure la possibilité qu'elles se soient liguées contre moi.

— Je voulais te le dire moi-même, déclara-t-il d'un ton crispé.

J'eus un geste dédaigneux de la main, plus soucieuse de ce qui s'était passé aujourd'hui.

— J'ai vu Corinne monter dans ta voiture, Gideon. Juste avant de venir ici.

— Vraiment ?

— Oui. Tu peux m'expliquer cela ?

— Je ne peux pas, non.

Une rage foudroyante me submergea. Au point que je fus soudain incapable de regarder Gideon.

— Dans ce cas, laisse-moi passer, je dois retourner travailler.

Il ne bougea pas d'un pouce.

— Je tiens à éclaircir un point avant que tu t'en ailles. Est-ce que tu penses que j'ai couché avec elle ?

L'entendre évoquer cette éventualité à voix haute m'arracha un tressaillement.

— Je ne sais pas quoi penser. Les preuves jouent contre...

— Je ne te poserais pas cette question si tu nous avais trouvés, Corinne et moi, nus dans un lit, m'interrompit-il en se détachant si souplement de la porte que je reculai. Ce que je veux savoir, c'est si tu penses que j'ai couché avec elle. Si tu m'en crois capable. Réponds !

Je le défiai du regard.

— Explique les traces de rouge à lèvres sur ta chemise, Gideon.

Sa mâchoire se crispa.

— Non.

— Quoi ? m'écriai-je.

Son refus catégorique me laissa abasourdie.

— Réponds à ma question.

Je scrutai son visage ; il affichait ce masque impénétrable qu'il réservait d'ordinaire aux autres qu'à moi. Il tendit la main comme pour m'effleurer la joue du bout des doigts, mais à la dernière seconde, il la laissa retomber le long de son corps. À cet instant, je l'entendis grincer des dents, comme si ne pas me toucher lui demandait un effort surhumain. Mon anxiété était telle que je lui fus reconnaissante de s'être abstenu.

— J'ai besoin que tu m'expliques, murmurai-je en me demandant si j'avais rêvé ou si je l'avais bel et bien vu tressaillir.

J'avais parfois tellement envie de croire quelque chose que je travestissais la dure réalité.

— Je ne t'ai donné aucune raison de douter de moi.

— Tu m'en donnes une en ce moment même, Gideon.

Je soupirai, découragée. Il se tenait devant moi, mais il me semblait à des kilomètres.

— Je comprends que tu aies besoin de temps avant de pouvoir partager des secrets qui te sont douloureux, enchaînai-je. Je suis passée par là, Gideon : je savais qu'il fallait que je parle de ce qui m'était arrivé, mais je ne me sentais pas prête. C'est parce que je sais ce que tu traverses que je m'efforce de ne pas insister, de ne pas te presser de questions. Mais le secret que tu dissimules aujourd'hui me fait du mal à moi, et c'est tout à fait différent. Tu ne le vois donc pas ?

Étouffant un juron, il encadra mon visage de ses mains.

— Je fais mon possible pour que tu n'aies aucune raison d'être jalouse mais, quand tu te montres possessive, je ne peux m'empêcher d'aimer ça. Je veux que tu me prouves que tu tiens à moi. Je veux que tu sois folle de moi. Mais sans la confiance, la possessivité est un enfer. Si tu ne me fais pas confiance, c'est comme s'il n'y avait absolument rien entre nous.

— La confiance doit être réciproque, Gideon.

— Bon Dieu, ne me regarde pas ainsi !

— J'essaie de comprendre qui tu es. Où est passé l'homme qui m'a déclaré de but en blanc qu'il avait envie de coucher avec moi ? L'homme qui n'a pas hésité à me dire qu'il était pieds et poings liés face à moi alors même que je lui annonçais mon intention de rompre ? Je croyais que tu serais toujours aussi brutalement honnête avec moi. Mais maintenant...

Je secouai la tête, la gorge trop serrée pour continuer.

Ses lèvres formèrent un pli amer, mais demeurèrent obstinément soudées.

Je lui pris les poignets et écartai ses mains de mon visage. J'avais l'impression de me fissurer intérieurement, que quelque chose en moi était sur le point de se briser.

— Cette fois, je ne m'enfuis pas, c'est toi qui me repousses, murmurai-je. Tu ferais bien d'y réfléchir.

Je sortis. Gideon ne chercha pas à me retenir.

Je passai le reste de l'après-midi concentrée sur mon travail. Mark adorait réfléchir à voix haute lorsqu'il cherchait des idées, ce qui constituait un excellent exercice d'apprentissage pour moi ; quant à sa façon à la fois assurée et aimable de traiter avec ses clients, elle m'était une source d'inspiration.

Mon travail m'offrait une distraction bienvenue qui me permettait d'oublier un peu mes problèmes personnels, mais j'avais hâte d'assister à mon cours de krav maga pour évacuer mon stress.

Peu après 16 heures, mon téléphone sonna. Je décrochai, et mon cœur bondit quand je reconnus la voix de Gideon.

— Il faudrait qu'on parte d'ici à 17 heures si on veut être à l'heure chez Petersen, déclara-t-il.

J'avais complètement oublié que notre première séance de thérapie avait lieu ce soir-là. Abruptement, je me demandai si ce ne serait pas aussi la dernière.

— Je viendrai te prendre, ajouta-t-il d'un ton bourru.

Je soupirai. Notre querelle m'avait laissé les nerfs à vif et me rendre à cette séance ne m'enthousiasmait guère.

— Excuse-moi de t'avoir giflé, lâchai-je. Je n'aurais pas dû. Je m'en veux énormément.

— Mon ange, fit Gideon en soupirant bruyamment, tu n'as pas posé la seule bonne question.

Je fermai les yeux, irritée qu'il lise aussi facilement en moi.

— Peu importe, cela ne change rien au fait que tu as des secrets pour moi.

— Les secrets, on peut les révéler ; tromper l'autre, c'est irréversible.

— Tu as raison sur ce point, dis-je en me frottant le front, sentant poindre un début de migraine.

— Il n'y a personne d'autre que toi, Eva, articula-t-il d'une voix dure.

La colère qui sous-tendait ses paroles se répercuta en moi telle une onde de choc. Il m'en voulait toujours d'avoir douté de lui.

Grand bien lui fasse. Moi aussi, je lui en voulais toujours.

— Je serai prête à 17 heures.

Il fut ponctuel, comme d'habitude. Le temps que j'éteigne mon ordinateur et rassemble mes affaires, il bavarda avec Mark de l'avancée du projet pour la vodka Kingsman et j'en profitai pour l'observer à la dérobée. Il était imposant dans son costume noir, et ce d'autant plus qu'il affichait en permanence un visage impénétrable.

J'étais amoureuse de cet homme tendre et profondément sensible. Et je détestais cette façade derrière laquelle il se retranchait, y compris avec moi.

Tournant soudain la tête, il surprit mon regard. Une lueur de désir s'alluma dans ses beaux yeux bleus et, l'espace d'un instant, je retrouvai le Gideon que j'aimais. Mais il disparut presque aussitôt derrière le masque froid.

— Tu es prête ? s'enquit-il.

Cela crevait les yeux qu'il me cachait quelque chose, et le gouffre que cela creusait entre nous, le fait qu'il puisse ne pas me faire confiance me rendaient malade.

Quand nous passâmes devant l'accueil, Megumi cala le menton sur son poing et laissa échapper un soupir théâtral.

— Elle en pince sérieusement pour toi, Cross, murmurai-je une fois que nous eûmes franchi les portes du bureau.

— Peu importe, ricana-t-il. Que sait-elle de moi ?

— Je me suis posé la même question toute la journée, répondis-je d'un ton calme.

Cette fois, je fus certaine qu'il avait tressailli.

Le Dr Lyle Petersen était plutôt grand, avec des cheveux gris impeccablement coupés, un regard bleu acéré et cependant bienveillant. Son bureau était décoré avec goût et dénotait un grand sens du confort. Cela me faisait un peu bizarre de le voir comme mon thérapeute, à présent, moi qui ne l'avais jamais considéré autrement que comme le psy de ma mère, qu'il suivait depuis deux ans.

Il prit place dans le grand fauteuil gris qui faisait face au canapé sur lequel Gideon et moi venions de nous asseoir. Il nous observa à tour de rôle, notant de toute évidence que nous avions veillé à laisser le plus d'espace possible entre nous, notre posture raide révélant que nous étions l'un et l'autre sur la défensive.

— Souhaitez-vous que nous commencions par parler de la cause de la tension que je perçois entre vous ? demanda-t-il en soulevant le couvercle de sa tablette et en s'emparant de son stylet.

J'attendis quelques secondes, histoire de permettre à Gideon de parler le premier, et ne fus pas surprise qu'il s'en abstienne.

— Eh bien, je viens de faire la connaissance il y a un peu moins de vingt-quatre heures de la fiancée de Gideon dont j'ignorais jusqu'alors l'existence...

— Ex-fiancée, rectifia Gideon.

— J'ai découvert que s'il n'avait fréquenté que des jeunes femmes brunes, c'était à cause d'elle...

— Il ne s'agissait pas de fréquentations.

— ... et après le déjeuner, j'ai surpris son ex-fiancée sortant de son bureau avec cette tête-là, poursuivis-je imperturbablement en récupérant mon portable dans mon sac.

— Elle sortait de l'immeuble, pas de mon bureau, précisa Gideon.

J'affichai la photo et tendis mon portable au Dr Petersen.

— Elle est montée dans ta voiture, Gideon !

— Angus - mon chauffeur, ajouta-t-il à l'intention de Petersen - vient de t'expliquer en venant ici qu'il l'avait aperçue sur le trottoir et s'était contenté d'être poli.

— Angus est à ton service depuis que tu es enfant, répliquai-je. Un aussi fidèle serviteur ne peut que te couvrir !

— Oh, je vois ! Il s'agit d'un complot, à présent ?

— Pourquoi attendait-il devant l'immeuble ?

— Pour m'emmener déjeuner.

— Où cela ? Il me suffit de vérifier que tu y étais sans elle et la question sera réglée.

— Je te l'ai dit, j'ai eu un rendez-vous de dernière minute. Je n'ai pas eu le temps d'aller déjeuner.

— Ce rendez-vous était avec qui ?

— Pas avec Corinne.

— Ce n'est pas une réponse !

Je me tournai vers le Dr Petersen qui me rendit tranquillement mon portable.

— Quand je suis montée à son bureau pour lui demander ce qui se passait, je l'ai trouvé torse nu, sortant de la douche ! Un des canapés avait été déplacé, les coussins étaient par terre...

— Un seul malheureux coussin !

— ... et il y avait du rouge à lèvres sur sa chemise !

— Il y a des centaines de bureaux au Crossfire, me rappela Gideon d'un ton froid. Corinne pouvait sortir de n'importe lequel d'entre eux.

— Exact, répliquai-je, sarcastique. Bien sûr.

— Il aurait été plus simple de l'emmener à l'hôtel, non ?

Je pris une brève inspiration.

— Tu as toujours cette chambre ?

Il se figea, révélant sa panique. Réaliser qu'il possédait toujours cette garçonnière – une chambre d'hôtel qu'il réservait aux relations sexuelles et dans laquelle je ne voulais plus jamais remettre les pieds – me fit l'effet d'un coup de poignard en plein cœur. La douleur m'arracha un gémissement et je fermai les yeux.

— Reprenons calmement, intervint Petersen. J'aimerais que nous revenions en arrière. Gideon, pourquoi n'avez-vous jamais parlé de Corinne à Eva ?

— J'avais l'intention de le faire, répondit-il d'une voix crispée.

— Il ne me dit rien, marmonnai-je en cherchant un mouchoir au fond de mon sac pour empêcher mon mascara de couler.

Pourquoi gardait-il cette chambre ? Parce qu'il avait l'intention de l'utiliser avec une autre que moi. C'était la seule explication possible.

— De quoi parlez-vous quand vous êtes ensemble ? s'enquit le Dr Petersen en griffonnant, la question s'adressant de toute évidence à nous deux.

— En général, je lui présente mes excuses, grommela Gideon.

Petersen leva les yeux.

— De quoi vous excusez-vous ?

— De tout, soupira-t-il en se passant la main dans les cheveux.

— Avez-vous le sentiment qu'Eva est trop exigeante ? Qu'elle attend trop de vous ?

Je sentis le regard de Gideon se poser sur moi.

— Non. Elle ne me demande rien.

— Rien d'autre que la vérité, rectifiai-je en me tournant vers lui.

Ses yeux flamboyèrent.

— Je ne t'ai jamais menti.

— Aimeriez-vous qu'elle vous demande des choses, Gideon ? intervint le Dr Petersen.

Gideon fronça les sourcils.

— Réfléchissez-y. Nous y reviendrons plus tard. La photo que vous avez prise m'intrigue, Eva, ajouta-t-il. Vous étiez confrontée à une situation que la plupart des femmes jugeraient déstabilisante…

— Il n'y avait pas de situation, s'entêta Gideon.

— Sa perception d'une situation, précisa le Dr Petersen.

— Une perception on ne peut plus ridicule étant donné l'aspect physique de notre relation.

— Très bien. Parlons de cet aspect. Quelle est la fréquence de vos rapports sexuels, en moyenne ?

Mon visage devint brûlant. Je regardai Gideon, qui me rendit mon regard avec une moue ironique.

— Heu… commençai-je avec un sourire penaud. Souvent, je dirais.

— Tous les jours ? demanda le Dr Petersen.

Il haussa les sourcils quand je croisai et décroisai nerveusement les jambes tout en acquiesçant.

— Plusieurs fois par jour ?

— La plupart du temps, oui, intervint Gideon.

Le Dr Petersen posa sa tablette sur ses genoux et croisa le regard de Gideon.

— Ce degré d'activité sexuelle est-il habituel, pour vous ?

— Rien dans ma relation avec Eva n'est habituel, docteur.

— Quelle était la fréquence de vos rapports sexuels avant de la connaître ?

Gideon crispa la mâchoire et me jeta un coup d'œil.

— Tu peux répondre, assurai-je tout en songeant que je n'aurais pas voulu répondre à cette question-là devant lui.

Il tendit la main vers moi. J'y glissai la mienne et il la serra doucement, geste qui me rassura.

— Deux fois par semaine, lâcha-t-il. En moyenne.

J'évaluai mentalement le nombre de femmes avec qui il avait couché et serrai ma main libre.

Le Dr Petersen s'adossa à son fauteuil.

— Eva vient d'évoquer ses craintes d'infidélité de votre part et le manque de communication dans votre relation. Vous arrive-t-il souvent d'utiliser l'acte sexuel pour résoudre vos différends ?

— Avant que vous ne sous-entendiez qu'Eva subit les exigences de ma libido débordante, commença Gideon, je tiens à ce que vous sachiez qu'elle prend aussi souvent que moi l'initiative de nos rapports. Si l'un de nous deux devait se faire du souci au sujet de ses performances, ce serait plutôt moi, compte tenu de l'anatomie masculine.

Le Dr Petersen m'interrogea du regard afin d'obtenir confirmation.

— La plupart de nos discussions se concluent par un rapport sexuel, concédai-je. Y compris les disputes.

— Avant ou après que vous avez estimé l'un et l'autre que le conflit est réglé ?

— Avant, soupirai-je.

Il posa son stylet et pianota sur son clavier. Je me dis qu'il aurait de quoi écrire un roman une fois que nous lui aurions tout déballé.

— Votre relation a-t-elle été intensément sexuelle dès le début ? demanda-t-il.

— Nous sommes très attirés l'un par l'autre, acquiesçai-je.

— De toute évidence, commenta-t-il avec un gentil sourire. J'aimerais cependant discuter avec vous de l'éventualité d'une période d'abstinence pendant que nous...

— C'est absolument hors de question, l'interrompit Gideon. Je suggère que nous nous concentrions sur ce qui ne fonctionne pas sans éliminer l'une des rares choses qui fonctionnent.

— Je ne suis pas certain que cela fonctionne vraiment, Gideon, observa le Dr Petersen d'un ton égal. Pas comme cela le devrait.

Gideon cala la cheville sur le genou opposé et se carra dans le canapé – l'image même de l'inflexibilité.

— Docteur Petersen, déclara-t-il d'un ton grave, la seule façon que j'aurais de me retenir de toucher Eva serait de me donner la mort. Trouvez un autre moyen d'arranger les choses entre nous.

— Je n'y connais rien en matière de thérapie, lâcha Gideon peu après, alors que nous étions dans le SUV. Je ne sais donc pas trop quoi penser de ce qui vient de se passer. J'ai l'impression que ç'a été un fiasco. Je me trompe ?

— Disons que ça aurait pu être mieux, répondis-je prudemment en m'appuyant contre le dossier.

Mes yeux se fermèrent. J'étais épuisée. Trop épuisée pour envisager d'assister au cours de krav maga de 20 heures.

— En rentrant, je prends une douche et au dodo, annonçai-je.

— J'aurais deux ou trois choses à régler avant de me coucher.

— D'accord, répondis-je en étouffant un bâillement. Qu'est-ce que tu dirais de rentrer chacun chez soi et de se retrouver demain matin ?

Un silence de plomb accueillit cette suggestion. Au bout d'un moment, la tension fut telle que je rouvris les yeux et relevai la tête pour le regarder.

Gideon me fixait du regard, la bouche réduite à un pli contrarié.

— Tu me rejettes.

— Non, je...

— Bien sûr que si ! Tu m'as accusé de crimes imaginaires et maintenant, tu me rejettes !

— Je suis fatiguée, Gideon. Je ne suis pas d'humeur à écouter des bêtises. J'ai besoin de sommeil et...

— Moi, c'est de toi que j'ai besoin, m'interrompit-il. Que faut-il que je fasse pour que tu me croies ?

— Je ne pense pas que tu m'aies trompée. D'accord ? Si troublants que soient les faits, je n'arrive pas à me convaincre que tu ferais ça. Ce sont les secrets qui deviennent pesants. Moi, je me donne entièrement, et toi, tu...

— Et pas moi, selon toi ? coupa-t-il en repliant la jambe sur la banquette pour me faire face. De ma vie je ne me suis autant investi dans une relation.

— Ce n'est pas pour moi que tu dois faire des efforts, mais pour toi.

— Arrête avec ces conneries ! Je n'aurais accepté de suivre une thérapie pour personne d'autre que toi.

Je laissai échapper un gémissement et refermai les yeux.

— J'en ai ma claque de me disputer avec toi, Gideon. Je demande juste une nuit de calme et de tranquillité. Je me suis sentie mal toute la journée.

— Tu es malade ? s'inquiéta-t-il aussitôt.

Il se déplaça, glissa la main derrière ma nuque et pressa les lèvres contre mon front.

— Tu ne me sembles pas fiévreuse. Des problèmes d'estomac, peut-être ?

J'inspirai profondément, son parfum m'emplit les narines et, aussitôt, l'envie puissante de nicher la tête au creux de son épaule me submergea.

— Non, répondis-je.

Puis je compris soudain et gémis doucement.

— Qu'y a-t-il ? demanda-t-il en m'attirant sur ses genoux. Qu'est-ce qui ne va pas ? Tu as besoin d'un médecin ?

— Non, c'est juste que j'attends mes règles, répondis-je à mi-voix. Je m'étonne de n'y avoir pas pensé plus tôt. Syndrome prémenstruel : pas étonnant que je sois aussi fatiguée et à cran.

Je le sentis se raidir. Au bout de quelques secondes, je levai la tête et le scrutai.

— C'est nouveau pour moi, avoua-t-il avec un sourire penaud.

— Quel veinard ! Tu vas découvrir les joies de la vie de couple.

— Je suis bel et bien un veinard, m'assura-t-il en repoussant tendrement une mèche sur ma tempe. Et si j'ai vraiment beaucoup de veine, tu te sentiras mieux demain et tu m'aimeras de nouveau.

Mon cœur se serra de douleur.

— Je t'aime, Gideon. Ce que je n'aime pas, ce sont les secrets que tu as pour moi. Ils finiront par nous détruire.

— Ne les laisse pas faire, murmura-t-il en dessinant l'un de mes sourcils du bout du doigt. Et fais-moi confiance.

— Pour que je te fasse confiance, il faut que tu me fasses confiance en retour.

Il m'enlaça.

— Il n'y a personne au monde en qui j'aie davantage confiance, ma douce. Tu ne le sais donc pas ? chuchota-t-il avant de poser avec douceur ses lèvres sur les miennes.

Je glissai les bras sous sa veste pour l'étreindre, savourant la chaleur et la force qui émanaient de lui. Mais j'avais beau faire, je ne pouvais m'empêcher d'avoir l'impression que nous étions en train de nous éloigner l'un de l'autre.

Forçant son avantage, Gideon insinua la langue entre mes lèvres pour caresser la mienne avec une trompeuse lenteur. Je pris l'initiative d'approfondir notre baiser. J'avais besoin de plus. Toujours. Et je détestais qu'en dehors de l'aspect physique de notre relation, il me donne si peu de lui.

Le gémissement de plaisir qu'il laissa échapper se répercuta à travers tout mon corps. Il inclina la tête de côté pour presser plus fermement sa bouche sur la mienne, et notre baiser s'intensifia ; la danse de nos langues se fit plus ardente, nos souffles plus bruyants.

Le bras qu'il avait glissé dans mon dos s'affermit tandis qu'il me plaquait contre lui. Son autre main s'insinua sous mon chemisier, sa caresse m'incitant à me cambrer vers lui tandis que notre baiser devenait fiévreux.

— Gideon…

Pour la première fois, le contact physique ne suffisait pas à apaiser la violence de mon désir.

— Chut, souffla-t-il. Je suis là. Je ne vais nulle part.

Je fermai les yeux et enfouis le visage au creux de son cou en me demandant si nous ne risquions pas tous deux de nous entêter à rester ensemble, même s'il s'avérait qu'il eût mieux valu nous séparer.

4

Je m'éveillai en poussant un cri, qui fut aussitôt étouffé par une main moite plaquée sur ma bouche. Un poids énorme m'écrasait alors qu'une autre main remontait sous ma chemise de nuit, pétrissant ma chair au point de me faire mal. Un flot de panique se déversa en moi et je tentai de me débattre, d'agiter frénétiquement les jambes.

Non... S'il te plaît, non... Ne fais pas ça. Ne recommence pas.

Haletant comme un chien, Nathan m'écarta les jambes. La chose dure qui pendait entre ses jambes buta à plusieurs reprises contre ma cuisse. Je luttai, les poumons en feu, mais il était si fort, je n'arrivais pas à le repousser. Je ne pouvais pas lui échapper.

Arrête ! Va-t'en. Ne me touche pas. Ô mon Dieu... je t'en supplie, ne fais pas ça... *ne me fais pas de mal... Maman !*

La main de Nathan appuya plus fort sur ma bouche, m'enfonçant la tête dans l'oreiller. Plus je me débattais, plus il s'excitait. Tandis qu'il me débitait des horreurs à l'oreille, il trouva le point sensible entre mes cuisses et entra en moi avec un grognement. Je me figeai, prise dans un étau de douleur.

— *Là*, grogna-t-il, *tu aimes ça quand je te la mets... petite salope... tu aimes ça, hein ?*

Je n'arrivais pas à respirer, les sanglots m'étouffaient, sa paume me bouchait le nez. Des points lumineux se mirent à danser devant mes yeux. Je me débattis encore... besoin d'air... d'air...

— Eva ! Réveille-toi !

L'ordre qui venait de claquer comme un coup de fouet me fit ouvrir les yeux. Je me libérai des mains refermées sur mes bras, voulus m'éloigner... luttai contre les draps entortillés autour de mes jambes... et dégringolai...

Je heurtai le parquet, ce qui acheva de me réveiller. Un bruit affreux, douleur et terreur mêlées, me racla la gorge.

— Bon sang, Eva ! Tu vas te faire mal !

J'aspirai l'air avidement et rampai en direction de la salle de bains.

Gideon me souleva dans ses bras et me serra contre son torse.

— *Eva.*

— Malade, hoquetai-je.

Je plaquai la main sur ma bouche comme mon estomac se soulevait.

— Je ne te lâche pas, déclara-t-il d'un ton farouche.

Il me porta jusqu'à la salle de bains en quelques grandes enjambées, releva le siège des toilettes après m'avoir déposée devant, s'agenouilla près de moi et retint mes cheveux pendant que je vomissais, sa main tiède allant et venant le long de ma colonne vertébrale.

— Là, mon ange, murmura-t-il encore et encore. Tout va bien. Il ne peut rien t'arriver.

Une fois que je me fus vidé l'estomac, je tirai la chasse, puis posai mon visage baigné de sueur sur mon avant-bras en m'efforçant de me concentrer sur autre chose que les vestiges de mon cauchemar.

— Baby girl.

Je tournai la tête et découvris Cary sur le seuil de la salle de bains, son beau visage crispé par l'inquiétude. Il était encore habillé, et je réalisai alors que Gideon aussi était habillé. Il s'était débarrassé de son costume en arrivant chez moi, mais ne portait plus le jogging qu'il avait enfilé ensuite. Comme Cary, il portait un jean et un polo noir.

Troublée, je jetai un coup d'œil à ma montre et constatai qu'il était un peu plus de minuit.

— Qu'est-ce que vous faites dans cette tenue ? demandai-je.

— Je rentrais à la maison quand je suis tombé sur Cross qui remontait, répondit Cary.

Je regardai Gideon dont l'expression soucieuse reflétait celle de mon colocataire.

— Tu es sorti ?

Il m'aida à me relever.

— Je t'avais dit que j'avais deux ou trois trucs à régler.

Jusqu'à minuit ?

— Quels trucs ?

— C'est sans importance.

Je me dégageai de son étreinte et m'approchai du lavabo pour me laver les dents.

Encore un secret. Combien y en avait-il ?

Cary se matérialisa près de moi et croisa mon regard dans le miroir.

— Tu n'avais pas fait de cauchemars depuis un bout de temps, observa-t-il.

Il dut voir sur mes traits à quel point j'étais épuisée, car il m'entoura les épaules d'un bras rassurant.

— On va y aller mollo, ce week-end. Recharger nos batteries. On en a besoin, tous les deux. Ça va aller, cette nuit ?

— Je me charge de veiller sur elle, déclara Gideon.

— Je serai là aussi, dit Cary en déposant un baiser sur ma tempe. Appelle si tu as besoin de moi.

Le regard qu'il me lança avant de quitter la pièce était éloquent – que Gideon passe la nuit à la maison le tracassait. Pour être franche, je n'étais pas complètement rassurée non plus. Je pensais que ma méfiance persistante à l'égard des troubles du sommeil de Gideon n'était pas étrangère à mon déséquilibre émotionnel. Comme Cary l'avait si bien dit, l'homme que j'aimais, et dont je partageais le lit, était une bombe à retardement.

Je me rinçai la bouche et replaçai ma brosse à dents sur son support.

— J'ai besoin de prendre une douche.

J'en avais pris une avant de m'écrouler sur mon lit, mais je me sentais sale. Un voile de sueur froide me collait à la peau, et il suffisait que je ferme les paupières pour le sentir – Nathan – de nouveau sur moi.

Gideon fit couler l'eau, puis commença de se déshabiller, la vision de son corps, à la fois mince et musclé, m'offrant une distraction bienvenue. Je me débarrassai de ma chemise de nuit que je laissai tomber sur le carrelage avant de me glisser sous le jet d'eau chaude avec un soupir d'aise. Gideon entra dans la cabine derrière moi, écarta mes cheveux et déposa un baiser sur mon épaule.

— Comment te sens-tu ?

— Mieux.

Parce que tu es près de moi.

Il enroula délicatement les bras autour de ma taille et laissa échapper un soupir tremblant.

— Je… Seigneur, Eva ! Est-ce que tu étais en train de rêver de Nathan ?

Je pris une profonde inspiration.

— Qui sait ? Peut-être qu'un jour on pourra se raconter nos rêves.

Je sentis ses doigts s'enfoncer dans ma chair.

— Ah, alors c'est ainsi ?

— Oui, marmonnai-je. C'est ainsi.

Nous demeurâmes un long moment sans bouger, enveloppés d'un nuage de vapeur et de secrets, physiquement proches, et cependant distants sur le plan émotionnel. Et je détestais cela. L'envie de pleurer me submergea et je ne cherchai pas à retenir mes larmes. J'avais besoin de me laisser aller. Et tandis que je sanglotais, j'eus l'impression que la tension accumulée au cours de cette longue journée se dissipait.

— Ma douce…

Gideon se pressa contre mon dos, resserrant son étreinte, et son grand corps solide était comme un rempart qui apaisait mes angoisses.

— Ne pleure pas… Je ne supporte pas de te voir pleurer. Dis-moi ce dont tu as besoin, mon ange. Dis-moi ce que je peux faire.

— Lave-moi de mon cauchemar, murmurai-je en me laissant aller contre lui. Rends-moi propre.

— Tu es propre.

Je secouai la tête.

— Écoute-moi, Eva. Personne ne peut te toucher, dit-il. Personne ne peut t'atteindre. Plus jamais.

Mes doigts se crispèrent sur son avant-bras.

— Il faudrait me passer sur le corps. Et cela ne risque pas d'arriver.

Ma gorge était si douloureuse que je ne pouvais plus parler. Imaginer Gideon affrontant mon cauchemar, face à face avec celui qui m'avait fait subir ces horreurs, ne fit que resserrer le nœud glacé logé au creux de mon ventre.

Gideon attrapa le shampoing, et je fermai les yeux pour me couper de tout ce qui n'était pas cet homme qui se consacrait uniquement à moi.

Les paumes plaquées contre le carrelage pour garder l'équilibre, je savourai le délicieux massage du cuir chevelu dont il me gratifia en ronronnant presque.

— Ça fait du bien ?

— Oh oui !

Je flottai sur un nuage de bien-être tandis qu'il me lavait, puis me rinçait les cheveux, frissonnai légèrement quand, après avoir étalé du baume démêlant, il passa doucement le peigne dans mes longues mèches humides. Je fus déçue quand ce fut fini et dus laisser échapper un gémissement de regret, car il se pencha sur moi et murmura :

— Je suis loin d'en avoir terminé avec toi.

Le parfum de mon gel douche me chatouilla les narines, et soudain...

— Gideon...

Je me cambrai sous la caresse de ses mains savonneuses. Il massait si habilement les points de contraction qui s'étaient formés entre mes omoplates que ces derniers semblaient fondre sous la pression de ses pouces. Il descendit ensuite le long de ma colonne vertébrale... de mes fesses... de mes jambes...

— Je vais tomber, soufflai-je, ivre de sensations.

— Je te rattraperai, ma douce, promit-il. Je te rattrape toujours.

La patiente sollicitude dont Gideon m'entourait, sa douceur, son respect effaçaient lentement les douloureux et humiliants souvenirs qui me torturaient. Plus que l'eau et le savon, c'était la caresse de ses mains qui me libérait de mon cauchemar. Il m'incita à pivoter face à lui, puis s'accroupit devant moi pour me masser les mollets, m'offrant ainsi un aperçu de sa musculature. Glissant les doigts sous son menton, je le forçai à lever la tête.

— Tu peux me faire tellement de bien, Gideon, chuchotai-je. Je ne comprends pas que je puisse l'oublier, ne serait-ce qu'une minute.

Il se redressa sans hâte, ses mains glissèrent le long de mes cuisses, puis s'immobilisèrent sur mes hanches tandis qu'il me dominait de toute sa hauteur. Il déposa un baiser léger sur mes lèvres, puis :

— Je sais que la journée n'a pas été facile pour toi. La semaine entière, à vrai dire. Ç'a été dur pour moi aussi.

— Je sais.

Je l'enlaçai et appuyai la joue contre son torse, savourant sa solidité, y puisant de la force.

Son sexe, déjà érigé, durcit davantage quand je me blottis contre lui.

— Eva, fit-il avant de se racler la gorge, laisse-moi finir, mon ange.

Je lui mordillai le cou et plaquai les mains sur ses fesses pour l'attirer contre moi.

— Que dirais-tu plutôt de commencer ?

— Ce n'est pas ce qui était prévu.

Comme si les choses pouvaient se conclure autrement quand nous étions nus et que nous nous caressions.

— Et si nous réexaminions la question ? soufflai-je.

Gideon me souleva le menton pour m'obliger à le regarder. Son froncement de sourcils le trahit, et avant qu'il ait eu le temps de m'expliquer pourquoi ce n'était pas une bonne idée, je pris son sexe dans mes mains.

Son bassin bascula spontanément vers moi.

— Eva…

— Ce serait dommage de laisser perdre ça.

Son regard s'assombrit.

— Je ne veux pas tout gâcher. Si tu te mettais à paniquer alors que je te touche, ça me rendrait fou.

— S'il te plaît, Gideon…

— C'est moi qui décide du moment.

Son ton, indéniablement autoritaire, m'incita à le lâcher.

Il recula, referma la main sur son sexe.

Les yeux rivés sur ses longs doigts, je commençai à m'agiter. Il continua de reculer, et j'éprouvai un véritable manque physique. La douce langueur que ses caresses avaient distillée en moi céda la place à une brûlure insidieuse, comme si le creux de mon ventre abritait des braises que l'on venait soudain d'attiser.

— Ce que tu vois te plaît ? murmura-t-il en se caressant.

Abasourdie par ce soudain revirement, je levai les yeux et sursautai, le souffle coupé.

Gideon s'était comme embrasé, lui aussi. Je ne voyais pas d'autre terme pour le décrire. Il me regardait entre ses paupières mi-closes comme s'il s'apprêtait à me manger toute crue. Et lorsqu'il se passa la langue sur les lèvres d'un air gourmand, j'eus l'impression de la sentir entre mes cuisses. Je connaissais si bien ce regard, je savais ce qu'il annonçait, ce dont Gideon était capable quand il me voulait aussi férocement.

Ce regard me troublait parce qu'il reflétait un désir sexuel à l'état brut. Puissant, profond, inextinguible, dévorant. Gideon se tenait tout au fond de la cabine de douche, à présent, les pieds bien plantés sur le carrelage, ses muscles ondulant sous sa peau au rythme des longues caresses paresseuses dont il gratifiait son sexe.

Je n'avais jamais rien vu d'aussi cru, d'aussi audacieusement viril.

— Dieu que tu es sexy, soufflai-je, fascinée.

La lueur qui étincela dans ses yeux me dit mieux que des mots qu'il n'ignorait pas quel effet il avait sur moi. Sa main libre remonta lentement sur son abdomen musclé, et je fus jalouse de cette main lorsqu'elle se crispa sur l'un de ses pectoraux.

— Tu pourrais jouir rien qu'en me regardant ? voulut-il savoir.

Et soudain je compris pourquoi il se comportait ainsi. Il craignait de me toucher si peu de temps après mon cauchemar, redoutait ce qu'il risquait de déclencher. Mais il était disposé à s'exhiber devant moi – à *me donner des idées* – pour m'inciter à me caresser à mon tour. Une émotion intense me submergea. Gratitude et affection, désir et tendresse.

— Je t'aime, Gideon.

Il ferma un instant les yeux. Quand il les rouvrit, l'intensité de son regard m'arracha un frisson.

— Montre-le-moi.

Sa main enveloppait l'extrémité de son sexe, il la pressa doucement. L'afflux sanguin qui lui colora le visage me fit serrer les cuisses. Du pouce, il caressa le disque plat de son téton. Une fois. Deux fois. Le son qui franchit ses lèvres me fit saliver.

L'eau de la douche continuait à ruisseler dans mon dos et le nuage de vapeur qui flottait entre nous ajoutait à l'érotisme de la scène. Le va-et-vient de sa main s'accéléra sur son sexe qui avait atteint des proportions impressionnantes.

Mes seins gonflés aux pointes durcies réclamant des caresses, je les pris dans mes mains et les pétris.

— C'est bien, mon ange. Montre-moi...

Je m'étais demandé fugitivement si j'en serais capable. Après tout, il n'y a pas si longtemps, j'avais été gênée d'évoquer mon vibromasseur devant lui.

— Regarde-moi, Eva, dit-il en refermant sa main libre sur ses testicules.

Sans la moindre pudeur.

Mais c'était cette impudeur qui était excitante.

— Je ne veux pas jouir seul. J'ai besoin que tu sois avec moi.

L'envie me saisit de l'exciter autant qu'il m'excitait. De faire naître en lui un désir aussi torturant que le mien. De graver au fer rouge dans son esprit la vision de mon corps – de mon désir – tout comme celle de son désir impudique resterait à jamais gravée dans le mien.

Le regard rivé sur le sien, je fis glisser mes mains sur mon corps. J'observai ses gestes, guettai les variations de son souffle, utilisais tous les indices qu'il me fournissait pour deviner ce qui le rendait fou.

C'était aussi intime que lorsqu'il était en moi. Peut-être plus encore, parce que nous étions totalement exposés et mis à nu. Le plaisir de l'un se reflétant dans celui de l'autre.

D'une voix enrouée plus sensuelle que jamais, il commença à me dire ce qu'il voulait.

— Pince-toi les seins, mon ange... Touche-toi – tu es mouillée ? Enfonce le doigt dans ta petite chatte... Tu sens comme tu es étroite ? Un délicieux fourreau brûlant pour ma queue... Ma jolie petite fournaise... si excitante. Tu me fais bander comme un fou... Regarde dans quel état je suis. Je vais jouir très fort pour toi...

— Gideon, haletai-je, massant avec fièvre mon clitoris du bout des doigts tout en ondulant des hanches.

— Je suis avec toi, fit-il, sa main glissant frénétiquement le long de son sexe.

Le premier spasme de plaisir me tira un cri. Mes jambes se mirent à trembler de manière irrépressible et je dus m'appuyer de la main à la paroi vitrée pour ne pas tomber. Et soudain Gideon fut près de moi, m'agrippant le bassin.

Penché sur moi, il referma les dents sur la chair sensible au creux de mon cou, morsure indolore destinée à me faire partager la brutalité de son orgasme. Ses gémissements de plaisir vibrèrent en moi tandis qu'il éjaculait à longs traits brûlants contre mon ventre.

Il était un peu plus de 6 heures du matin quand je me faufilai hors de ma chambre. Réveillée depuis un moment, j'avais regardé Gideon dormir. Un spectacle rare - car je ne me réveillais quasiment jamais avant lui - que j'avais savouré sans craindre de le mettre mal à l'aise.

Pieds nus, je longeai le couloir et débouchai dans le vaste espace ouvert. Je trouvais ridicule que Cary et moi vivions dans un appartement suffisamment grand pour accueillir toute une famille, mais j'avais depuis longtemps appris à faire le tri entre les batailles qui valaient la peine d'être livrées avec ma mère et mon beau-père lorsqu'il s'agissait de ma sécurité.

J'attendais devant le comptoir de la cuisine que le café passe quand Cary me rejoignit en jogging gris, les cheveux en bataille et le menton bleui par une barbe naissante.

— Salut, baby girl, me salua-t-il en déposant un baiser sur ma tempe.

— Tu es bien matinal.

— Tu peux parler, répliqua-t-il en décrochant deux tasses. Comment ça va ? ajouta-t-il en revenant vers moi.

— Très bien. Vraiment, insistai-je tandis qu'il m'adressait un regard sceptique. Gideon a veillé sur moi.

— D'accord, mais tout va-t-il aussi bien que tu le prétends si c'est à cause de lui que tu as fait ce cauchemar cette nuit ?

Je remplis nos tasses, ajoutai une sucrette dans la mienne et un nuage de crème dans les deux. Tout en m'activant, je lui racontai ma soirée au Waldorf, la découverte de l'existence de Corinne et la dispute que son apparition au pied du Crossfire avait déclenchée le lendemain.

Cary écouta mon récit sans mot dire, la hanche calée contre le comptoir de la cuisine.

— Résultat des courses, il ne t'a donné aucune explication, commenta-t-il après avoir avalé une gorgée de café.

Je secouai la tête et sentis le poids du silence de Gideon s'abattre sur mes épaules.

— Et toi ? Comment te sens-tu ?

— Tu me poses la question pour changer de sujet ?

— Que veux-tu que j'ajoute ? Je ne connais que ma version des faits.

— Tu as déjà réalisé qu'il aurait toujours des secrets pour toi ?

— Que veux-tu dire ? demandai-je en fronçant les sourcils.

— Ce que je veux dire, c'est qu'il a vingt-huit ans, que son père est un escroc qui s'est suicidé quand ses arnaques ont été révélées au grand jour, et qu'il est aujourd'hui propriétaire de la moitié de Manhattan. Réfléchis trois secondes et tires-en les conclusions qui s'imposent.

Je portai ma tasse à mes lèvres sans oser avouer que je m'étais interrogée plus d'une fois. L'étendue de l'empire de Gideon était hallucinante étant donné son âge, c'était indéniable.

— Je n'arrive pas à imaginer Gideon dans la peau d'un escroc. Obtenir ce qu'il possède légalement est un défi autrement plus stimulant.

— Vu tous les secrets qu'il trimballe, tu es certaine de le connaître assez pour émettre un tel jugement ?

Je repensai à l'homme avec qui je venais de passer la nuit et fus soulagée de pouvoir répondre sans hésiter, du moins pour le moment :

— Oui.

— Alors tout va bien, résuma Cary avec un haussement d'épaules. J'ai appelé le Dr Travis, hier.

Le cours de mes pensées obliqua immédiatement vers le psy de San Diego qui nous avait tous deux suivis.

— C'est vrai ?

— Ouais. J'avais besoin de parler de ce qui s'est passé l'autre soir.

Il fourragea dans ses cheveux, mal à l'aise, et je compris qu'il faisait allusion à la partouze sur laquelle j'étais tombée en rentrant chez moi l'avant-veille.

— Cross a cassé le nez de Ian et lui a fendu la lèvre, reprit-il.

Gideon avait effectivement réagi violemment à la suggestion de l'« ami » de Cary quand celui-ci m'avait proposé de me joindre à eux.

— Je l'ai vu hier, poursuivit-il. On croirait qu'il s'est payé un mur. Il voulait savoir qui était le type qui l'avait cogné pour l'attaquer en justice.

— Oh, merde ! soufflai-je.

— Tu l'as dit. Milliardaire plus procès égalent beaucoup de fric. Je ne sais pas ce qui m'a pris, soupira-t-il en fermant les yeux et en pressant les doigts sur ses paupières. J'ai juré à Ian que je ne le connaissais pas, que c'était sûrement un type que tu avais levé dans une soirée. Il ne voyait plus clair après le coup de poing de Cross, je ne pense pas qu'il se souvienne de sa tête.

— Les deux filles qui étaient là ont eu tout le temps de le voir, elles.

— Elles se sont sauvées comme des chauves-souris aveuglées par la lumière, répondit Cary en désignant la porte d'entrée. Elles ne nous ont pas accompagnés aux urgences, et ni Ian ni moi ne connaissons leurs noms. Tant que Ian ne retombe pas sur elles, on est tranquilles.

Je me massai l'estomac, sentant revenir la nausée qui s'était emparée de moi à la vue de l'odieux spectacle.

— Je le garde à l'œil, m'assura-t-il. Cette soirée a été un signal d'alarme, et en parler avec Travis m'a aidé à remettre les choses en perspective. Je suis allé voir Trey, après. Pour m'excuser.

À l'évocation de Trey, la tristesse m'envahit. J'avais tellement espéré que la relation de Cary avec ce charmant étudiant vétérinaire déboucherait sur quelque chose de constructif.

— Comment ça s'est passé ?

Il haussa les épaules sans grande conviction.

— Je lui ai fait de la peine, l'autre fois. Parce que je suis nul. Et je lui ai fait encore plus de mal hier en essayant de réparer mes conneries.

— Tu as rompu avec lui ? risquai-je.

Il prit la main que je lui tendais.

— Disons qu'on est en froid. En froid polaire, même. Il voudrait que je sois cent pour cent gay et je ne le suis pas.

J'étais désolée d'apprendre que quelqu'un voulait que Cary soit différent de ce qu'il était. On lui reprochait toujours son ambivalence et je ne comprenais pas pourquoi. Je le trouvais merveilleux tel qu'il était.

— C'est vraiment dommage, murmurai-je.

— Je trouve, oui, parce que c'est vraiment un mec bien. Je l'ai rencontré trop tôt. Je ne me sens pas prêt pour le stress et les exigences d'une vraie relation. Je bosse comme un dingue. Je ne suis pas assez stable pour m'embringuer dans un truc sérieux. Tu devrais y réfléchir, toi aussi, ajouta-t-il. On vient juste d'arriver. On a tous les deux besoin de se poser.

Je hochai la tête. Je connaissais le parcours de Cary et je devais admettre qu'il n'avait pas tort, mais cela ne changeait rien à la façon dont j'envisageais ma relation avec Gideon.

— Tu as aussi parlé avec Tatiana ?

— Pas la peine, répondit-il en me caressant les doigts du pouce. C'est une fille facile.

Je ricanai et avalai une gorgée de café.

— Pas seulement dans ce sens-là, précisa-t-il avec un sourire. Ce que je veux dire, c'est qu'elle n'attend ni n'exige rien. Tant que je lui fournis sa dose d'orgasmes, elle est contente. Et je dois reconnaître que ça fait du bien de se retrouver avec quelqu'un qui ne demande qu'à s'amuser.

— Gideon me connaît. Il comprend mes problèmes et s'efforce de s'y adapter. Il fait de gros efforts. Ce n'est pas facile pour lui non plus.

— Tu le crois capable d'avoir tiré un coup vite fait avec son ex, hier midi ? demanda-t-il abruptement.

— Non.

— Tu en es sûre ?

Je pris une brève inspiration avant de répondre :

— Quasiment. Je lui donne tout ce qu'il lui faut de ce côté-là. C'est vraiment chaud entre nous, figure-toi. Mais son ex l'a marqué, c'est sûr. Elle a une espèce d'emprise sur lui. Il se sent coupable de l'avoir laissée tomber, mais ça n'explique pas sa fascination pour les brunes.

— Ça explique en revanche que tu aies perdu les pédales au point de le gifler. Ça te ronge, cette histoire. Sans compter qu'il refuse de te donner des explications. Honnêtement, ça te paraît sain ?

Non, ce n'était pas sain. Je le savais. Et je détestais cela.

— On est allés voir le Dr Petersen ensemble, hier soir, lâchai-je à brûle-pourpoint.

Cary ne cacha pas son étonnement.

— Et comment ça s'est passé ?

— Il ne nous a pas conseillé de nous sauver à toutes jambes dans des directions opposées.

— S'il l'avait fait, tu aurais suivi son conseil ?

— Sérieusement, Cary, dis-je en soutenant son regard, si tempête il doit y avoir, ce ne sera pas la première.

— Baby girl, avec Cross ce n'est pas une tempête que tu dois redouter, mais un tsunami !

Je ne pus réprimer un sourire. Cary avait le don de me faire sourire même lorsque je pleurais.

— Tu veux que je te dise le fond de ma pensée ? Si je n'arrive pas à m'en sortir avec Gideon, je doute d'y arriver avec qui que ce soit d'autre.

— C'est ton amour-propre merdique qui parle.

— Il est au courant de mes problèmes.

— D'accord.

— D'accord ? répétai-je, surprise.

— Je ne suis pas convaincu, mais je m'adapterai, expliqua-t-il en m'attrapant la main. Allez, viens, je vais te coiffer.

— C'est toi le meilleur, lui assurai-je avec un grand sourire reconnaissant.

— Je veillerai à ce que tu ne l'oublies pas, répliqua-t-il en me donnant un coup de hanche.

5

— Dans le genre piège mortel, celui-ci bat tous les records, déclara Cary.

Je secouai la tête et le précédai dans la cabine principale du jet privé de Gideon.

— Ne t'inquiète pas, Cary, statistiquement, l'avion est moins risqué que la voiture.

— Mouais. Encore des statistiques payées par les compagnies d'aviation.

Je me retournai en riant, lui flanquai un coup de poing dans l'épaule, puis balayai la cabine du regard. J'avais eu l'occasion de monter dans un certain nombre de jets privés au cours de ma vie mais, évidemment, le luxe de celui de Gideon les surpassait tous.

La cabine, spacieuse, offrait une palette de tons neutres, rehaussés ici et là de brun et de bleu glacier. Elle était traversée par une large allée. Des fauteuils pivotants avec table étaient regroupés du côté gauche, tandis qu'un long canapé d'angle s'étirait du côté opposé. Chaque siège était équipé d'une console de jeu, et je savais qu'une chambre à coucher se trouvait à l'arrière ainsi qu'une ou deux salles de bains.

Un steward nous délesta de nos bagages, puis nous invita à nous asseoir.

— M. Cross nous rejoindra dans une dizaine de minutes, annonça-t-il. Désirez-vous boire quelque chose ?

— De l'eau, répondis-je en consultant ma montre.

Il était à peine 19 h 30.

— Un Bloody Mary, commanda Cary. Si vous avez.

— Nous avons tout, répondit le steward en souriant.

Cary surprit mon regard.

— Quoi ? Je n'ai pas eu le temps de manger. Le jus de tomate me permettra de tenir jusqu'au dîner et la vodka fera agir plus vite le comprimé que je compte avaler contre le mal des transports.

— Je n'ai rien dit, protestai-je.

Je tournai la tête vers le hublot pour contempler le ciel nocturne et mes pensées se concentrèrent sur Gideon, comme d'habitude. Dès le réveil, il s'était montré peu loquace. Le trajet jusqu'au Crossfire s'était déroulé en silence, et à 16 heures, il m'avait appelée pour me prévenir qu'Angus me ramènerait à la maison avant de nous conduire, Cary et moi, à l'aéroport où il nous rejoindrait.

Comme je n'étais pas allée à mon cours de krav maga la veille et que je n'avais pas le temps d'aller au gymnase avant le départ, j'avais décidé de rentrer à pied. Bien que je le lui aie annoncé poliment, et que la raison que j'avais invoquée pour ne pas utiliser la voiture était logique, Angus m'avait avertie que cela ne plairait pas à Gideon. Il avait dû penser que je lui en voulais d'avoir fait monter Corinne dans le SUV, ce qui n'était pas faux. À vrai dire, et tout en me détestant d'être aussi mesquine, je tenais à ce qu'Angus se sente coupable.

Tout en traversant Central Park, je m'étais convaincue qu'il était hors de question que je m'aplatisse devant un mec, fût-il Gideon Cross. Et qu'il avait beau m'avoir contrariée, cela ne m'empêcherait pas de profiter de Las Vegas avec Cary.

Je m'étais arrêtée à mi-parcours, le temps de jeter un coup d'œil au penthouse de Gideon. Je m'étais demandé s'il était chez lui, à faire sa valise. Ou s'il était encore au bureau, occupé à boucler ses affaires de la semaine.

— Ho ho, chantonna Cary alors que le steward revenait avec un plateau. Tu as encore ce regard.

— Quel regard ?

— Ce regard qu'on a quand nos pensées nous entraînent au-delà de l'enfer, répondit-il en entrechoquant son grand verre contre mon gobelet. Tu veux qu'on en parle ?

J'allais lui répondre quand Gideon monta à bord. Une mallette dans une main et un sac de voyage dans l'autre, il arborait un air sombre. Il remit son sac au steward avant de nous rejoindre, salua mon colocataire d'un bref hochement de tête et effleura ma joue. Ce simple frôlement me fit l'effet d'une décharge électrique. Mais Gideon était déjà reparti et j'eus à peine le temps de le voir se glisser dans la cabine du fond.

— Il est encore de mauvaise humeur, observai-je en fronçant les sourcils.

— Oui, mais quel mec ! commenta Cary. Cette façon qu'il a de se mouvoir dans son costume…

Très souvent, le costume faisait l'homme, aucun doute là-dessus. Dans le cas de Gideon, porter un costume trois pièces aurait dû être interdit par la loi.

— Ne me distrais pas en parlant de son look, grommelai-je.

— Tu devrais aller lui tailler une petite plume. Ça améliorerait son humeur, je te le garantis

— C'est bien une idée de mec.

— À quoi tu t'attendais de ma part ? rétorqua-t-il en attrapant la bouteille d'eau minérale sur le plateau. Vise un peu ça, ajouta-t-il en tournant l'étiquette vers moi. Ça en jette !

On pouvait lire dessus : *Cross Towers and Casino.*

— C'est destiné aux gros flambeurs, ce genre de gadget, répliquai-je avec un sourire ironique. Ceux qui sont capables de claquer mille dollars ou plus à une table de jeu sans un battement de cils. Les casinos les appâtent en leur offrant une suite dans un cinq étoiles, des repas à l'œil et le voyage aller-retour en jet privé. Le deuxième mari de ma mère était un flambeur, c'est une des raisons pour lesquelles elle l'a quitté, d'ailleurs.

— Tu en sais des choses, dis donc. Alors ce jet appartient à l'une des sociétés de Cross ?

— Absolument, répondit le steward qui revenait avec un plateau de fruits et de fromages. C'est un des cinq jets des Casinos Cross.

— Mince, alors ! s'émerveilla Cary. Sacrée flotte !

Je le regardai avaler un comprimé contre le mal des transports qu'il fit descendre avec une gorgée de Bloody Mary.

— Tu en veux un ? me proposa-t-il.

— Non, merci.

— Tu vas aller soigner la mauvaise humeur de ton beau ténébreux ?

— Je ne sais pas. Je crois que je vais lire. J'ai apporté ma tablette.

— C'est probablement plus sage pour ta santé mentale, acquiesça-t-il.

Une demi-heure plus tard, Cary ronflait doucement dans son fauteuil incliné au maximum, un casque antibruit vissé sur les oreilles. Je l'observai un moment, heureuse de le voir détendu et serein, les plis encadrant sa bouche beaucoup moins marqués dans le sommeil.

Je quittai mon siège et m'approchai de la cabine dans laquelle Gideon s'était enfermé. J'hésitai un instant avant de frapper à la porte, puis décidai de m'en abstenir. Pas question de lui offrir l'occasion de me tenir à distance.

Il leva les yeux quand j'entrai, mais ne parut pas surpris de me voir. Assis à son bureau, il dialoguait avec une femme sur son ordinateur. Sa veste était accrochée au dossier de son fauteuil et il avait desserré son nœud de cravate. Après ce bref coup d'œil, il reprit sa conversation.

Je commençai à me déshabiller.

Je retirai d'abord mon débardeur, puis mes sandales et mon jean. La femme continuait à parler, faisant état de « problèmes » et de « divergences », mais le regard de Gideon demeurait braqué sur moi, avide et ardent.

— Nous reprendrons demain matin, Allison, l'interrompit-il avant d'appuyer sur un bouton de son clavier qui obscurcit l'écran juste avant que mon soutien-gorge n'atterrisse sur sa tête.

— C'est moi qui suis en plein syndrome prémenstruel, m'insurgeai-je, et c'est toi qui es de mauvaise humeur.

Il posa mon soutien-gorge sur ses genoux, s'adossa à son fauteuil, les coudes sur les accoudoirs et les doigts croisés devant lui.

— Et c'est pour améliorer mon humeur que tu m'offres un strip-tease ?

— Les hommes sont tellement prévisibles ! Cary m'a suggéré de te faire une petite gâterie pour te détendre. Non... pas la peine de t'exciter ! Je n'ai pas l'intention de suivre son conseil.

J'appréciai le fait qu'il soutienne mon regard et résiste à la tentation de me lorgner les seins.

— J'estime que tu me dois réparation, champion. Vu les circonstances, je me suis montrée très compréhensive, tu ne trouves pas ?

Il haussa les sourcils.

— Franchement, enchaînai-je, je me demande quelle aurait été ta réaction si tu étais tombé sur un de mes ex qui sortait de mon immeuble en rajustant son pantalon. Puis qu'en entrant dans mon appartement tu avais trouvé le canapé défait et moi fraîchement douchée.

— Je crois qu'aucun de nous deux n'a envie d'imaginer ce qui se passerait en pareil cas, répondit-il.

— Nous sommes donc bien d'accord pour considérer que j'ai été extraordinaire, déclarai-je en croisant les bras, sachant que cela mettait en valeur mes seins. Tu m'as déjà fait part de la méthode que tu emploierais pour me punir. Quelle serait celle que tu emploierais pour me récompenser ?

— C'est à moi que revient le choix ? fit-il d'une voix sourde.

— Non, répondis-je en souriant.

Il posa mon soutien-gorge sur son clavier, puis se leva, dépliant son grand corps avec nonchalance.

— Parfait, mon ange. Quelle récompense souhaites-tu recevoir ?

— Pour commencer, j'aimerais que tu cesses d'être bougon.

— Bougon ? répéta-t-il en réprimant un sourire. Eva, je vais devoir affronter deux matins sans toi.

Je laissai retomber les bras le long du corps, m'approchai de lui et plaquai les mains sur son torse.

— Et c'est seulement pour ça que tu es bougon ?

— Eva, murmura-t-il.

Je baissai la tête. Quelque chose dans mon intonation m'avait trahie. Décidément, Gideon était beaucoup trop perspicace.

Me soulevant le menton, il chercha mon regard.

— Dis-moi ce qui te tracasse.

— J'ai l'impression que tu me repousses.

— J'ai quantité de choses en tête, mais ça ne veut pas dire que je ne pense pas à toi.

— Je le sens, Gideon. Il y a entre nous une distance qui n'existait pas auparavant.

Ses grandes mains chaudes se refermèrent sur mon cou.

— Il n'y a aucune distance entre nous, Eva. Tu me tiens à la gorge, dit-il en affermissant brièvement l'étreinte de ses mains. Cela, tu ne le sens pas ?

J'inspirai brièvement. Les battements de mon cœur se firent anarchiques, réponse physique à une peur qui venait de moi, et non de Gideon, dont je savais que jamais il ne me ferait de mal ni ne me mettrait en danger.

— Par moments, reprit-il d'une voix enrouée, le regard brûlant d'un feu intense, j'arrive à peine à respirer.

Je me serais peut-être écartée de lui sans ce regard qui révélait un tel désir et un tel tourment. Je ressentais la même impression de perte de pouvoir, la même dépendance vis-à-vis de lui.

Alors, plutôt que de m'enfuir, je rejetai la tête en arrière et m'abandonnai. Ma peur disparut d'un coup. J'avais découvert que Gideon avait raison quand il affirmait que j'avais envie de m'en remettre à lui. Il suffisait que je me soumette à lui pour que quelque chose s'apaise au fond de moi, un besoin dont j'avais jusqu'alors ignoré l'existence.

Il y eut un long silence, seulement troublé par le bruit de sa respiration. Je le sentais lutter contre ses émotions et m'interrogeai sur leur nature, me demandai pourquoi il était en proie à un tel conflit intérieur.

Il exhala lentement.

— De quoi as-tu besoin, Eva ?

— De toi. Énormément.

Ses mains glissèrent sur mes épaules, qu'il pressa, puis le long de mes bras. Nos doigts s'entremêlèrent et il frôla ma tempe de la sienne.

— Tu ne serais pas fétichiste des relations sexuelles dans les transports, par hasard ?

— Je suis prête à t'aimer n'importe où, répondis-je. Et je ne pourrai pas le faire jusqu'à la fin du week-end.

— Aïe.

Il attrapa sa veste, la drapa sur mes épaules et me guida hors de la cabine.

— Ô mon Dieu !

J'agrippai le drap et cambrai le dos quand Gideon me plaqua les hanches sur le lit pour faire courir la pointe de sa langue sur mon clitoris. Un voile de sueur recouvrit mon corps et ma vision se troubla tandis que les spasmes annonçant l'orgasme me contractaient le ventre. Mon pouls s'emballa, le sang me fouetta les tempes, contrepoint au vrombissement des moteurs de l'avion.

J'avais déjà joui deux fois, et la vue de sa tête sombre entre mes cuisses n'avait fait qu'ajouter à l'érotisme voluptueux de ses caresses. Mon slip était en morceaux, et Gideon était toujours vêtu de pied en cap.

— Je suis prête, le suppliai-je en enfouissant les doigts dans la soie de ses cheveux.

Sa lenteur me tuait. Il se montrait toujours si délicat avec moi, prenant le temps de s'assurer que j'étais fin prête avant de me pénétrer jusqu'à la garde.

— C'est à moi d'en décider, répondit-il.

— Je veux te sentir en...

L'avion se mit brusquement à trembler, puis franchit un trou d'air, et l'espace d'un instant j'eus l'impression d'être en apesanteur, de ne plus rien sentir d'autre que la bouche qui s'activait sur mon sexe.

— Gideon !

Un frémissement me parcourut sous l'assaut d'un nouvel orgasme, et le besoin de sentir Gideon en moi m'incita à me presser contre sa bouche. J'entendis vaguement la voix du pilote sortir des haut-parleurs, mais je ne compris pas son annonce.

Gideon releva la tête et passa la langue sur ses lèvres luisantes.

— Tu es tellement sensible que tu jouis comme une folle.

— Je jouirais encore plus si tu étais en moi, haletai-je.

— Je saurai m'en souvenir.

— Je me moque que ça me fasse un peu mal, assurai-je. J'aurai tout le temps de m'en remettre.

Une sombre lueur dansa au fond de ses yeux. Il se redressa.

— Non, Eva.

La dureté de sa voix dissipa le brouillard dans lequel je baignais. Je me hissai sur les coudes et le regardai se déshabiller avec cette économie de mouvements que j'admirais tant.

— C'est moi qui décide, lui rappelai-je.

Il se débarrassa de son gilet, de sa cravate et de ses boutons de manchettes.

— Tu tiens vraiment à jouer cette carte-là, Eva ? s'enquit-il d'un ton neutre.

— Si c'est le prix à payer pour obtenir ce que je veux, oui.

— Cela ne suffira pas à m'obliger à te faire délibérément mal.

Il retira sa chemise et son pantalon avec une lenteur voulue, m'offrant un strip-tease bien plus excitant que celui dont je l'avais gratifié.

— Tu sais bien que, pour nous, la douleur et le plaisir s'excluent mutuellement, ajouta-t-il.

— Je ne voulais pas dire qu...

— Je sais ce que tu voulais dire.

Il se redressa après avoir ôté son caleçon, puis grimpa au bout du lit et me rejoignit, tel un fauve s'approchant lentement de sa proie.

— Tu as tellement envie d'avoir mon sexe en toi que tu dirais n'importe quoi pour parvenir à tes fins.

— C'est vrai, soufflai-je.

Il se tint au-dessus de moi, son grand corps projetant une ombre sur le mien, puis inclina la tête et fit courir sa langue sur mes lèvres closes.

— Tu en meurs d'envie. Tu te sens vide sans moi.

— Oui !

J'empoignai ses hanches étroites et arquai le dos pour tenter de toucher son corps. Jamais je ne me sentais plus proche de lui que lorsque nous faisions l'amour, et j'avais désespérément besoin de cette proximité, besoin de m'assurer que tout allait bien entre nous avant de passer le week-end loin de lui.

Il se laissa aller entre mes jambes, son érection trouvant spontanément sa place entre les replis moites de mon sexe.

— Tu as toujours un peu mal quand je te pénètre, et c'est inévitable parce que tu es très étroite. Parfois, je perds le contrôle et je suis plus brutal, et c'est tout aussi inévitable. Mais ne me demande jamais de te faire délibérément mal, Eva. Je ne peux pas.

— Viens, murmurai-je en me frottant sans la moindre honte contre son sexe dur.

— Pas encore.

D'une souple ondulation du bassin, il inséra l'extrémité de son pénis en moi et lui imprima une légère poussée. Mon corps se crispa, opposant une résistance spontanée à la pénétration.

— Tu n'es pas prête, Eva.

— Mais enfin, prends-moi, je te dis !

D'une main, il m'agrippa la hanche afin d'empêcher mes mouvements frénétiques visant à le prendre davantage en moi.

— Je risque de te faire mal.

Je plantai les ongles dans ses fesses musclées pour l'attirer à moi. Je me moquais bien de lui faire mal ; s'il refusait d'entrer en moi, j'allais perdre la tête.

— Je t'en prie.

Gideon glissa la main dans mes cheveux, enroula une mèche autour de son poing et ordonna :

— Regarde-moi.

— Gideon !

— Regarde-moi.

Son ton autoritaire m'incita à lui obéir. Et ma frustration se dissipa quand je vis son beau visage se modifier graduellement.

Ses traits commencèrent par se crisper, comme sous l'effet d'une vive souffrance. Son front se plissa. Un cri silencieux franchit ses lèvres et son torse se souleva au rythme de son souffle. Un muscle se mit à tressauter sur sa mâchoire. Sa peau devint brûlante. Mais ce qui me fascina plus que tout, ce fut la vulnérabilité dans son regard.

Mon pouls s'accéléra en réponse à ce changement. Le matelas remua tandis qu'il y prenait appui et que son corps se tendait...

Un tremblement le secoua, puis il se mit à jouir. Son cri de plaisir vibra en moi tandis que le flot de sperme permettait enfin à son sexe de s'introduire en moi.

Son regard était resté rivé sur le mien. Pour la toute première fois, il m'avait laissée voir son visage au lieu de l'enfouir au creux de mon cou. Il m'avait laissée voir ce qu'il tenait tant à me prouver…

Que rien ne nous séparait.

Il allait et venait en moi, son sexe ne rencontrant plus la moindre résistance. Et me lâcha la hanche pour me permettre d'accompagner ses mouvements. Sans me quitter des yeux, il m'emprisonna les poignets l'un après l'autre et les cloua au-dessus de ma tête.

Plaquée sur le matelas par sa main, le poids de son corps et l'infatigable va-et-vient de son sexe, j'étais complètement à sa merci. Il me comblait, me possédait.

— Crossfire, souffla-t-il, me rappelant le mot clef que j'avais choisi.

Un long gémissement m'échappa tandis que je me contractais spasmodiquement, emportée par l'orgasme.

— Tu t'en rends compte maintenant ? me chuchota-t-il à l'oreille. Tu me tiens à la gorge et tu me tiens par le sexe, Eva. Où vois-tu de la distance entre nous, mon ange ?

Au cours des trois heures qui suivirent, il n'y eut en effet pas la moindre distance entre nous.

La gérante de l'hôtel ouvrit la double porte de notre suite et Cary laissa échapper un long sifflement.

— La classe, dit-il en m'attrapant par le coude pour me pousser à l'intérieur. C'est tellement grand qu'on pourrait faire un enchaînement de gymnastique !

Il avait raison, mais j'allais devoir attendre le lendemain pour m'aviser de faire la roue, car je ne sentais plus mon corps après la partie de jambes en l'air d'un tout autre genre que je venais de m'octroyer.

Juste en face de nous, la baie vitrée, qui occupait deux murs, offrait une vue panoramique sur un Las Vegas qui brillait de tous ses feux. Un piano à queue trônait dans un angle.

— Pourquoi mettent-ils toujours un piano à queue dans les suites de luxe ? demanda Cary, qui s'en approcha et promena les doigts sur les touches.

Je haussai les épaules et me tournai vers la gérante, mais celle-ci était déjà passée dans l'une des chambres, l'épaisse moquette étouffant le martèlement de ses élégants stilettos. La suite était décorée dans un style que j'aurais qualifié de « chic hollywoodien des années 1950 ». L'une des façades de la cheminée d'angle était garnie de grosses pierres grises et surmontée d'un tableau évoquant un enjoliveur de voiture d'où jaillissaient des tubes métalliques. Les pieds en bois des canapés bleu turquoise étaient aussi fins que les talons de la gérante. L'ensemble avait une petite touche rétro à la fois glamour et accueillante.

C'était bien trop luxueux. Je m'étais attendue à une jolie chambre, pas à une suite présidentielle. J'étais sur le point de la refuser quand Cary se tourna vers moi avec un grand sourire en levant les pouces.

— Tu veux toujours un cheeseburger ? demandai-je en attrapant la carte du room service sur une console.

Après tout, il avait l'air tellement heureux.

— Et une bière. Ou plutôt deux.

Cary rejoignit la gérante dans la chambre pendant que je composais le numéro du room service sur un téléphone à cadran en bakélite.

Une demi-heure plus tard, fraîchement douchée et vêtue d'un pyjama, je dévorais à belles dents un poulet Alfredo, assise en tailleur sur la moquette. Assis de l'autre côté de la table basse, Cary picorait son hamburger en posant sur moi un regard pétillant de malice.

— D'habitude, tu ne manges pas autant de glucides, le soir, fit-il remarquer.

— Syndrome prémenstruel.

— Ta séance d'exercice intensif y est peut-être aussi pour quelque chose.

Je plissai les yeux.

— Comment sais-tu ce que j'ai fait ? Tu ronflais comme un bienheureux.

— Raisonnement déductif, baby girl. Quand je me suis endormi, tu étais au bord de la crise de nerfs. Quand je me suis réveillé, on aurait juré que tu venais de fumer un énorme joint.

— Et Gideon ?

— Tel qu'en lui-même - coincé et sexy.

Je piquai ma fourchette dans mes pâtes.

— Ce n'est pas juste.

— Qu'est-ce que tu en as à battre ? Regarde, il te traite comme une princesse, ajouta-t-il en désignant la suite d'un grand geste.

— Je n'ai pas besoin qu'on m'entretienne, Cary.

Il grignota une frite.

— Tu as déjà pensé à ce dont tu as vraiment besoin ? Tu as son temps, son corps de rêve et libre accès à tout ce qu'il possède. C'est déjà pas mal, non ?

— Je le reconnais, acquiesçai-je.

Je savais, de par les mariages successifs de ma mère, que bénéficier du temps d'un nabab était une preuve d'attention majeure, car, pour eux, le temps, c'était bel et bien de l'argent.

— C'est pas mal, mais ce n'est pas assez, ajoutai-je cependant.

— C'est ce qui s'appelle vivre, déclara Cary, vautré tel un pacha sur une chaise longue au bord de la piscine.

Il portait un maillot de bain vert pâle et des lunettes noires, et sa présence avait donné lieu à un défilé incessant de femmes de notre côté de la piscine.

— Il ne manque plus qu'un mojito pour fêter ça !

J'ébauchai un sourire. Allongée sur la chaise longue voisine de la sienne, la caresse du soleil et le clapotis de l'eau suffisaient à mon bonheur. Mais Cary, lui, avait une tendance naturelle à fêter tout et n'importe quoi.

— Pour fêter quoi ?

— L'été ? proposa-t-il.

— Vendu !

Je m'assis au bord de ma chaise longue et nouai mon paréo autour des hanches avant de me lever. Mes cheveux encore humides étaient rassemblés au sommet de mon crâne si bien que le soleil me caressait le dos tandis que je me dirigeais vers le bar. Protégée par les verres teintés de mes lunettes de soleil, je balayai du regard les gens qui bronzaient autour de la piscine. Il y avait beaucoup de monde et la plastique de la majorité des clients de l'hôtel était irréprochable. Un couple attira mon attention, parce qu'il me rappela Gideon et moi. La femme, blonde, était allongée sur le ventre, en appui sur ses bras croisés, ses jambes relevées au niveau des genoux cisaillant l'air. Étendu sur la chaise longue voisine de la sienne, son séduisant partenaire, le menton calé sur la main, lui effleurait la colonne vertébrale du bout des doigts.

La femme s'aperçut que je les regardais et son sourire s'évanouit. Je ne distinguais pas ses yeux derrière ses lunettes de soleil à la Jackie Kennedy, mais il était évident qu'elle me fusillait du regard. Je détournai la tête en réprimant un sourire, parce que je savais ce qu'elle avait ressenti en découvrant qu'une femme lorgnait son homme.

Dans le bar, les brumisateurs fixés au plafond rafraîchissaient l'atmosphère. Je grimpai sur un tabouret et fis signe au barman.

— Qu'est-ce que vous buvez ?

Je jetai un coup d'œil à l'homme qui venait de s'adresser à moi.

— Rien pour l'instant, mais je me laisserais bien tenter par un mojito.

— Permettez-moi de vous l'offrir, dit-il avec un sourire qui révéla des dents d'une blancheur étincelante. Daniel, se présenta-t-il.

— Eva, enchantée, répondis-je en serrant la main qu'il me tendait.

Il croisa les bras sur le comptoir.

— Qu'est-ce qui vous amène à Vegas ? Les affaires ou le plaisir ?

— Une énorme envie de farniente. Et vous ? ajoutai-je en admirant le tatouage en langue étrangère qui ornait son biceps droit.

Sans être beau au sens classique du terme, il avait de l'allure et de l'assurance, ce que je trouvais source de séduction chez un homme bien plus que la seule apparence physique.

— Le travail, répondit-il.

— Vous avez bien de la chance de travailler en maillot de bain, commentai-je après un regard à ce dernier.

— Je vends des...

— Excusez-moi.

Nous nous retournâmes d'un même mouvement vers la femme qui venait d'interrompre notre conversation. C'était une brune trapue, vêtue d'un polo noir sur lequel étaient brodés son prénom – *Sheila* – et Cross Towers and Casino. Si je me fiais à son oreillette et au large ceinturon qui lui ceignait les hanches, elle appartenait au service de sécurité.

— Mademoiselle Tramell, me salua-t-elle avec un bref hochement de tête.

— Oui ? dis-je en haussant les sourcils.

— Un serveur vous apportera votre verre à votre paillote.

— C'est gentil, merci, mais ça ne me dérange pas d'attendre.

Sheila reporta son attention sur Daniel.

— Si vous voulez bien vous déplacer jusqu'à l'extrémité du bar, monsieur, le barman mettra vos consommations sur le compte de la maison.

Daniel hocha brièvement la tête, puis me gratifia d'un sourire triomphal.

— Je suis bien là, moi aussi, merci, répondit-il.

— Je crains de devoir insister.

— Quoi ? s'écria-t-il, son sourire cédant la place à un froncement de sourcils. Qu'est-ce que ça signifie ?

Je cillai, comprenant soudain que Gideon m'avait placée sous étroite surveillance et qu'il pensait pouvoir surveiller mes faits et gestes à distance. Sheila soutint mon regard avec une expression impassible.

— Je vous raccompagne à votre paillote, mademoiselle Tramell.

L'espace d'un instant, j'envisageais de lui pourrir sa journée. En embrassant fougueusement Daniel sous son nez, par exemple, histoire de faire savoir à Gideon ce que je pensais de son comportement. Mais je parvins à garder mon calme. Sheila se contentait de faire ce pour quoi elle était payée. C'était son patron qui méritait une bonne leçon.

— Désolée, Daniel, dis-je en rougissant d'embarras. Ravie de vous avoir rencontré.

J'avais l'impression d'être une gamine qu'on réprimande et j'avais horreur de cela.

— Si vous changez d'avis... dit-il avec un haussement d'épaules.

Tandis que je précédai Sheila en direction de ma paillote, je sentis son regard dans mon dos. Pivotant brusquement sur mes talons, je lui lançai :

— On vous a ordonné de n'intervenir qu'au cas où quelqu'un chercherait à m'aborder ? Ou il y a une liste d'interdictions ?

Elle hésita un instant, puis soupira. Je ne pouvais qu'imaginer ce qu'elle pensait de moi – la blonde écervelée qu'il faut garder à l'œil dès qu'elle se balade seule.

— Il y a une liste.

— Évidemment.

Gideon ne laissait jamais rien au hasard.

Je me demandais toutefois à quel moment il avait dressé cette liste. Quand je lui avais annoncé mon intention d'aller à Vegas ? Ou bien en avait-il déjà une à portée de main ? Et si oui, l'avait-il conçue pour une autre que moi ? Pour Corinne, peut-être ?

Plus j'y réfléchissais, plus ma colère augmentait.

— Je viens de découvrir un truc incroyable, dis-je à Cary dès que Sheila se fut éloignée. Figure-toi que j'ai une baby-sitter.

— Quoi ?

Je lui racontai l'incident au bar.

— Attends, Eva, c'est un truc de malade !

— Tu m'étonnes. Mais je ne vais pas me laisser faire. Il faut que Gideon comprenne qu'une relation ne fonctionne pas ainsi. Surtout après les salades qu'il m'a balancées sur la confiance réciproque, déclarai-je en me laissant tomber sur ma chaise longue. À quel point me fait-il confiance s'il estime nécessaire de me faire suivre pour empêcher des inconnus de m'adresser la parole ?

— Je n'aime pas ça, Eva, déclara-t-il. Ça ne va pas du tout.

— Tu crois que je ne le sais pas ? En plus, il a choisi une femme ! Je n'ai rien contre les femmes qui font des boulots plutôt réservés aux mecs, je me demande juste s'il voulait qu'elle me suive jusque dans les toilettes ou s'il ne faisait tout simplement pas confiance à un homme pour me surveiller.

— Tu es sérieuse, là ? Qu'est-ce que tu attends pour lui dire ta façon de penser ?

Le projet qui se formait dans mon esprit depuis quelques minutes prit soudain forme.

— Je mijote ma vengeance.

Un sourire espiègle se dessina sur ses lèvres.

— Vas-y, raconte.

Je saisis mon smartphone sur la jolie petite table en mosaïque qui se trouvait entre nous et fis défiler la liste de mes contacts jusqu'à trouver le numéro de Clancy Benjamin, le garde du corps de mon beau-père.

— Bonjour, Clancy, c'est Eva, annonçai-je quand il décrocha.

— Ho ho, je sens que ça va barder… murmura Cary.

— Je remonte, articulai-je silencieusement à son adresse en me levant. Tout va bien, répondis-je à la question de Clancy. Écoutez, j'aurais un service à vous demander, ajoutai-je une fois dans le hall de l'hôtel, profitant du fait que Sheila se trouvait toujours dehors.

Je venais de raccrocher quand je reçus un appel. L'identité de la personne qui cherchait à me joindre me tira un grand sourire.

— Coucou, mon papa, claironnai-je dans mon portable.

Il éclata de rire.

— Comment va ma fille préférée ?

— Je fais des bêtises et je trouve ça très amusant, répondis-je en étalant mon sarong sur une chaise de la salle à manger avant de m'asseoir. Et toi, comment vas-tu ?

— Je m'efforce d'empêcher les gens de faire des bêtises et il m'arrive de trouver ça amusant.

Victor Reyes, mon père, était un simple flic d'Oceanside, et c'était pour me rapprocher de lui que j'étais allée faire mes études en Californie. Le deuxième mariage de ma mère traversait une mauvaise passe, et j'étais en pleine rébellion, m'acharnant à faire de ma vie un enfer pour tenter d'oublier ce que Nathan m'avait fait.

Quitter l'orbite suffocante de ma mère avait été l'une des meilleures décisions que j'aie jamais prises. L'amour inébranlable que me vouait mon père avait transformé mon existence. Il m'avait accordé la liberté dont j'avais tellement besoin – dans des limites clairement définies – et arrangé un rendez-vous avec le Dr Travis. Ç'avait été le début de mon long périple vers la guérison et de mon amitié avec Cary.

— Tu me manques, murmurai-je.

J'aimais ma mère et je savais qu'elle m'aimait aussi, mais ma relation avec elle avait toujours été compliquée, alors que tout était si simple avec mon père.

— Ce que je vais t'annoncer devrait te faire plaisir, alors, répondit-il. Je vais pouvoir me libérer et venir te voir d'ici une dizaine de jours. Si ça te convient, bien sûr. Je ne voudrais pas te déranger.

— Enfin, papa, tu ne me déranges jamais ? m'écriai-je. Je serais ravie de te voir !

— Je ne resterai pas longtemps. Je prendrai le dernier vol de nuit du jeudi soir et je repartirai le dimanche matin.

— Génial ! Je vais nous concocter un programme d'enfer ! On va s'éclater.

Le gloussement de mon père me réchauffa le cœur.

— C'est *toi* que je viens voir, pas New York ! Ne prévois pas de folies pour moi.

— Promis. On passera plein de temps ensemble. Et je te présenterai Gideon.

À la seule idée de les avoir tous les deux avec moi, je frémis de bonheur.

— Gideon Cross ? Tu m'avais dit qu'il n'y avait rien entre vous, s'étonna-t-il.

— Je sais, répondis-je en plissant le nez. On s'était disputés et je pensais que c'était fini.

Mon père demeura silencieux un instant, puis :

— C'est sérieux ?

Je marquai une pause avant de répondre. Mon père était un observateur aguerri, il percevrait d'emblée la tension entre Gideon et moi.

— Oui. Ce n'est pas toujours facile – je ne suis pas toujours facile –, mais on fait tous les deux des efforts.

— Est-ce qu'il t'apprécie à ta juste valeur, Eva ? demanda mon père d'un ton bourru et beaucoup trop sérieux. Son fric ne m'impressionne pas ; tu n'as rien à prouver à ce type.

— Ce n'est pas du tout le problème !

Je réalisai soudain que la rencontre entre mon père et Gideon ne serait pas seulement celle d'un père protecteur avec le petit ami de sa fille chérie. À cause de ma mère, mon père se méfiait comme de la peste des milliardaires.

— Tu comprendras quand tu le verras, ajoutai-je.

— Très bien, répondit-il d'un ton ouvertement sceptique.

— Je t'assure, papa.

Je ne pouvais lui reprocher d'être soucieux dans la mesure où c'était justement le défilé de petits amis plus destructeurs les uns que les autres qui l'avait poussé à me conseiller d'aller voir le Dr Travis. Deux d'entre eux l'avaient particulièrement inquiété. Le chanteur d'un groupe de rock pour qui j'avais été un peu plus qu'une groupie, et un tatoueur qu'il avait arrêté pour excès de vitesse alors que sa passagère lui faisait une fellation – la passagère en question n'étant pas moi.

— Gideon me fait du bien. Il me comprend vraiment.

— Je me montrerai ouvert, d'accord ? Et je te communiquerai mon numéro de vol dès que j'aurai réservé mon billet. Comment va la vie, à part ça ?

— Côté boulot, je travaille sur une campagne de café aromatisé à la myrtille.

— Tu plaisantes ?

— J'aimerais bien, m'esclaffai-je. Souhaite-nous bonne chance pour arriver à vendre ce truc. Je mettrai des échantillons de côté pour te le faire goûter quand tu viendras.

— Moi qui croyais que tu m'aimais.

— De tout mon cœur ! À propos de cœur, comment s'est passé le rendez-vous dont tu m'as parlé la dernière fois ?

— Pas mal.

— Tu vas la revoir ?

— C'est ce qui est prévu.

— Tu n'es pas très bavard, dis-moi.

Il rit et j'entendis son fauteuil préféré grincer sous son poids.

— Je doute que tu aies envie d'entendre parler de la vie amoureuse de ton vieux papa.

— C'est vrai.

Il m'arrivait toutefois de m'interroger sur ce qu'avait été sa relation avec ma mère, jeune fille de bonne famille promise à un beau mariage et qui n'aspirait qu'à cela, et le Latino issu des quartiers défavorisés qu'il était. Je ne pouvais m'empêcher de penser que ç'avait dû être assez torride entre eux.

Nous bavardâmes encore un moment, aussi enthousiastes l'un que l'autre à l'idée de nous revoir bientôt. J'avais eu peur que nous ne nous éloignions après mon déménagement et c'était pour cette raison que j'avais instauré ce rituel du coup de fil du samedi. L'annonce de sa visite apaisait mes craintes.

Je venais de raccrocher quand Cary pénétra dans la suite, l'allure plus top model que jamais.

— Alors ? Toujours à mijoter ta vengeance ? lança-t-il.

— C'est réglé, annonçai-je en me levant. J'étais avec mon père au téléphone. Il vient à New York dans dix jours !

— C'est vrai ? Mais c'est super ! Victor est trop cool.

Nous allâmes chercher deux bières dans le frigo. J'avais noté un peu plus tôt que la suite était équipée de tous les produits que j'avais l'habitude d'utiliser et je m'étais demandé si Gideon était à ce point observateur ou s'il avait découvert ces informations autrement – en épluchant mes relevés bancaires, par exemple. Dans un cas comme dans l'autre, il avait à l'évidence beaucoup de mal à respecter certaines limites qui relevaient de ma vie privée.

— Ça fait combien de temps que tes parents ne se sont pas retrouvés dans la même ville ? demanda Cary en décapsulant nos bières.

— Je ne sais pas… Avant ma naissance ? dis-je avant d'avaler une longue gorgée de bière. Mais je n'ai pas l'intention d'organiser une rencontre.

— À la santé des bons plans ! s'exclama-t-il en entrechoquant le goulot de sa bouteille contre celui de la mienne. À propos de bons plans, je me suis tâté pour tirer un coup vite fait avec une nana que j'ai croisée au bord de la piscine, mais j'ai préféré remonter ici. Je ferai abstinence, par solidarité avec toi.

— J'en suis très honorée, répondis-je, pince-sans-rire, mais j'allais justement redescendre.

— Il fait trop chaud dehors. C'est étouffant.

— C'est pourtant le même soleil qu'à New York, non ?

— Très drôle. Qu'est-ce que tu dirais de prendre une douche et de sortir déjeuner quelque part ? C'est moi qui régale.

— D'accord. Mais il y a des chances pour que Sheila nous colle aux basques.

— Qu'elle aille se faire voir, et son patron avec elle ! Je me demande pourquoi les riches ont cette manie de vouloir tout contrôler.

— C'est parce qu'ils contrôlent tout qu'ils sont riches.

— Mouais. Franchement, je ne les envie pas. Nous, au moins, on n'embête personne. Tu vas supporter ça longtemps ?

— Ça dépendra.
— De quoi ?
Je souris et reculai en direction de ma chambre.
— Va te préparer. Je t'expliquerai en déjeunant.

6

Je venais à peine de boucler mon sac quand j'entendis la voix, reconnaissable entre toutes, de Gideon dans le salon. J'eus droit dans l'instant à une montée d'adrénaline. Je l'avais eu au téléphone la veille en rentrant du club où nous avions passé la soirée, Cary et moi, et le matin même au réveil. Il avait fait allusion à ma petite vengeance, et feindre l'innocence avait été assez éprouvant pour les nerfs.

J'avais appelé Clancy, le garde du corps de mon beau-père, pour faire le point et il m'avait assuré que mon plan se déroulait comme prévu.

Pieds nus, je m'approchai de la porte ouverte de ma chambre, à temps pour voir Cary quitter la suite. Le regard indéchiffrable de Gideon était braqué sur moi comme s'il s'attendait que j'apparaisse à tout moment. Il portait un jean et un tee-shirt noir, et il m'avait tellement manqué que les yeux me picotèrent à sa vue.

— Salut, mon ange.

— Salut, champion, répondis-je.

— Y a-t-il une signification particulière attachée à ce surnom affectueux ? voulut-il savoir.

— Eh bien... c'est le surnom d'un personnage de roman dont je suis secrètement amoureuse. Tu me fais penser à lui, parfois.

— Je ne suis pas certain d'apprécier que tu sois amoureuse d'un autre que moi, personnage de fiction ou pas.

— Tu t'y habitueras.

— De la même façon que je m'habituerai à l'espèce de lutteur de sumo que tu as chargé de me suivre partout ?

Je me mordis la lèvre pour ne pas rire. Je n'avais pas donné d'indications spécifiques concernant l'apparence de la personne chargée par Clancy de surveiller les faits et gestes de Gideon. J'avais juste exigé que ce soit un homme, et je lui avais fourni une petite liste de situations requérant son intervention.

— Où Cary est-il allé ? demandai-je.

— Au casino. Je lui ai accordé un crédit.

— Nous ne partons pas tout de suite ?

Il se dirigea vers moi à pas lents. La façon dont il avait carré les épaules et la lueur dans son regard ne laissaient aucun doute sur ses intentions.

Il bondit sur moi, me souleva dans ses bras, et nous basculâmes sur le lit. Sa bouche couvrit la mienne, étouffant mon cri de surprise. La violence de son désir et le poids de son corps sur le mien me bouleversèrent...

— Tu m'as manqué, soufflai-je en enroulant bras et jambes autour de lui. Même si tu es sérieusement agaçant, parfois.

— Je te retourne le compliment. Tu es la femme la plus agaçante que j'aie jamais rencontrée.

— Tu m'as vraiment fichu en rogne. Je ne t'appartiens pas. Tu n'as pas le droit de...

— Oh, que si, Eva ! coupa-t-il en me mordillant le lobe de l'oreille, me tirant un cri aigu. Et si, j'ai tous les droits.

— Dans ce cas, tu m'appartiens aussi. Et j'ai tous les droits également.

— Comme tu l'as démontré. Tu réalises à quel point il est difficile de traiter des affaires avec quelqu'un qu'on n'a pas le droit d'approcher à plus de cinquante centimètres ?

Je me figeai. J'avais imposé que la règle des cinquante centimètres ne s'applique qu'à ses interlocuteurs féminins.

— Pourquoi aurais-tu besoin de t'en approcher davantage ?

— Pour désigner un point précis sur un schéma, ou pour tenir dans le champ de la caméra au cours d'une visioconférence - deux situations que tu as rendues très compliquées. Je travaillais pendant que tu t'amusais, Eva, me rappela-t-il.

— Peu importe. Œil pour œil, dent pour dent, répliquai-je, secrètement ravie de lui avoir imposé mes exigences comme il m'imposait les siennes.

Il plaqua les mains sur mes cuisses qu'il écarta.

— Ne compte pas être à cent pour cent à égalité avec moi, Eva.

— Oh, que si !

Il se positionna entre mes jambes.

— Oh, que non ! persista-t-il en plongeant les mains dans mes cheveux pour m'immobiliser la tête.

Il se mit à onduler des hanches avec une habileté consommée. Un flot de désir brûlant se déversa dans mes veines.

— Arrête. Je n'arrive plus à penser quand tu fais ça.

— Ne pense pas. Contente-toi de m'écouter, Eva. Ce que je suis et ce que j'ai construit font de moi une cible. Tu es bien placée pour savoir que le fait d'être riche attire l'attention.

— L'homme que j'ai croisé au bar n'était en rien une menace pour toi.

— Ça reste à voir.

Cette déclaration péremptoire m'irrita. Elle reflétait son manque de confiance en moi et résonna à mes oreilles comme un douloureux rappel des secrets qu'il refusait de partager.

— Écarte-toi.

— Je suis très bien ici, répondit-il sans cesser de se mouvoir contre moi.

— Tu m'énerves.

— Je sais. Cela ne t'empêchera pas de jouir.

Je tentai de soulever les hanches, mais il était trop lourd pour que je parvienne à le déloger.

— Je ne peux pas jouir quand je suis en colère !

— Prouve-le.

Son arrogance ne fit qu'accroître ma colère. Comme il m'empêchait de tourner la tête, je fermai les yeux pour ne plus le regarder. Cela ne l'empêcha pas de continuer son manège. Nos vêtements et l'absence de pénétration me rendaient plus consciente que jamais de l'élégante souplesse de son corps.

Gideon était indubitablement doué pour le sport en chambre.

Et cela ne se limitait pas à faire aller et venir son sexe dans une femme. Il utilisait ce dernier de mille et une manières pour intensifier et prolonger le désir. Je ne percevais pas forcément toutes les nuances de son talent quand il me pénétrait, concentrée que j'étais sur les sensations qu'il faisait naître en moi. Mais là, je les sentais.

J'eus beau lutter, je fus incapable de réprimer un gémissement de plaisir.

— C'est bien, mon ange, murmura-t-il d'une voix caressante. Tu sens comme je suis dur ? Tu sens ce que tu me fais ?

— Ne te sers pas du sexe pour me punir, me plaignis-je en plantant les talons dans le matelas.

Il s'immobilisa un instant, puis pressa la bouche sur mon cou qu'il suça avec douceur, son corps se mouvant comme s'il me faisait l'amour à travers nos vêtements.

— Je ne t'en veux pas, mon ange.

— Peu importe. Tu me bouscules.

— Et toi, tu me rends fou. Tu sais ce qui s'est passé quand j'ai compris ce que tu avais fait ?

J'entrouvris les yeux et lui lançai un regard noir.

— Non. Quoi donc ?

— Ça m'a fait bander.

J'écarquillai les yeux de surprise.

— De façon visible et alors que je n'étais pas seul, enchaîna-t-il en me pétrissant le sein. J'ai été obligé de faire traîner en longueur une conversation qui était aboutie, le temps que mon érection disparaisse. Ça m'excite que tu me défies, Eva, dit-il d'une voix rauque qui m'arracha un frisson. Ça me donne envie de te baiser. Pendant des heures et des heures.

Mes hanches se soulevèrent et mon sexe se mit à palpiter.

— Mais comme tu mérites d'être punie, ronronna-t-il, je vais te faire jouir sans te pénétrer avant de te regarder me retourner la faveur avec ta bouche.

L'idée de le faire jouir de cette façon-là m'arracha un gémissement. Il était toujours tellement à l'écoute de mon corps quand nous faisions l'amour. L'unique moment où il se laissait aller vraiment et se concentrait sur son seul plaisir, c'était quand je l'aimais avec la bouche.

— Voilà, c'est bien, murmura-t-il. Continue à frotter ta petite chatte contre moi. Hmm... tu es brûlante.

— Gideon...

Mes mains glissèrent le long de son dos et se plaquèrent sur ses fesses. Je creusai les reins pour intensifier le contact entre nous, et les sensations, et laissai échapper un long cri lorsque la jouissance explosa enfin en moi.

La bouche chaude de Gideon recouvrit la mienne. Les mains dans ses cheveux, je l'embrassai avec fougue.

Puis il bascula de façon à se retrouver sous moi, approcha les mains de sa braguette et l'ouvrit en hâte.

— À toi de jouer, Eva.

Je descendis du lit, aussi impatiente de le goûter qu'il l'était de se laisser faire. À peine eut-il baissé son caleçon que je m'emparai de son sexe et en aspirai l'extrémité entre mes lèvres.

Gideon gémit, puis attrapa un oreiller qu'il cala sous sa tête. Nos regards se croisèrent tandis que je le prenais plus profondément dans ma bouche.

— Oh, oui ! souffla-t-il en glissant les doigts dans mes cheveux. Suce-moi fort et vite, j'ai besoin de jouir.

Je respirai son odeur, subjuguée par la douceur satinée de sa chair sur ma langue, avant d'obéir à son injonction.

Je commençai à lécher toute la longueur de son sexe. Encore et encore, me concentrant uniquement sur la succion de mes lèvres et le rythme que je leur imprimais, avide de le mener à l'orgasme et violemment excitée, tant par les sons qu'il produisait que par la vision de ses doigts qui agrippaient le couvre-lit.

— J'adore ta façon de me sucer, articula-t-il, les pupilles dilatées. Comme si tu n'en avais jamais assez.

C'était exactement cela. Je ne me lassais pas de l'aimer avec la bouche. Son plaisir m'était essentiel parce qu'il était authentique. Pour lui, l'acte sexuel avait toujours été organisé et méthodique. Mais avec moi, il ne pouvait pas se maîtriser parce qu'il me désirait au-delà de toute raison. Deux jours sans moi et il était... défait.

Je sentis palpiter les veines sous la peau soyeuse tandis qu'un cri rauque montait dans la gorge de Gideon. Le visage empourpré, le souffle court, il était au bord de l'orgasme et mon excitation s'accrut avec la sienne. Il était entièrement à ma merci, le besoin de jouir l'incitait à murmurer des paroles délicieusement crues à propos de ce qu'il me ferait subir la prochaine fois qu'il me prendrait.

— C'est bon, mon ange. Suce-moi bien fort... fais-moi jouir pour toi.

Son cou ploya soudain en arrière et ses poumons se vidèrent d'un coup.

Son orgasme fut semblable au mien : brutal et violent. Le premier jet de sperme gicla avec une telle force que j'eus du mal à l'avaler. Il cria mon nom, ses hanches se soulevant rythmiquement, son sexe allant et venant entre mes lèvres, et il se déversa en moi jusqu'à la dernière goutte.

Il se pencha vers moi, m'enlaça de ses bras puissants et m'attira contre lui. Il demeura ainsi un long moment, et j'écoutai les battements de son cœur ralentir, son souffle revenir progressivement à la normale.

— J'en avais besoin, murmura-t-il finalement contre mes cheveux. Merci.

Je souris et me blottis davantage contre lui.

— Tout le plaisir était pour moi, champion.

— Tu m'as manqué, chuchota-t-il en pressant les lèvres contre mon front. À un point inimaginable. Et pas seulement pour ça.

— Je sais.

Nous avions besoin de cette proximité physique, de ces caresses éperdues, de la violence de l'orgasme pour nous soulager de la férocité des émotions qui nous submergeaient dès que nous étions ensemble.

— Mon père doit venir me voir dans une dizaine de jours.

Il se figea. Je levai les yeux et découvris son regard ironique.

— C'est vraiment indispensable de m'annoncer ça quand j'ai encore la queue à l'air ?

J'éclatai de rire.

— Tu as l'impression qu'il vient d'entrer et qu'il t'a surpris le pantalon sur les chevilles ?

— Exactement, répondit-il en déposant un autre baiser sur mon front.

Il m'écarta doucement et se rajusta.

— Comment veux-tu que se déroule notre première rencontre ? Au restaurant ou à la maison ? Chez toi ou chez moi ?

— Chez moi. Et c'est moi qui préparerai le dîner, répondis-je en m'étirant avant de remettre de l'ordre dans ma tenue.

Il hocha la tête, mais son humeur avait changé. Mon bel amant comblé avait été remplacé par l'homme à la mine sombre qui se manifestait de plus en plus souvent ces derniers temps.

— Tu préférerais qu'on fasse différemment ?

— Non, j'aurais suggéré la même chose. Il se sentira plus à l'aise chez toi.

— Et toi ?

— Moi aussi.

Il appuya la joue sur sa main, puis ajouta en écartant les cheveux de mon front :

— Je préfère ne pas lui donner l'impression de faire étalage de mon argent, dans la mesure du possible.

— Je n'avais pas vu les choses sous cet angle. En fait, j'ai proposé de le recevoir chez moi parce que je serai moins ennuyée de mettre le bazar dans ma cuisine que dans la tienne. Mais tu as raison. Cela dit, une fois qu'il verra à quel point tu tiens à moi, il sera content de nous savoir ensemble.

— Je ne me soucie de ce qu'il pense que dans la mesure où cela risque d'affecter tes sentiments pour moi. S'il ne m'apprécie pas et que cela change les choses entre nous...

— Il n'y a que toi qui puisses faire cela.

Son bref hochement de tête ne m'aida pas à me sentir mieux. Beaucoup d'hommes redoutent de faire la connaissance du père de leur compagne, mais Gideon n'était pas comme les autres hommes. Il ne perdait jamais son sang-froid. D'ordinaire. J'avais envie que l'ambiance soit sereine et décontractée entre mon père et lui, sans tension ni hostilité.

— Tu as eu le temps de régler toutes tes affaires, à Phoenix ? demandai-je, soucieuse de changer de sujet.

— Oui. Un des chefs de projet avait remarqué des anomalies dans la comptabilité, et elle a bien fait de me conseiller d'y regarder de plus près. Je ne tolère pas l'escroquerie.

Je pensai au père de Gideon qui avait extorqué des millions à des investisseurs avant de se suicider.

— De quel projet s'agit-il ?

— D'un golf.

— Boîtes de nuit, hôtels, vodka, casinos... et une chaîne de gymnases pour garder la forme et continuer à mener la belle vie ? Tu es un dieu du plaisir de bien des manières.

— Un dieu du plaisir ? répéta-t-il, amusé. Je consacre toute mon énergie à te vénérer.

— Comment as-tu fait pour devenir aussi riche ? demandai-je, me souvenant des insinuations de Cary quant à la rapidité avec laquelle Gideon avait fait fortune.

— Les gens adorent s’amuser, et sont prêts à dépenser sans compter pour y parvenir.

— Non, ce que je veux dire, c’est avec quel argent tu as lancé Cross Industries. Où as-tu trouvé le capital de départ ?

Une lueur amusée fit briller ses yeux.

— À ton avis ?

— Je n’en ai pas la moindre idée, répondis-je en toute franchise.

— Au black-jack.

— Au jeu ? Tu plaisantes ?

— Pas du tout, s’esclaffa-t-il en m’attirant contre lui.

Je n’arrivais pas à imaginer Gideon dans la peau d’un joueur. Grâce au deuxième mari de ma mère, j’avais appris que le jeu pouvait devenir une véritable addiction, et je ne voyais pas comment quelqu’un d’aussi rigoureux que Gideon pouvait être attiré par une activité qui dépendait en grande partie de la chance et du hasard.

Soudain, je compris.

— Tu comptes les cartes !

— Quand je jouais, oui, acquiesça-t-il. Je ne le fais plus. Mais les contacts que j’ai établis dans les cercles de jeu se sont révélés aussi utiles que l’argent que j’y ai gagné.

— Rappelle-moi de ne jamais jouer aux cartes avec toi.

— Un petit strip-poker pourrait être amusant...

— Pour toi !

Il m’empoigna les fesses et les pressa.

— Pour toi aussi. Tu sais dans quel état ça me met de te voir nue.

— Et tout habillée, lui rappelai-je en jetant un coup d’œil délibéré à mes vêtements.

Le sourire éblouissant de Gideon ne pouvait absolument pas passer pour un sourire d'excuse.

— Tu joues toujours ?

— Tous les jours. Mais seulement en affaires et avec toi.

— Avec moi ?

Son regard se fit très doux, et si tendre que j'en eus la gorge nouée.

— Tu es le plus grand risque que j'aie jamais pris, murmura-t-il en me frôlant les lèvres des siennes. Et la plus belle des récompenses.

En allant travailler le lundi suivant, je sentis que les choses avaient repris leur cours normal – celui d'avant l'apparition de Corinne Giroux.

— Bonjour, Eva.

Je levai les yeux et découvris Mark à l'entrée de mon box.

— Prêt à bosser ? lui demandai-je.

— Dès que j'aurai pris mon café. Tu m'accompagnes ?

— Et comment ! répondis-je en attrapant ma tasse vide sur mon bureau.

— Tu as bronzé, remarqua-t-il tandis que je lui emboîtai le pas.

— Oui, j'ai fait un stage chaise longue ce week-end. Quel bonheur de paresser au soleil et de ne rien faire du tout ! En fait, je crois que c'est mon activité préférée.

— Comme je t'envie ! Steven ne tient pas en place. Il veut toujours me traîner quelque part.

— Mon colocataire aussi. C'est épuisant !

— Oh, avant que j'oublie ! s'exclama-t-il en s'effaçant pour me laisser entrer dans la salle de repos. Shawna aimerait que tu l'appelles. Elle a des places pour le concert d'un nouveau groupe de rock et j'imagine qu'elle veut savoir si ça t'intéresse.

Je repensai à la jolie serveuse rousse que j'avais rencontrée la semaine précédente. Shawna était la sœur de Steven, le compagnon de Mark, et elle m'avait plu dès le premier regard.

— Entendu, répondis-je, ravie à l'idée d'ajouter une copine à ma nouvelle vie new-yorkaise. Merci, Mark.

— Tiens, dit-il en sortant une tasse du placard, remercie-moi en préparant mon café. Il est meilleur quand c'est toi qui le fais.

— Mon père disait la même chose, observai-je en lui coulant un regard oblique.

— Alors, c'est que c'est vrai.

— C'est plutôt une astuce de mec pour se faire servir, rétorquai-je. Qui fait le café, chez vous ? Steven ou toi ?

— Ni l'un ni l'autre, répondit Mark en souriant. Il y a un Starbucks au coin de la rue.

— Je suis sûre qu'il y a moyen d'en conclure que vous trichez, mais je n'ai pas encore ingéré assez de caféine pour réfléchir à la question, dis-je en lui tendant son café. Ce qui signifie probablement que je ferais mieux de garder pour moi l'idée qui vient de me passer par la tête.

— Non, vas-y. Si elle est vraiment nulle, je te le reprocherai éternellement.

— Merci, c'est sympa.

Je saisis ma tasse et enchaînai :

— Tu ne crois pas qu'il serait plus judicieux de lancer le café à la myrtille sur le marché à la façon d'un thé ? Dans une tasse de porcelaine fine avec une soucoupe, un scone et de la crème chantilly à l'arrière-plan. Et un Anglais, jeune, élégant et fabuleusement beau, qui le siroterait délicatement.

Mark réfléchit un instant, puis :

— J'aime bien le concept. Je file le soumettre aux créatifs !

— Pourquoi ne m'as-tu pas dit que tu allais à Las Vegas ?

L'intonation irritée teintée d'anxiété de ma mère me tira un soupir intérieur et ma main se crispa sur le combiné. Je venais à peine de regagner mon bureau quand le téléphone avait sonné. Et je me doutais que si je consultais la messagerie de mon portable, je découvrirais qu'elle m'avait déjà laissé un ou deux messages.

— Bonjour, maman. Excuse-moi, j'avais l'intention de t'appeler à l'heure du déjeuner pour tout te raconter.

— J'adore Vegas !

— Vraiment ? Je ne savais pas.

J'étais même persuadée qu'elle détestait tout ce qui avait trait, de près ou de loin, aux jeux de hasard.

— Tu le saurais si tu avais pris la peine de me le demander.

Son ton blessé me fit grimacer.

— Excuse-moi, maman, répétai-je, sachant depuis ma prime enfance que les excuses répétées opéraient efficacement sur elle. J'avais besoin de faire un petit break avec Cary. Mais on peut envisager d'y retourner ensemble une autre fois, si tu en as envie.

— Ce serait amusant, tu ne crois pas ? J'aime faire des choses amusantes avec toi, Eva.

— Moi aussi, j'aimerais bien.

Mon regard se posa sur la photo de ma mère et de mon beau-père. Elle dégageait une vulnérabilité sensuelle qui faisait fondre les hommes. Sa vulnérabilité était bien réelle – ma mère était fragile à bien des égards –, mais c'était aussi une redoutable croqueuse d'hommes. Les hommes ne profitaient pas d'elle, c'était elle qui les écrasait.

— Tu as des projets pour le déjeuner ? enchaîna-t-elle. Je pourrais nous réserver une table et passer te chercher ?

— Ça ne te dérange pas si je viens avec une collègue ?

Megumi m'avait proposé de déjeuner avec elle à mon arrivée et promis de me raconter son rendez-vous arrangé.

— Pas le moins du monde ! Je serais ravie de rencontrer les gens qui travaillent avec toi.

Un sourire affectueux se peignit sur mes lèvres. Ma mère me rendait pas mal dingue, mais, au fond, son plus grand crime consistait à trop m'aimer. Joint à sa névrose, cet amour débordant illustrait parfaitement le proverbe qui dit que l'enfer est pavé de bonnes intentions.

— D'accord. Passe nous prendre à midi. Et n'oublie pas que nous n'avons qu'une heure pour déjeuner. Choisis le restaurant en conséquence : pas trop loin et service rapide.

— Compte sur moi. Oh, je me fais une joie de te voir ! À tout de suite, ma chérie !

Entre Megumi et ma mère, le courant passa d'emblée. Je reconnus le regard ébloui dont Megumi gratifia ma mère pour l'avoir observé d'innombrables fois au fil des ans. Monica Stanton était à couper le souffle. Le genre de beauté classique qu'on ne peut s'empêcher de contempler tant sa perfection fascine. Il faut dire aussi que le fauteuil garni de velours bleu roi dans lequel elle avait pris place mettait particulièrement en valeur sa chevelure blonde et ses grands yeux bleus.

De son côté, ma mère fut séduite par le style vestimentaire de Megumi. Alors que ma propre garde-robe était plutôt classique et pratique, Megumi préférait les associations de couleurs et de vêtements originales, ce qui ne détonnait certes pas dans le décor du café branché que ma mère avait choisi.

Avec ses dorures et ses velours colorés garnissant des sièges aux formes biscornues, l'endroit avait un petit côté *Alice au pays des merveilles*. Le fauteuil dans lequel Megumi était assise avait un dossier exagérément incurvé, et le siège de ma mère avait des gargouilles en guise de pieds.

— Je continue à chercher ce qui clochait chez ce type, poursuivit Megumi. Je l'ai bien regardé, croyez-moi. Un type aussi beau ne devrait pas en être réduit à chercher l'âme sœur par le biais de rendez-vous arrangés.

— Allons donc, protesta ma mère. Je suis certaine que, de son côté, ce jeune homme se demande encore quelle bonne fée veillait sur lui pour favoriser votre rencontre !

— Merci ! répondit Megumi avec un grand sourire. Il était vraiment très beau. Bon, pas aussi sexy que Gideon Cross, mais quand même très sexy.

— Comment va Gideon, à propos ? s'enquit ma mère en se tournant vers moi.

Je ne prenais pas sa question à la légère. Elle savait que j'avais révélé à Gideon l'abus sexuel dont j'avais été victime, et elle l'avait très mal pris. Ne pas avoir su ce qui se passait sous son propre toit était sa plus grande honte et lui inspirait une culpabilité aussi disproportionnée qu'injustifiée. Si elle n'avait rien su, c'était parce que je lui avais dissimulé la vérité. Nathan avait veillé à me faire savoir de quelles horreurs il serait capable si je m'avisais de parler à qui que ce soit. J'espérais que ma mère finirait par comprendre que Gideon ne lui en voulait pas plus que moi-même.

— Il travaille énormément, répondis-je. Tu sais ce que c'est. J'ai accaparé beaucoup de son temps, et je pense qu'il est en train d'en payer les conséquences.

— Tu vaux bien un tel sacrifice, roucoula-t-elle.

Saisie d'une envie irrépressible de lui annoncer la venue prochaine de mon père, je m'empressai de boire une longue gorgée d'eau. Elle serait une alliée s'il s'agissait de le convaincre que Gideon tenait à moi, mais c'était là une raison égoïste. Je ne savais pas comment elle réagirait en apprenant que Victor était à New York, mais il était fort possible que ça la perturbe, ce qui n'arrangerait les affaires de personne. Quelles que soient ses raisons, elle préférait n'avoir aucun contact avec lui et s'était arrangée pour ne plus lui adresser la parole dès que j'avais été en âge de communiquer directement avec lui.

— J'ai vu une affiche de Cary sur le flanc d'un bus, hier, reprit-elle.

— Ah bon ? m'exclamai-je. Où ça ?

— Sur Broadway. Une publicité pour une marque de jeans, je crois.

— J'en ai vu une aussi, renchérit Megumi. Je n'ai pas fait attention à ce qu'il portait. Tout ce que j'ai vu, c'est qu'il est *divin* !

La conversation m'arracha un sourire. Ma mère admirait les hommes. C'était l'une des nombreuses raisons pour lesquelles ces derniers l'adoraient – elle les valorisait. Megumi et elle étaient vraiment faites pour s'entendre.

— Les gens le reconnaissent dans la rue, à présent, précisai-je.

— Évidemment, fit ma mère. Tu ne te doutais pas que ça finirait par lui arriver ?

— Je l'espérais, rectifiai-je. Pour son bien. Les tops masculins sont moins bien payés et décrochent moins de contrats que les femmes.

En fait, je n'avais jamais douté de la réussite professionnelle de Cary. Émotionnellement, il ne pouvait pas se permettre d'échouer. Et s'il devait un jour regretter son choix de carrière, je n'étais pas certaine que nous serions capables d'encaisser le choc, lui et moi.

Ma mère prit une petite gorgée de San Pellegrino.

— Mais dites-moi, Megumi, sourit-elle, pensez-vous revoir ce jeune homme ?

— Je l'espère.

— Ne vous en remettez jamais à la chance, ma chère !

Ma mère entreprit d'expliquer à Megumi l'art et la manière de prendre un homme dans ses filets, et je savourai le spectacle. Je la savais farouchement convaincue que toute femme mérite de rencontrer un homme fortuné et destiné à la choyer, mais c'était bien la première fois qu'elle ne concentrait pas ses efforts sur moi.

— Ta mère est géniale, déclara Megumi lorsque Monica s'éclipsa aux toilettes pour se repoudrer le nez. Et tu lui ressembles comme deux gouttes d'eau, veinarde. Tu imagines le cauchemar que ça doit être d'avoir une mère plus sexy que soi ?

— Vous vous êtes entendues à merveille. Je te préviendrai la prochaine fois que je déjeunerai avec elle.

— Je me joindrai à vous avec plaisir.

Quand vint le moment de retourner travailler, je réalisai en voyant la limousine garée au coin de la rue que j'avais envie de marcher, histoire de brûler quelques calories.

— Je vais y aller à pied, annonçai-je. J'ai trop mangé. Partez sans moi.

— Je t'accompagne, décida Megumi. Prendre l'air me fera du bien. L'air conditionné me dessèche la peau.

— Dans ce cas, je viens avec vous, décréta ma mère d'un ton guilleret.

Je jetai un regard sceptique aux talons délicats de ses escarpins, mais ma mère ne portait rien d'autre que des stilettos. Nous prîmes la direction du Crossfire, adoptant aussitôt le pas rapide et décidé des piétons de Manhattan. Contourner les obstacles humains faisait partie du jeu, et je ne tardai guère à m'apercevoir que cela devenait beaucoup plus facile lorsque ma mère ouvrait la marche. Les hommes s'écartaient respectueusement sur son passage et la suivaient du regard. Avec sa petite robe bleu glacier, elle offrait une vision très rafraîchissante dans la chaleur moite de la ville.

Nous venions de nous engager dans la rue du Crossfire quand elle s'immobilisa si abruptement que Megumi et moi la percutâmes. Elle chancela en avant et je la rattrapai par le coude, lui évitant la chute de justesse.

Je cherchai des yeux ce qui l'avait fait trébucher, sans rien trouver. Lorsque je la regardai de nouveau, elle fixait sur le Crossfire un regard halluciné.

— Seigneur, maman ! m'écriai-je en la poussant à l'écart du flot de passants. Tu es blanche comme un linge. C'est la chaleur ? Tu ne te sens pas bien ?

— Quoi ? fit-elle en portant la main à sa gorge sans quitter la tour des yeux.

Je suivis son regard, m'efforçant de comprendre ce qui lui arrivait.

— Qu'est-ce que vous regardez toutes les deux ? s'enquit Megumi, perplexe.

Clancy, qui nous escortait à distance avec la limousine, nous rejoignit.

— Quelque chose ne va pas, madame Stanton ? s'inquiéta-t-il.

— Vous avez vu… commença-t-elle en tournant vers lui un regard interrogateur.

— Vu quoi ? demandai-je tandis que Clancy balayait la rue d'un air concentré qui m'arracha un frisson.

— Laissez-moi vous conduire en voiture jusqu'à l'immeuble, dit-il avec calme.

L'entrée du bâtiment se trouvait quasiment de l'autre côté de la rue, mais le ton de Clancy était sans appel, et nous montâmes toutes les trois dans la voiture. Ma mère prit place sur le siège avant.

— Que s'est-il passé, exactement ? voulut savoir Megumi une fois que nous eûmes regagné la fraîcheur du hall climatisé du Crossfire. J'ai eu l'impression que ta mère avait vu un fantôme.

— Je n'en ai pas la moindre idée, avouai-je.

Je me sentais pourtant mal. Quelque chose l'avait effrayée.

Et je savais que j'allais ruminer comme une malade tant que je n'aurais pas découvert ce que c'était.

7

Mon dos heurta si violemment le tapis que mes poumons expulsèrent tout l'air qu'ils contenaient.

Le visage de Parker Smith se matérialisa au-dessus du mien.

— Tu me fais perdre mon temps, Eva. Si tu viens ici, sois *présente*. À cent pour cent. Pas à des milliers de kilomètres, perdue dans tes pensées.

J'attrapai la main qu'il me tendait et il m'aida à me relever. Autour de nous, une dizaine d'élèves se démenaient. La salle d'entraînement bourdonnait d'activité.

Il avait raison, je n'étais pas là ; je ne cessais de penser à la réaction étrange de ma mère devant le Crossfire.

— Désolée, marmonnai-je. J'ai un truc qui me tracasse.

Vif comme l'éclair, il m'appliqua une claque rapide au niveau du genou et à l'épaule.

— Tu crois qu'un agresseur attendra que tu sois prête à riposter avant de te sauter dessus ?

Je m'accroupis et me forçai à me concentrer. Parker s'accroupit à son tour, son regard sombre braqué sur moi. Son crâne rasé et sa peau brillaient sous les néons. Lorsqu'il m'attaqua, je parai le coup. Il enchaîna alors feintes et attaques de plus en plus rapidement et j'écartai toute pensée parasite de mon esprit, remettant mes préoccupations à plus tard.

Quand Gideon arriva chez moi une heure plus tard, il me trouva dans mon bain, entourée de bougies à la vanille que j'avais disposées un peu partout. Il se déshabilla pour me rejoindre, même si, à en juger par ses cheveux mouillés, il avait dû prendre une douche après s'être entraîné avec son coach personnel en arts martiaux. Je le regardai se dévêtir, fascinée. La façon dont ses muscles jouaient sous sa peau, sa grâce innée m'emplissaient d'un doux sentiment d'orgueil.

Il grimpa derrière moi dans la grande baignoire ovale et glissa les jambes de part et d'autre des miennes. Puis, à ma grande surprise, il me souleva pour m'asseoir sur ses genoux.

— Appuie-toi contre moi, mon ange, murmura-t-il. J'ai besoin de te sentir.

Avec un soupir d'aise, je me laissai aller contre son corps puissant tandis qu'il m'enveloppait de ses bras. Mes muscles endoloris se détendirent, impatients comme toujours de se soumettre à ses caresses. J'adorais ces moments d'intimité, quand le monde extérieur s'éloignait et que nos émotions s'apaisaient. Ces moments où je parvenais à *sentir* l'amour qu'il refusait d'avouer.

— Tu t'es encore pris de mauvais coups au krav maga ? demanda-t-il en pressant sa joue contre la mienne.

— C'est bien fait pour moi. J'avais la tête ailleurs.

Il m'effleura l'oreille du bout du nez.

— Tu pensais à moi ?

— J'aurais préféré.

Un silence, puis :

— Qu'est-ce qui te tracasse ?

J'aimais la facilité avec laquelle il lisait en moi, s'adaptait à mes changements d'humeur et à mes états d'âme. Je m'efforçais d'en faire autant avec lui. Pour qu'une relation entre deux personnes aussi compliquées que nous fonctionne, la plus grande souplesse était de rigueur.

J'entrelaçai mes doigts aux siens et lui racontai l'étrange réaction de ma mère après le déjeuner.

— Je m'attendais presque à voir mon père ! conclus-je. Je me demandais… Est-ce que tes caméras de sécurité couvrent la façade de l'immeuble ?

— Oui, bien sûr. Je consulterai les enregistrements.

— Ce ne sera pas long, dix minutes tout au plus, juste avant 13 heures. J'aimerais vraiment comprendre ce qui s'est passé.

— Considère que c'est chose faite.

Je tournai la tête et lui embrassai le menton.

— Merci.

Il déposa un baiser sur mon épaule.

— Il n'y a rien que je ne ferais pour toi, mon ange.

— Y compris me parler de ton passé ?

Je le sentis se tendre et m'en voulus aussitôt d'avoir posé cette question.

— Pas maintenant, m'empressai-je d'ajouter, mais une autre fois. J'aimerais que tu me promettes de le faire un jour.

— Déjeune avec moi demain midi. Dans mon bureau.

— Tu comptes m'en parler à ce moment-là ?

Gideon exhala un soupir bruyant.

— Eva.

Je m'écartai de lui, déçue qu'il se dérobe ainsi, et empoignai les rebords de la baignoire pour me préparer à sortir, à m'éloigner de l'homme dont je me sentais plus proche que de n'importe quel être humain et qui me paraissait en même temps complètement inaccessible.

— J'ai fini, annonçai-je en soufflant la bougie la plus proche. Je sors.

Un filet de fumée grise s'entortilla avant de se dissiper dans l'air, aussi insaisissable que l'homme que j'aimais.

— Non, dit-il en plaquant les mains sur mes seins pour me retenir.

L'eau clapota autour de nous, reflet de l'agitation qui était la mienne.

— Laisse-moi, Gideon, protestai-je en lui agrippant les poignets pour repousser ses mains.

Il enfouit le visage au creux de mon cou, refusant obstinément de lâcher prise.

— Je te promets de le faire un jour. D'accord ? Mais... Je te le promets, voilà.

J'étais découragée. Et le triomphe que j'avais escompté ressentir en lui posant cette question, et en anticipant sa réponse, n'était pas au rendez-vous.

— On peut laisser ça de côté pour ce soir ? reprit-il d'un ton bourru sans me lâcher. J'ai juste envie d'être avec toi, d'accord ? De commander un truc à dîner, de regarder la télé et de m'endormir en te serrant dans mes bras. C'est possible ?

Réalisant soudain que quelque chose n'allait pas, je tournai la tête vers lui.

— Qu'est-ce qui se passe ?

— Rien. Je veux simplement être avec toi.

Les larmes me montèrent aux yeux. Il ne me disait pas tout, loin de là. Notre relation était en train de devenir un terrain miné semé de non-dits et de secrets.

— D'accord.

— J'en ai besoin, Eva. Rien que toi et moi, sans drame, ajouta-t-il en me caressant la joue du bout de ses doigts mouillés. Accorde-moi cela, s'il te plaît. Et ensuite donne-moi un baiser.

Je me retournai complètement pour l'enfourcher et encadrai son visage de mes mains. Inclinant la tête pour trouver l'angle idéal, je pressai mes lèvres contre les siennes, léchai, aspirai, mordillai, puis insinuai la langue dans sa bouche en une caresse suave.

— Embrasse-moi vraiment, gronda-t-il en plaquant les mains sur mon dos. Embrasse-moi pour me montrer que tu m'aimes.

— Je t'aime, murmurai-je contre ses lèvres. Je ne peux pas m'en empêcher.

— Mon ange, souffla-t-il avant de plonger les mains dans mes cheveux et de me gratifier d'un baiser fiévreux.

Après le dîner, Gideon travailla au lit, son ordinateur portable posé sur une tablette. Allongée à plat ventre, je regardais la télé en agitant les jambes.

— Tu connais toutes les répliques de ce film par cœur ? demanda-t-il soudain, détournant mon attention de *S.O.S. Fantômes*.

Je le lorgnai par-dessus mon épaule. Il ne portait rien d'autre qu'un caleçon noir.

J'aimais le voir ainsi – détendu, à l'aise –, et me demandais si Corinne en avait eu l'occasion. Si oui, je comprenais sans peine qu'elle meure d'envie de jouir à nouveau d'un tel spectacle, parce que je serais morte si on m'avait privée de ce privilège.

— Possible, concédai-je.

— Et tu es obligée de les réciter à voix haute ?

— Ça te pose un problème, champion ?

— Non, répondit-il avec un sourire amusé. Combien de fois l'as-tu vu ?

— Un milliard de fois.

Je me redressai à quatre pattes et pivotai face à lui.

— Tu veux que je continue ? ajoutai-je.

Il haussa les sourcils, intrigué.

— Es-tu le Maître des Clefs ? ronronnai-je en rampant vers lui.

— Mon ange, quand tu me regardes comme ça, je suis tout ce que tu veux que je sois.

— Veux-tu intégrer ce corps ? demandai-je en l'observant entre mes paupières mi-closes.

Son sourire s'élargit et il posa son portable près de lui.

— Toujours.

Je calai les genoux de part et d'autre de ses jambes et remontai vers son torse.

— Embrasse-moi, infracréature, grognai-je en lui ceinturant les épaules des bras.

— Tss, tss, ce n'est pas la bonne réplique, objecta-t-il. J'étais censé être un dieu des plaisirs, et maintenant je ne suis plus qu'une infracréature ?

Je pressai ma fente sur son sexe érigé et ondulai sensuellement des hanches.

— Tu es ce que je veux que tu sois, tu t'en souviens ?

Les mains de Gideon enserrèrent ma poitrine et il renversa la tête en arrière.

— Et qu'est-ce que je suis ?

— Tu es à moi, répondis-je en lui mordillant la gorge. Rien qu'à moi.

Je n'arrivais plus à respirer. Je voulais crier, mais quelque chose me couvrait le nez… et la bouche. Seul un gémissement suraigu parvenait à franchir mes lèvres, mes appels à l'aide frénétiques demeurant enfouis au fond de ma gorge.

Va-t'en. Arrête ! Ne me touche pas. Ô mon Dieu… je t'en supplie, ne me fais pas ça *!*

Où était maman ?

Maman !

La main de Nathan m'écrasait les lèvres, m'enfonçait la tête dans l'oreiller. Son corps pesait une tonne sur moi, et plus je me débattais, plus il s'excitait, haletant comme l'animal qu'il était. Il essayait de s'enfoncer en moi, encore et encore. Ma culotte l'en empêchait, me protégeant de la douleur cuisante qu'il m'avait si souvent infligée que j'en avais perdu le compte.

— Tu n'as pas encore eu mal, siffla-t-il comme s'il devinait mes pensées. Mais ça ne va pas tarder.

Je me pétrifiai. Je connaissais cette voix.

Gideon. Non !

Le sang se rua contre mes tympans. La nausée me souleva l'estomac tandis qu'un flot de bile me brûlait la gorge.

C'était pire, tellement pire, quand la personne qui tentait de vous violer était celle en qui vous aviez le plus confiance.

La terreur et la fureur se mêlèrent en moi et me submergèrent. Dans un éclair de lucidité, j'entendis la voix de Parker aboyer des ordres. Les principes de base du krav maga me revinrent en mémoire d'un seul coup.

J'attaquai l'homme que j'aimais, l'homme dont les cauchemars se mêlaient aux miens de la manière la plus épouvantable qui soit. Nous étions l'un et l'autre des survivants d'abus sexuels, mais dans mes rêves, j'étais toujours une victime. Dans les siens, il devenait l'agresseur, déterminé à infliger le supplice et l'humiliation qu'il avait subis.

Je plantai mes doigts raidis dans la gorge de Gideon. Il se redressa en lâchant un juron et j'en profitai pour lui asséner un coup de genou dans l'entrejambe. Plié en deux, il bascula sur le côté. Je me laissai rouler à bas du lit, atterris sur le plancher avec un bruit sourd, me redressai tant bien que mal et m'élançai vers la porte.

— Eva ! hoqueta-t-il, réveillé et soudain conscient de ce qu'il avait été sur le point de me faire pendant son sommeil. Mon Dieu, *Eva*. Attends !

D'un bond, je franchis le seuil de la chambre et courus jusqu'au salon.

Je me recroquevillai dans le recoin le plus sombre, le souffle erratique, mes sanglots résonnant à travers l'appartement. Je pressai la bouche contre mon genou quand la lumière s'alluma dans ma chambre et gardai le silence lorsque Gideon pénétra dans la pièce, quelque temps après.

— Eva ? Seigneur, ça va ? Est-ce que... je t'ai fait mal ?

Le Dr Petersen appelait cela un trouble parasomniaque atypique ; c'était une manifestation du profond traumatisme psychologique dont souffrait Gideon. J'appelai cela l'enfer. Et nous y étions plongés tous les deux.

Mon cœur se brisa quand je levai les yeux vers lui. Son maintien fier avait cédé la place à une attitude de vaincu, les épaules voûtées et la tête basse. Il était habillé et tenait son sac de voyage à la main. Il s'arrêta près du comptoir du petit déjeuner. J'ouvrais la bouche pour parler quand je l'entendis déposer un objet métallique sur le comptoir.

Je l'avais retenu, la dernière fois. Je l'avais obligé à rester. Cette fois, je n'en avais pas la force.

Je voulais qu'il s'en aille.

Le déclic à peine audible du pêne de la porte d'entrée se répercuta dans tout mon corps. J'eus le sentiment que quelque chose venait de mourir en moi. La panique m'envahit. À l'instant où il avait fermé la porte, il me manqua. Je ne voulais pas qu'il reste. Je ne voulais pas qu'il parte.

J'ignore combien de temps je restai terrée dans mon coin avant de rassembler assez d'énergie pour me lever et aller m'asseoir sur le canapé. Je remarquai vaguement que l'aube commençait à poindre quand j'entendis le portable de Cary sonner dans sa chambre. Quelques secondes plus tard, il jaillissait dans le salon.

— Eva ! s'écria-t-il en s'accroupissant devant moi, les mains posées sur mes genoux. Jusqu'où est-il allé ?

— Quoi ? demandai-je en clignant des yeux.

— Cross vient d'appeler. Il m'a dit qu'il avait eu un autre cauchemar.

— Il ne s'est rien passé.

Je sentis une larme rouler sur ma joue.

— On ne dirait pas à voir ta tête. On dirait que...

Je lui saisis les poignets quand il se redressa en lâchant un juron.

— Je vais bien, Cary.

— Je ne t'ai encore jamais vue dans cet état, Eva. Je ne le supporte pas, martela-t-il en s'asseyant à côté de moi pour m'attirer contre lui. Trop, c'est trop. Plaque-le.

— Je ne peux pas prendre une telle décision maintenant.

— Qu'est-ce que tu attends ? gronda-t-il. Encore un peu et ce ne sera pas juste une histoire merdique de plus dans ta vie, ce sera une histoire qui t'aura définitivement bousillée !

— Si je le laisse tomber, il n'aura plus personne. Je ne peux pas...

— Ce n'est pas ton problème, Eva... Bordel ! Tu n'as pas pour mission de sauver Cross !

— Tu ne comprends pas, dis-je en passant les bras autour de son torse pour enfouir la tête au creux de son épaule. C'est lui qui me sauve, Cary, sanglotai-je.

Je ne pus réprimer un haut-le-cœur quand je découvris ma clef sur le comptoir du petit déjeuner et j'eus tout juste le temps d'atteindre l'évier.

Une fois l'estomac vide, une douleur atroce s'empara de moi. Le souffle court, en nage, j'agrippai le rebord de l'évier et je me mis à pleurer si fort que je me demandai comment j'allais survivre aux cinq minutes à venir, sans parler du restant de la journée. Du restant de mes jours.

La dernière fois que Gideon m'avait rendu ma clef, notre rupture avait duré quatre jours. J'avais du mal à ne pas penser que ce nouveau geste signifiait que la rupture risquait d'être définitive. Qu'avais-je fait ? Pourquoi ne l'avais-je pas retenu ? Pourquoi n'avais-je pas essayé de lui parler ?

Mon portable m'avertit de la réception d'un SMS. Les jambes flageolantes, je m'approchai de mon sac et sortis mon téléphone en priant pour que ce soit Gideon. Il avait déjà appelé Cary trois fois, mais ne m'avait toujours pas contactée.

Quand je vis son nom s'afficher sur l'écran, un tendre élancement me transperça la poitrine.

Je travaillerai chez moi aujourd'hui, lus-je. *Angus t'attendra en bas pour t'emmener au bureau.*

L'effroi me tordit l'estomac. La semaine avait été très éprouvante pour nous deux et je pouvais comprendre qu'il capitule. Mais cette compréhension s'accompagnait d'une terreur si insidieuse que j'en eus la chair de poule.

Les doigts tremblants, je tapai ma réponse.

On se voit ce soir ?

Il y eut une longue pause. Si longue que je m'apprêtais à exiger une réponse par oui ou par non quand mon portable sonna enfin.

Non. J'ai mon RV avec Petersen et beaucoup de travail.

Ma main se crispa sur mon portable et je dus m'y reprendre à trois fois pour taper ma réponse.

Je veux te voir.

Mon portable resta silencieux pendant une éternité. J'étais sur le point de l'appeler depuis mon fixe quand son message me parvint.

Je verrai ce que je peux faire.

Oh, non ! J'eus du mal à distinguer les lettres à travers mes larmes. Il voulait rompre. J'en avais la certitude.

Ne prends pas la fuite. Moi, je ne le fais pas.

Encore d'interminables minutes, puis :

Tu devrais.

Je fus tentée d'appeler le bureau pour dire que j'étais malade, mais repoussai aussitôt cette idée. Impossible. Je ne m'étais que trop souvent engagée sur cette voie. Je pouvais si facilement retomber dans mes vieilles habitudes autodestructrices pour tenter d'émousser mon chagrin. Perdre Gideon me tuerait, mais une mort tout aussi certaine m'attendait si je me perdais moi-même.

Il fallait que je m'accroche. Que je surmonte cette épreuve. Je devais aller de l'avant. Un pas après l'autre.

Je grimpai donc à l'arrière du SUV à l'heure prévue pour aller travailler, refusai de me laisser troubler par le visage fermé d'Angus, et passai en mode pilotage automatique pour affronter les heures à venir.

Je traversai la journée dans une sorte de brouillard. Me concentrer sur mon travail m'aidait à ne pas devenir folle, mais le cœur n'y était pas. Je consacrai l'heure du déjeuner à faire des recherches, car j'étais incapable d'avaler quoi que ce soit ou de parler de la pluie et du beau temps avec mes collègues. À la fin de la journée, je faillis sécher mon cours de krav maga, puis décidai finalement d'y aller et me concentrai sur les exercices comme je m'étais concentrée sur mon boulot. Je devais continuer à avancer, même si la direction que je prenais m'était intolérable.

— C'est mieux, observa Parker lors d'un break. Tu es encore ailleurs, mais moins qu'hier.

J'essuyai mon front en sueur avec ma serviette. J'avais commencé à suivre les cours de Parker pour pratiquer un sport plus intensif que mes séances de gym, mais les événements de la nuit précédente m'avaient prouvé que savoir se défendre était des plus utiles.

Le tatouage tribal qui courait autour du biceps de Parker parut s'animer lorsqu'il porta sa bouteille d'eau à ses lèvres. Il était gaucher et son alliance attira mon regard. Elle me rappela l'anneau que je portais à la main droite et je baissai les yeux pour le contempler. Je me souvins du jour où Gideon me l'avait offert. Il m'avait dit que les X incrustés de diamants qui s'enroulaient autour de la corde d'or symbolisaient la façon dont il s'accrochait à moi. Je me demandai s'il pensait toujours la même chose, s'il estimait que ça valait encore la peine de s'accrocher. J'en étais pour ma part intimement persuadée.

— Prête ? s'enquit Parker en lançant sa bouteille vide dans la poubelle.

— Ramène-toi par ici, tu vas voir si je suis prête.

— Voilà ! C'est ce mordant-là que je veux, déclara-t-il avec un grand sourire.

Parker me rétama, mais je ne lui facilitai pas la tâche. Je me donnai à fond dans cette nouvelle série d'exercices qui me libéra progressivement de ma frustration. Les rares victoires que je remportai renforcèrent ma détermination : j'allais aussi me battre jusqu'au bout pour sauver ma relation avec Gideon. J'y consacrerai du temps et des efforts, je serai là pour lui, je m'efforcerai de devenir meilleure et plus forte afin que nous réussissions à vaincre nos problèmes. Et j'allais le lui dire, qu'il soit prêt à l'entendre ou pas.

À la fin de la séance, je me rhabillai, saluai Parker et les autres élèves, et sortis dans l'air nocturne encore tiède. Clancy m'attendait devant la porte, appuyé contre la calandre de la limousine dans une attitude que seul un imbécile aurait pu trouver désinvolte. Malgré la chaleur, il portait une veste afin de dissimuler l'arme qu'il portait dans son holster d'épaule.

— En progrès ? demanda-t-il en se redressant pour m'ouvrir la portière.

— J'y travaille, répondis-je en me glissant sur la banquette.

Je lui demandai de me conduire chez Gideon. J'avais la clef de son appartement et j'étais bien décidée à l'utiliser.

Pendant le trajet, je me demandai si Gideon avait été à son rendez-vous avec Petersen ou s'il y avait renoncé. Il n'avait accepté de suivre cette thérapie qu'à cause de moi. Si je ne faisais plus partie de l'équation, rien ne l'obligeait à continuer.

Dans le hall de son immeuble, je signai le registre de la réception, puis empruntai l'ascenseur privé qui desservait le dernier étage. Ce n'est qu'une fois dans la cabine que je réalisai ce qui venait de se produire. Quelques semaines plus tôt, Gideon avait inscrit mon nom sur la liste des personnes autorisées à monter chez lui. Un acte en apparence anodin, mais dont je saisissais toute la signification. Gideon considérait son appartement comme un véritable sanctuaire dans lequel ne pénétraient que très peu de gens. Il n'y avait jamais admis aucune autre femme que moi, et hormis son personnel, j'étais la seule personne à en posséder la clef. La veille, je n'aurais pas douté une seconde d'être la bienvenue, mais là...

Je sortis sur le palier au sol revêtu de marbre où un énorme bouquet de lys blancs trônait sur une console ancienne. Avant de déverrouiller la porte, je pris une longue inspiration pour me préparer au choc de nos retrouvailles. La dernière fois qu'il m'avait agressée dans son sommeil, il en était sorti dévasté, et je redoutais que cette deuxième agression ne l'ait encore davantage affecté. L'idée que ses crises de somnambulisme puissent nous séparer définitivement me terrifiait.

Je sus qu'il n'était pas là dès que je posai le pied dans l'appartement. L'énergie qui faisait vibrer l'espace qu'il occupait était notablement absente.

Le détecteur de mouvements déclencha l'ouverture de la lumière quand j'entrai dans l'immense living et je me forçai à me comporter comme si j'étais chez moi. Je me rendis dans ma chambre, située tout au fond du couloir. Je m'immobilisai sur le seuil, prise de court, comme toujours, lorsque je découvrais cette reproduction à l'identique de ma propre chambre à coucher dans l'appartement de Gideon. L'absolue similitude, depuis la couleur des murs jusqu'au moindre bibelot, était troublante, mais c'était surtout l'existence même de cette pièce qui me déstabilisait.

Gideon l'avait créée pour que je puisse m'y réfugier quand j'avais besoin de me sentir en sécurité, et c'était sans doute ce que je ressentais puisque j'avais préféré aller dans cette pièce plutôt que dans sa chambre à lui.

Je déposai mon sac de sport et mon sac à main sur le lit et passai dans la salle de bains pour me doucher. Après quoi, j'enfilai un des tee-shirts Cross Industries que Gideon avait laissés là à mon intention en m'interdisant de réfléchir à la raison de son absence.

Je venais de me verser un verre de vin et d'allumer la télé du salon quand mon portable sonna. Le numéro qui s'afficha m'était inconnu.

— Allô ?

— Eva ? C'est Shawna.

— Salut, Shawna, répondis-je en m'efforçant de masquer ma déception.

— J'espère que je n'appelle pas trop tard ?

Je consultai l'écran de mon portable. Il était pratiquement 21 heures. Mon inquiétude au sujet de l'absence de Gideon se teinta de jalousie. Où pouvait-il bien être ?

— Pas du tout. Je suis devant la télé.

— Désolée d'avoir manqué ton appel, hier soir. Je sais que je m'y prends un peu tard, mais je voulais savoir si tu serais partante pour aller au concert des Six-Ninths, vendredi.

— Au concert des quoi ?

— Des Six-Ninths. Tu n'as jamais entendu parler d'eux ? C'était un groupe de rock indépendant jusqu'à l'année dernière. Je les suis depuis un moment et ils ont offert des billets pour leur concert aux premiers inscrits sur leur site. Le truc, c'est que les gens que je fréquente sont plutôt hip-hop et dance. En clair, tu es mon dernier espoir ! S'il te plaît, dis-moi que tu aimes le rock alternatif !

— J'aime le rock alternatif.

Un signal m'apprit que Cary essayait de me joindre et je basculai son appel sur la messagerie. Je ne pensais pas en avoir pour longtemps avec Shawna et préférais le rappeler une fois que je serais libre.

— Je le savais ! s'esclaffa-t-elle. J'ai quatre billets, si tu as envie de venir avec quelqu'un, ne te gêne surtout pas. On se retrouve à 18 heures pour manger un morceau avant le concert ? Il commence à 21 heures.

— Ça marche, répondis-je à l'instant où Gideon ouvrait la porte. On devrait s'amuser.

Il demeura dans l'entrée, sa veste pliée sur le bras, le premier bouton de sa chemise défait, sa mallette à la main. Son masque était en place, et il ne manifesta pas la moindre émotion en me découvrant affalée sur son canapé vêtue d'un de ses tee-shirts, un verre de vin posé devant moi et la télé allumée. Il m'inspecta de la tête aux pieds, mais aucune lueur n'éclaira son regard. Je me sentis soudain gauche et indésirable.

— Je te rappellerai pour te dire si je viens accompagnée, ajoutai-je à l'intention de Shawna en me redressant lentement, histoire de ne pas exhiber ma petite culotte. Et merci d'avoir pensé à moi.

— Je suis si contente que tu viennes ! On va s'éclater.

Nous convînmes de nous rappeler le lendemain et je raccrochai. Entre-temps, Gideon avait posé sa mallette sur le sol et drapé sa veste sur l'accoudoir d'un fauteuil.

— Tu es ici depuis longtemps ? s'enquit-il en desserrant son nœud de cravate.

Je me levai. J'avais soudain les mains moites à l'idée qu'il me jette dehors.

— Non, pas tellement.

— Tu as mangé ?

Je secouai la tête. Je n'avais rien pu avaler de la journée et n'avais tenu le coup au cours de krav maga que grâce à une boisson protéinée.

— Commande quelque chose, me suggéra-t-il en passant devant moi pour s'engager dans le couloir. Les menus sont dans le tiroir de la cuisine, à côté du frigo. Je vais prendre une douche.

— Tu veux quelque chose ? lançai-je tandis qu'il s'éloignait.

— Oui, répondit-il sans se retourner. Je n'ai pas mangé non plus.

Je venais de me décider à commander un velouté de tomates bio accompagné de pain français en me disant que mon estomac parviendrait peut-être à le supporter quand mon portable sonna de nouveau.

— Salut, Cary, fis-je en regrettant de ne pas être avec lui à la maison plutôt que sur le point d'affronter une rupture douloureuse.

— Salut. Cross vient de passer te voir. Je lui ai dit d'aller au diable et d'y rester.

— Cary, soupirai-je.

Je ne pouvais pas vraiment lui en vouloir. J'aurais sans doute fait la même chose à sa place.

— C'est gentil de me prévenir, ajoutai-je.

— Où es-tu ?

— Chez lui. Il vient d'arriver et il a filé sous la douche. Je pense que je ne vais pas tarder à rentrer.

— Tu as l'intention de le plaquer ?

— Je crois que c'est plutôt lui qui en a l'intention.

Il exhala bruyamment.

— Je sais que tu n'as pas envie d'entendre ce que je vais te dire, mais c'est pour ton bien. Tu devrais appeler le Dr Travis le plus tôt possible. En parler avec lui. Il t'aidera à mettre les choses en perspective.

Je déglutis pour dissiper le nœud qui s'était formé dans ma gorge.

— Je... Ouais. Peut-être.

— Ça va ?

— Rompre face à face permet au moins de sauvegarder sa dignité. C'est déjà pas mal.

Mon portable me fut soudain ôté de la main.

Gideon soutint mon regard.

— Au revoir, Cary, dit-il avant d'éteindre mon téléphone et de le poser sur le comptoir de la cuisine.

Il avait les cheveux mouillés et portait un pantalon de pyjama noir bas sur les hanches. J'éprouvai une véritable souffrance physique à la pensée de tout ce dont j'allais être privée en le perdant : le désir à couper le souffle, le bien-être et l'intimité, l'éphémère sensation de parfaite plénitude qui justifiait tout le reste...

— Avec qui vas-tu t'amuser ? demanda-t-il.

— Pardon ? Oh ! Avec Shawna – la belle-sœur de Mark. Elle a des billets pour un concert de rock, vendredi.

— Tu as choisi ce que tu voulais manger ?

Je hochai la tête et tirai sur le bas de mon tee-shirt, soudain intimidée.

— Sers-moi la même chose que toi, reprit-il en attrapant le menu. Je vais commander. Qu'est-ce que tu veux ?

— De la soupe et du pain.

Tandis que je lui versai un verre de merlot, je l'entendis passer la commande de cette voix ferme et un peu rauque que j'avais adorée à l'instant où je l'avais entendue. Il commanda un velouté de tomates et une baguette ainsi que des nouilles au poulet, et mon cœur se serra. Sans que j'aie eu besoin de le lui préciser, il avait deviné ce que j'avais envie de manger. C'était là l'un de ces infimes détails qui m'incitaient à penser que nous étions faits l'un pour l'autre.

Je lui tendis son verre et le regardai boire une gorgée de vin. Il paraissait fatigué et je me demandai s'il avait aussi peu dormi que moi.

— Cary a dû te dire que j'étais passé chez toi.

— Je suis désolée... que tu ne m'aies pas trouvée là-bas et...

Il s'adossa au comptoir.

— Continue, je t'écoute.

— Je pensais te trouver ici. J'aurais dû appeler avant. Quand j'ai vu que tu n'étais pas là, j'aurais mieux fait de repartir au lieu de me mettre à l'aise. Je suis... un peu perdue. Je n'arrive plus à penser clairement, conclus-je en frottant mes yeux brûlants de larmes.

— Si tu t'attends que je rompe avec toi, cesse d'attendre.

Je m'agrippai au comptoir.

Ça y était ? C'était la fin ?

— Je ne peux pas faire ça, dit-il d'un ton catégorique. Je ne peux même pas te promettre de te laisser partir, si c'est pour ça que tu es venue.

Quoi ? Je fronçai les sourcils, en pleine confusion.

— Tu as laissé ma clef chez moi, lui rappelai-je.

— Je veux que tu me la rendes.

— Gideon, soufflai-je en fermant les yeux, ce qui n'empêcha pas mes larmes de couler, tu es un crétin.

Je quittai la pièce et gagnai ma chambre d'un pas légèrement chancelant qui ne devait rien au peu de vin que j'avais bu.

Je venais à peine d'ouvrir la porte qu'il m'attrapa par le coude.

— Je ne te suivrai pas à l'intérieur, dit-il d'une voix sourde, tout près de mon oreille. Je te l'ai promis. Mais je te demande de rester pour me parler. De m'écouter, au moins. Si tu es venue jusqu'ici...

— J'ai quelque chose pour toi, articulai-je avec difficulté tant j'avais la gorge nouée.

Il me lâcha et j'allai chercher mon sac.

— Quand tu as laissé ma clef sur le comptoir, c'était une façon de rompre avec moi ?

Sa silhouette se détachait dans l'encadrement de la porte, les mains agrippées au montant comme pour résister à l'envie de me rejoindre. Sa posture mettait son corps en valeur, révélait ses muscles bien dessinés, soulignait l'étroitesse de ses hanches. Une puissante vague de désir me submergea.

— Non, avoua-t-il. Je voulais juste que tu te sentes en sécurité.

Mon poing se crispa sur ce que je tenais dans la main.

— Tu m'as brisé le cœur, Gideon. Tu n'as pas idée de la souffrance que j'ai éprouvée en découvrant cette clef. Pas la moindre.

Il ferma les yeux et baissa la tête.

— Je n'étais pas en état de réfléchir. J'ai cru bien faire...

— Je m'en contrefiche. Ne refais jamais une chose pareille ! répliquai-je en durcissant le ton. Je te préviens, Gideon, et je suis sérieuse comme jamais je ne l'ai été, la prochaine fois que tu me rendras ma clef, ce sera la dernière ! C'est clair ?

— Très clair.

Je m'approchai de lui, encore toute frémissante d'indignation.

— Donne-moi ta main.

Il détacha sa main droite de l'encadrement de la porte et me la tendit.

— Je ne t'ai encore jamais donné la clef de chez moi, tu te l'es appropriée. Aujourd'hui, je te la donne, déclarai-je en la plaçant au creux de sa paume.

Je lui lâchai la main et reculai. Il garda les yeux fixés sur la clef attachée au porte-clefs étincelant sur lequel j'avais fait graver son monogramme. La meilleure façon, selon moi, de lui montrer que cette clef lui appartenait et qu'elle lui avait été librement offerte.

Il referma le poing dessus. Au bout d'une interminable minute, il releva la tête, et je découvris que ses joues étaient mouillées de larmes.

— Non, murmurai-je, le cœur en morceaux. Ne pleure pas, chuchotai-je en effaçant ses larmes de mes doigts, je t'en supplie...

Gideon prit mon visage entre ses mains et pressa ses lèvres sur les miennes.

— Je ne saurais même pas comment rompre avec toi.

— Chut.

— Je vais te faire du mal. Je t'en fais déjà. Tu mérites mieux...

— Tais-toi, Gideon.

Je m'accrochai à son cou, lui encerclai la taille de mes jambes.

— Cary m'a dit qu'il ne t'avait jamais vue dans un état pareil, continua-t-il, et il se mit trembler violemment. Tu ne vois pas ce que je te fais, Eva ? Je suis en train de te détruire.

— Ce n'est pas vrai !

Il m'enveloppa de ses bras et se laissa choir sur les genoux.

— C'est moi qui t'ai piégée dans cette relation, Eva. Tu l'as su dès le début, même si tu t'en défends. Tu savais ce que je te ferai, mais j'ai refusé de te laisser fuir.

— Je ne fuis plus. Tu m'as rendue plus forte. Tu m'as donné des raisons de persévérer.

— Mon Dieu, souffla-t-il, le regard hanté.

Il s'assit, resserra son étreinte.

— Nous sommes aussi perturbés l'un que l'autre et j'ai agi en dépit du bon sens. On finira par se tuer à ce jeu-là. À se déchirer l'un l'autre jusqu'à ce qu'il ne reste plus rien.

— Tais-toi. Je ne veux plus entendre ces bêtises. Est-ce que tu es allé voir le Dr Petersen ?

Il appuya la tête contre le mur et ferma les yeux.

— Oui.

— Tu lui as parlé de ce qui s'est passé cette nuit ?

— Oui. Et il m'a répété la même chose que la semaine dernière. Que nous sommes trop profondément impliqués. Que nous nous entraînons l'un l'autre vers le fond. Il pense que nous devrions prendre de la distance, nous voir platoniquement, dormir séparément, passer plus de temps avec d'autres personnes et moins en tête à tête.

Ce serait mieux, songeai-je. Plus sain, moins dangereux.

— J'espère que ce n'est pas la seule solution qu'il a à proposer.

Gideon rouvrit les yeux et scruta mon visage inquiet.

— C'est exactement ce que j'ai répondu.

— On traîne tous les deux des casseroles, et alors ? Tous les couples ont des problèmes.

Il laissa échapper un ricanement.

— Je suis sérieuse, Gideon.

— Nous allons bel et bien dormir séparément, Eva. C'est allé trop loin.

— Dans des lits séparés ou chacun dans un appartement ?

— Des lits. C'est tout ce que je suis en mesure de supporter.

— D'accord, soupirai-je en laissant aller ma tête sur son épaule, heureuse de le serrer de nouveau dans mes bras et que nous soyons ensemble. Je ferai face. Pendant un temps.

Il murmura :

— Quand je suis arrivé et que je t'ai trouvée ici...

Ses bras se contractèrent autour de moi.

— Eva... J'ai cru que Cary me mentait quand il m'a dit que tu n'étais pas chez toi. Qu'en réalité tu ne voulais pas me voir. Puis j'ai pensé que tu étais peut-être sortie, que tu cherchais à m'oublier.

— Tu n'es pas quelqu'un qu'on oublie facilement, Gideon.

Je doutais d'être capable de l'oublier un jour. Je l'avais dans la peau. Je relevai la tête.

Il posa son poing fermé, celui qui tenait ma clef, sur son cœur.

— Merci pour ce cadeau, Eva.

— Prends-en soin.

— Ne regrette pas de me l'avoir donnée, murmura-t-il en appuyant son front contre le mien.

Je sentis son souffle sur ma peau, me demandai s'il avait ajouté autre chose, mais décidai de ne pas chercher à le savoir.

Nous étions toujours ensemble.

Au terme de cette journée aussi affreuse qu'interminable, rien d'autre ne comptait.

8

Le bruit que fit la porte de ma chambre en s'ouvrant mit un terme à un rêve dénué d'intérêt, mais ce fut surtout l'arôme du café qui me réveilla. Je m'étirai en gardant les paupières fermées.

Gideon s'assit au bord du lit et je sentis ses doigts sur ma joue.

— Tu as bien dormi ? murmura-t-il.

— Tu m'as manqué. Le café que je sens est pour moi ?

— Si tu es sage.

— Mais tu aimes que je sois vilaine, répondis-je en ouvrant les yeux.

Son sourire avait sur moi un effet dévastateur. Il portait l'un de ses élégants costumes et avait bien meilleure mine que la veille.

— J'aime que tu sois vilaine *avec moi*. Parle-moi de ce concert de vendredi.

— C'est un groupe qui s'appelle les Six-Ninths. Je n'en sais pas plus. Tu as envie de venir ?

— La question n'est pas de savoir si j'en ai ou non envie. Si tu y vas, j'y vais.

— Ah oui ? Et qu'est-ce que tu aurais fait si je ne t'avais pas posé la question ?

Il s'empara de ma main et fit doucement tourner mon anneau autour de mon doigt.

— Dans ce cas, tu n'y serais pas allée non plus.

— Pardon ? m'exclamai-je en écartant les cheveux de mon visage.

En voyant son expression butée, je me redressai dans mon lit.

— Donne-moi cette tasse. J'ai besoin de ma dose de caféine avant de te frapper.

Gideon sourit et s'exécuta.

— Ne me regarde pas comme ça, marmonnai-je. Ça ne me plaît pas du tout que tu décides pour moi où j'ai le droit d'aller.

— Nous parlions d'un concert de rock bien spécifique, et je n'ai pas dit que tu n'avais pas le droit d'y aller. Simplement que tu ne peux pas y aller sans moi. Désolé que ça te déplaise, mais c'est ainsi.

— Qui a parlé de concert de rock ? C'est peut-être un concert classique. Ou pop. Ou celtique.

— Les Six-Ninths ont signé chez Vidal Records.

— Ah.

Vidal Records était dirigé par le beau-père de Gideon, Christopher Vidal Senior, mais Gideon en était l'actionnaire majoritaire.

— J'ai vu des vidéos de leurs concerts indépendants et il n'est pas question que je te laisse affronter seule un public pareil.

J'avalai une longue gorgée de café.

— Je comprends ton point de vue, mais ça ne te donne pas le droit de me donner des ordres.

— Ah, non ? Ne discute pas, dit-il en posant les doigts sur mes lèvres. Je ne suis pas un tyran. Il peut m'arriver de m'inquiéter pour toi et tu auras l'intelligence d'en tenir compte.

J'écartai sa main.

— L'intelligence consistant à considérer que ta décision est forcément la meilleure.

— Évidemment.

— Ne compte pas sur moi.

— Nous n'allons pas commencer à nous chamailler à propos de broutilles, répliqua-t-il en se levant. Tu m'as proposé de t'accompagner à ce concert vendredi et j'ai accepté. Il n'y a aucune raison de se disputer.

Je posai ma tasse sur la table de chevet, rabattis drap et couverture et descendis du lit.

— Je dois pouvoir vivre ma vie comme je l'entends, Gideon. Si je ne suis plus *moi*, ça ne marchera pas.

— Et je dois aussi être *moi*. Je ne suis pas le seul à devoir faire des concessions, Eva.

Son argument me frappa par sa justesse. Il avait raison. J'avais le droit d'exiger qu'il n'empiète pas sur ma liberté, mais de son côté il avait le droit de vouloir rester l'homme qu'il était.

— Que dirais-tu si je t'annonçais que j'ai l'intention de passer une soirée en boîte avec des copines ?

Il prit mon visage entre ses mains et déposa un baiser sur mon front.

— Je te dirais que tu peux prendre la limousine et t'en tenir aux clubs dont je suis propriétaire.

— Pour me faire surveiller par ton personnel ?

— Leur demander de veiller sur toi, rectifia-t-il. Pardonne-moi, mon ange, mais j'ai horreur de te quitter des yeux.

— Ne détourne pas le problème.

Il me souleva le menton et posa sur moi un regard inflexible.

— Il faut que tu comprennes que même si tu prenais ma limousine et que tu n'allais que dans mes clubs, je serais mort d'inquiétude, Eva. Je fais un effort, tu en fais un aussi – c'est comme ça que ça marche, non ?

— Comment fais-tu pour tenir des propos déraisonnables et donner l'impression qu'ils sont pleins de bon sens ? maugréai-je.

— C'est un don.

Je plaquai les mains sur ses fesses musclées et les pinçai.

— Il va me falloir davantage de café pour apprécier ce don, champion.

C'était devenu une sorte de rituel, tous les mercredis, Mark, Steven et moi avions pris l'habitude de déjeuner ensemble. À notre arrivée au petit restaurant italien, Mark et moi découvrîmes Shawna qui nous attendait avec Steven et j'en fus ravie.

— Je suis jalouse de ton bronzage, déclara Shawna, toute mignonne et décontractée avec son petit jean, son débardeur à paillettes et son écharpe arachnéenne. Dès que je m'expose au soleil, je deviens rouge comme une écrevisse et mes taches de rousseur prolifèrent.

— Ta superbe chevelure compense largement cet inconvénient, fis-je remarquer en admirant sa crinière rousse.

Steven passa la main dans ses cheveux, de la même couleur que ceux de sa sœur, et sourit.

— Il faut faire des sacrifices pour être sexy, soupira-t-il.

— Qu'est-ce que tu en sais, toi ? répliqua Shawna en lui flanquant un coup d'épaule.

Shawna était aussi fluette que Steven était massif, et son coup ne le fit pas bouger d'un pouce. Le petit restaurant dans lequel j'avais réservé notre table à la demande de Mark était charmant. Le soleil se déversait à flots dans la salle par une immense baie vitrée et les odeurs de nourriture qui flottaient dans la salle mettaient instantanément l'eau à la bouche.

— J'ai hâte d'être à vendredi, me confia Shawna, le regard brillant.

— Elle t'invite *toi*, observa Steven, pince-sans-rire, mais pas son grand frère.

— Arrête de te plaindre, répliqua Shawna. Tu as horreur de la foule.

— Je n'aime pas qu'on empiète sur mon espace personnel, c'est tout.

Elle leva les yeux au ciel.

— Tu ne peux pas t'amuser à jouer les gros malabars partout où tu vas.

— Ça ne te dérange pas si je viens avec mon ami ? lui demandai-je.

— Pas du tout. Il n'aurait pas un copain qui serait intéressé, par hasard ?

— Shawna ! s'exclama Mark d'un air choqué. Et Doug, alors ?

— Quoi, Doug ? Tu ne m'as pas laissée finir. Doug est mon ami, m'expliqua-t-elle. Cet été, il fait un stage en Sicile. Il est chef cuisinier.

— Super, dis-je. J'adore les hommes qui savent cuisiner.

— Je ne me plains pas, admit-elle avec un grand sourire avant de se tourner vers Mark. J'ai l'intention de garder Doug, figure-toi. Si je proposais à Eva de venir avec un autre copain, c'était pour utiliser le quatrième billet que j'ai gagné, pas pour draguer, voilà !

Je pensai aussitôt à Cary et souris.

Mais un peu plus tard, quand je retrouvai Gideon chez lui après nos séances d'entraînement respectives, je changeai d'avis. Je me levai du canapé où je m'efforçais sans succès de lire, et remontai le couloir qui menait à son bureau.

Je le trouvai en train de pianoter sur le clavier de son ordinateur, la lueur de l'écran et le spot orienté vers le collage de photos constituant le seul éclairage de la pièce. Assis torse nu dans la semi-pénombre, je le trouvais plus séduisant que jamais, mais comme toujours lorsqu'il travaillait, il semblait lointain et inaccessible, et je me sentis soudain très seule.

Sa décision de faire chambre à part, bien que compréhensible, avait fait resurgir ce sentiment d'insécurité enraciné en moi, et m'incitait comme jamais à m'accrocher à lui, à attirer son attention.

Qu'il travaille plutôt que de passer du temps avec moi n'aurait pas dû m'irriter, mais c'était plus fort que moi. Je me sentais abandonnée, et je savais que cela signifiait que j'étais en train de régresser sur le plan émotionnel.

Il leva les yeux, et je fus contente qu'il s'intéresse enfin à moi.

— Tu trouves que je te néglige, mon ange ? demanda-t-il en se laissant aller contre le dossier de son fauteuil.

Je rougis, gênée qu'il m'ait, comme d'habitude, aussi facilement percée à jour.

— Excuse-moi de t'interrompre.

— Tu devrais toujours venir me voir quand tu as besoin de quelque chose.

Il fit coulisser la tablette qui supportait son clavier, tapota l'espace vide sur le bureau devant lui et fit reculer son fauteuil à roulettes.

— Viens t'asseoir ici.

Je m'exécutai sans chercher à dissimuler mon empressement. Me perchai sur le bureau et souris quand il rapprocha son fauteuil pour se glisser entre mes jambes.

— J'aurais dû t'expliquer que j'essaie de me libérer de mes rendez-vous pour passer le week-end avec toi, reprit-il en emprisonnant mes hanches entre ses bras.

— Vraiment ?

Je plongeai les doigts dans ses cheveux.

— Je te veux pour moi tout seul. Et j'ai vraiment, vraiment besoin de te faire l'amour très longtemps. Peut-être même tout le week-end. Tu me manques atrocement, Eva, avoua-t-il en fermant les yeux.

— Je suis toujours avec toi et tu es toujours en moi, murmurai-je.

Sa bouche s'incurva lentement et il rouvrit les yeux.

— Tu me fais bander.

— Quoi de neuf à cela ?

— Tout.

Je fronçai les sourcils.

— Je t'expliquerai le moment venu. Dis-moi plutôt ce qui t'amène.

J'hésitai, encore intriguée par son commentaire sibyllin.

— Eva, dit-il d'un ton ferme, qu'est-ce que tu voulais ?

— Un copain pour Shawna. Heu... enfin non, justement, pas un copain. Shawna a déjà quelqu'un, mais il est à l'étranger, et ce serait plus sympa pour elle qu'on y aille à quatre plutôt qu'à trois.

— Pourquoi ne demandes-tu pas à Cary ?

— J'y ai pensé, mais étant donné que Shawna est mon amie, je me suis dit que ce serait plus équilibré si c'était toi qui invitais le quatrième.

— D'accord. Je vais voir si je trouve quelqu'un.

Je réalisai que je ne m'étais pas attendue qu'il prenne ma suggestion au sérieux.

— Il y a autre chose ? insista-t-il.

— Je... Non. Rien, mentis-je, redoutant de lui dire le fond de ma pensée.

— Eva, fit-il, sévère. Parle.

— Non, c'est bête.

— C'est un ordre.

Je frissonnai, comme chaque fois qu'il employait ce ton autoritaire.

— Vu ce que tu m'as raconté de ta vie sociale, je croyais que tu n'avais pas d'amis, voilà.

Il ne cacha pas son amusement.

— Tu ne m'en as jamais présenté aucun, ajoutai-je pour me justifier.

— Ah, dit-il, de plus en plus amusé. Figure-toi que tu es ma petite amie secrète. Je me demande à quoi je pensais quand je me suis arrangé pour qu'un paparazzi nous prenne en photo en train de nous embrasser.

Je tournai les yeux vers le collage accroché au mur. La photo dont il parlait y figurait en bonne place, et le monde entier pouvait la voir sur Internet.

Gideon s'esclaffa, et son rire se répandit en moi telle une onde de chaleur.

— Je t'ai présentée à quelques-uns de mes amis quand nous sommes sortis ensemble, Eva.

Au temps pour moi. J'avais pris ces gens pour des relations d'affaires.

— Mais te garder pour moi seul n'est pas une mauvaise idée, finalement.

Je songeai à la conversation que nous avions eue quand il avait voulu que je l'accompagne à Phoenix.

— Pourquoi est-ce que ça ne peut pas être *toi* qui restes vautré nu toute la journée à attendre qu'on s'envoie en l'air, lâchai-je à brûle-pourpoint.

— Qu'est-ce que ça aurait de drôle ?

Je le poussai en plaquant les paumes sur ses épaules, et il m'attira sur ses genoux en riant.

Je n'en revenais pas qu'il soit d'aussi bonne humeur et m'en demandai la raison. Je jetai un coup d'œil à l'écran de son ordinateur, mais ne vis qu'un tableur dont la complexité me fit loucher, et un mail en cours de rédaction.

— Ce serait divin, murmura-t-il en m'embrassant dans le cou, d'être vautré nu, le sexe en érection pour que tu puisses me chevaucher chaque fois que l'envie t'en prendrait.

Je visualisai sans peine la scène qu'il venait d'évoquer.

— Tu me donnes des idées...

— Tant mieux. J'adore te voir excitée.

— Alors si mon fantasme était de t'avoir à portée de la main, prêt à m'honorer chaque fois que je...

— Ce n'est pas un fantasme, ça, Eva. C'est la réalité.

Je lui mordillai le menton.

— Tu veux me tuer, mon ange ? gronda-t-il.

— Je veux connaître ton fantasme.

— Mon fantasme, c'est toi, dit-il en positionnant mon entrejambe contre son sexe.

— J'espère bien.

— Toi, sur une balançoire, ajouta-t-il avec un grand sourire.

— Pardon ?

— Une balançoire sexuelle, Eva. Tes jolies fesses nichées dans un harnais, tes pieds calés dans des étriers, tes jambes largement écartées révélant ta petite chatte humide, murmura-t-il tandis que sa main dessinait des cercles au creux de mes reins. Complètement à ma merci, incapable de rien faire d'autre que de recevoir toute la semence que je pourrai te donner. Tu adorerais ça.

Je l'imaginais debout entre mes cuisses, son corps nu luisant de sueur, ses biceps et ses pectoraux jouant sous sa peau au rythme des poussées qu'il imprimerait à la balançoire, son sexe allant et venant en moi...

— Tu me veux sans défense.

— Je te veux entravée. Pas seulement à l'extérieur. Je veux te lier à moi de l'intérieur.

— Gideon...

— Je n'irai jamais au-delà de ce que tu peux supporter, promit-il, ses yeux brillants de convoitise dans la pénombre. Mais je t'emmènerai à l'extrême limite.

Je me tortillai, à la fois excitée et perturbée à l'idée de le laisser exercer un tel contrôle sur moi.

— Pourquoi ?

— Parce que tu veux m'appartenir et que je veux te posséder. On le fera, souffla-t-il en glissant les mains sous mon chemisier pour faire rouler les pointes de mes seins entre ses doigts, allumant un brasier au creux de mon ventre.

— Tu l'as déjà fait ? haletai-je. Sur une balançoire ?

Son visage se ferma.

— Ne pose pas ce genre de questions.

— Je voulais juste...

Il me fit taire d'un baiser, me mordilla la lèvre, puis inséra sa langue dans ma bouche en m'empoignant les cheveux pour me forcer à incliner la tête comme il le souhaitait. Un acte de domination indéniable. Le désir m'embrasa tout entière, fulgurant, incontrôlable, irrépressible. Je gémis, et ma poitrine se contracta douloureusement alors que je l'imaginai donnant du plaisir à une autre.

Sa main s'immisça soudain entre mes cuisses et recouvrit mon sexe. Je sursautai. Il murmura d'un ton rassurant, puis entreprit de me masser l'entrejambe avec cette habileté consommée dont j'étais devenue si dépendante.

Lâchant mes lèvres, il cala le bras au creux de mes reins pour me cambrer davantage vers lui et approcher mes seins de sa bouche. Il titilla alors la pointe érigée de l'un d'eux à travers l'étoffe de mon chemisier, avant de l'aspirer entre ses lèvres et de la sucer si avidement que mon sexe se mit à palpiter.

J'étais assiégée de toutes parts, mon cerveau cessa de fonctionner tandis que le désir se répandait en moi en un flot tumultueux. Les doigts de Gideon glissèrent sous l'élastique de mon slip, frôlèrent mon clitoris – une caresse chair contre chair que j'appelais de toute mon âme.

Il leva la tête et s'appliqua à me faire jouir sans détacher les yeux de mon visage. Les spasmes successifs de l'orgasme m'arrachèrent un cri, l'assouvissement après plusieurs jours de privation à la limite du supportable. Mais Gideon n'en resta pas là. Il continua de me caresser jusqu'à obtenir de moi un autre orgasme, si violent que j'en tremblai de la tête aux pieds et serrai les jambes pour tenter de contenir l'assaut du plaisir.

Quand il ôta la main, je m'affalai contre lui, à bout de souffle, vaincue. Je me lovai contre lui, le visage niché au creux de son épaule, les bras passés autour de son cou. Mon cœur me semblait avoir doublé de volume. Tout ce que je ressentais pour Gideon, tourment et amour confondus, me submergea. Je me cramponnai à lui convulsivement.

— Là, là, chuchota-t-il d'un ton apaisant en m'étreignant si fort que j'arrivais tout juste à respirer. Tu remets toujours tellement tout en question que ça te rend folle.

— J'ai horreur de ça, murmurai-je. Je ne devrais pas avoir envie de toi à ce point. Ce n'est pas sain.

— C'est là que tu te trompes, répliqua-t-il. Et j'en suis responsable. J'ai pris les rênes pour certaines choses et je te les ai laissées pour d'autres, ce qui n'a fait qu'ajouter à ta confusion et à ton inquiétude. J'en suis désolé, mon ange. Ce sera plus simple, désormais.

Je me redressai pour scruter son visage. Et retins mon souffle quand il soutint mon regard sans broncher. Puis je sentis à quel point il était calme et serein, et j'en éprouvai un véritable soulagement. Je me remis à respirer ; mon anxiété s'atténua.

— C'est mieux, souffla-t-il en déposant un baiser sur mon front. J'avais l'intention de t'en parler ce week-end, mais je peux aussi bien le faire maintenant. Nous allons passer un accord. Une fois conclu, il ne sera plus possible de revenir dessus. Tu comprends ?

— J'essaie, répondis-je d'une voix enrouée.

— Tu sais comment je suis. Tu m'as vu sous mon jour le plus noir. Mais hier soir, tu as dit que tu voulais quand même de moi.

Il attendit que j'acquiesce.

— C'est là que je me suis trompé, Eva. Je ne pensais pas que tu prendrais cette décision par toi-même alors que j'aurais dû. Et pour cette raison, je restais sur mes gardes. Ton passé m'effraie, Eva.

La pensée que Nathan puisse indirectement l'éloigner de moi était si douloureuse que je me recroquevillai d'instinct.

— Ne lui donne pas ce pouvoir, chuchotai-je.

— Je ne le ferai plus. Il faut aussi que tu comprennes qu'il peut y avoir plusieurs réponses à une question. Qui prétend que tu as trop envie de moi ? Que ce n'est pas sain ? Ce n'est pas toi, puisque te retenir te rend malheureuse.

— Les hommes ne...

— Ah, non, pas de ça ! Je ne connais pas les hommes, je ne connais que des individus. Et c'est très bien ainsi. Il faut que tu fasses taire cette voix dans ta tête qui te perturbe. Fais-moi confiance pour savoir ce qui est bon pour toi, même quand tu penses que j'ai tort. Et je croirai en ta décision de rester avec moi malgré mes défauts. Compris ?

Je hochai la tête.

— Tu n'as pas l'air très convaincu, dit-il d'une voix douce.

— J'ai peur de me perdre en toi, Gideon. J'ai peur de perdre la part de moi que j'ai eu tant de mal à reconquérir.

— Je ne laisserai jamais une telle chose se produire, promit-il d'un ton farouche. Je veux que nous nous sentions tous les deux en sécurité. Ce qu'il y a entre nous ne devrait pas nous entraîner vers le bas. Au contraire, ce devrait être quelque chose de solide, sur lequel on puisse compter.

Mes yeux s'embuèrent de larmes.

— C'est ce que je veux, assurai-je. Très fort.

— Je vais te le donner, mon ange, déclara Gideon en effleurant mes lèvres des siennes. Je vais nous le donner à tous les deux. Et tu vas me laisser faire.

— On dirait que cela va mieux, vous deux, observa le Dr Petersen lorsqu'il nous reçut à son cabinet le jeudi suivant.

Nous étions assis côte à côte cette fois-ci et nous nous tenions par la main. Du pouce, Gideon caressa la jointure de mes doigts. Je lui jetai un regard et souris, réconfortée par ce contact.

Le Dr Petersen se cala plus confortablement dans son fauteuil.

— Y a-t-il un sujet en particulier que vous aimeriez aborder ?

— Le mardi a été houleux, dis-je avec calme.

— J'imagine. Parlez-moi du lundi soir, Eva. Que s'est-il passé ?

Je lui expliquai que je m'étais réveillée de mon cauchemar pour me retrouver piégée dans celui de Gideon, puis lui racontai les événements de cette nuit-là et du lendemain.

— Vous faites donc lit à part, à présent ?

— Oui.

— À quelle fréquence se produisent vos cauchemars ? demanda-t-il.

— Rarement, répondis-je. Avant de fréquenter Gideon, le dernier en date remontait à deux ans.

Je le regardai prendre des notes sur sa tablette et quelque chose dans sa mine sombre m'alarma.

— Je l'aime, soufflai-je.

Je sentis Gideon se raidir à côté de moi.

Le Dr Petersen releva la tête et m'étudia un instant. Il jeta un coup d'œil à Gideon avant de revenir à moi.

— Je n'en doute pas. Qu'est-ce qui vous a poussée à dire cela, Eva ?

Je haussai les épaules, consciente du regard de Gideon fixé sur mon profil.

— Elle cherche votre approbation, lâcha-t-il.

Ses paroles me hérissèrent.

— C'est vrai ? voulut savoir le Dr Petersen.

— Non.

— Tu parles, grommela Gideon d'une voix un peu enrouée.

— Non, persistai-je. Je... C'est la vérité, voilà tout. C'est ce que je ressens. Nous devons faire en sorte que ça marche, ajoutai-je à l'adresse de Petersen. On va y arriver. Je tiens juste à m'assurer que nous sommes sur la même longueur d'onde ; que vous comprenez que l'échec n'est pas envisageable.

— Eva, dit-il avec un sourire bienveillant, vous avez un long chemin à parcourir, Gideon et vous, mais il n'a rien d'insurmontable.

Je laissai échapper un long soupir de soulagement.

— Je l'aime, répétai-je avec un hochement de tête obstiné.

Gideon bondit sur ses pieds sans me lâcher la main.

— Veuillez nous excuser un instant, docteur.

Confuse et vaguement inquiète, je me levai et le suivis dans la salle d'attente déserte.

— Gideon, dis-je une fois que la porte se fut refermée derrière nous, je te jure que...

— Chut.

Il prit mon visage entre ses mains et m'embrassa tendrement.

J'étais tellement stupéfaite qu'il se passa au moins cinq secondes avant que je glisse les mains sous sa veste pour l'étreindre. Quand sa langue pénétra dans ma bouche, je laissai échapper un gémissement.

Il s'écarta et lorsque je levai les yeux, je vis le séduisant homme d'affaires en costume sombre qui m'avait fascinée d'emblée, sauf que son regard...

Ma gorge se noua.

Son regard brûlait d'un feu ardent, d'un désir dévorant. Du bout des doigts, il m'effleura les tempes, les joues, la gorge, me souleva le menton et pressa ses lèvres contre les miennes. Il ne dit rien mais n'en avait pas besoin. J'avais compris le message.

Il entrelaça ses doigts aux miens et nous regagnâmes le cabinet du Dr Petersen.

9

Je franchis le portique de sécurité du Crossfire et souris en apercevant Cary qui m'attendait dans le hall.

— Salut, toi, lançai-je, me demandant comment il se débrouillait pour donner l'impression que son jean usé et son tee-shirt en V paraissent hors de prix.

— Salut, belle étrangère, répondit-il en me tendant la main. Tu as l'air heureux.

Nous sortîmes main dans la main.

— C'est atroce, cette chaleur ! m'écriai-je, à peine sur le trottoir. On ne va pas loin si ça ne t'embête pas. Tu serais partant pour des tacos ?

— Sans problème.

Je l'emmenai au petit restaurant mexicain que Megumi m'avait fait découvrir, en m'efforçant de ne pas lui laisser voir à quel point je me sentais coupable de le négliger. Je n'étais pas repassée chez moi depuis deux jours, et Gideon projetant de m'emmener en week-end, il s'écoulerait encore plusieurs jours sans qu'on se voie. J'avais donc été soulagée qu'il accepte de déjeuner avec moi. Je tenais à m'assurer qu'il allait bien.

— Tu as quelque chose de prévu, ce soir ? lui demandai-je après avoir commandé nos plats.

— Un des photographes avec qui j'ai travaillé organise une fête dans un club pour son anniversaire. Je pense y faire un saut. Et toi ? Tu comptes toujours sortir avec la sœur de ton boss ?

— Sa belle-sœur, rectifiai-je. Elle a gagné des places pour un concert et elle avait du mal à trouver quelqu'un pour l'accompagner. Je devrais passer un bon moment. Enfin, j'espère. Je n'ai jamais entendu parler de ce groupe, alors je ne sais pas trop à quoi m'attendre.

— Comment il s'appelle ?

— Les Six-Ninths. Tu connais ?

— Les Six-Ninths ? répéta Cary. Tu plaisantes ? Ils sont excellents. Tu vas adorer.

— Je suis dégoûtée. Apparemment, tout le monde les connaît sauf moi. J'étais où pendant tout ce temps ?

— Sous la coupe de Cross, ma belle. Il vous accompagne ?

— Oui, répondis-je, sans préciser que Gideon m'avait interdit d'y aller sans lui.

Cary aurait vu cela d'un très mauvais œil, et j'en vins à me demander comment j'avais pu céder aussi facilement. D'ordinaire, Cary et moi étions toujours du même avis sur ce genre de sujets.

— C'est marrant, mais j'ai du mal à imaginer Cross à un concert des Six-Ninths. Tu lui as dit à quel point tu aimais le rock alternatif ? Les musiciens, surtout ?

Je lui tirai la langue.

— Je n'en reviens pas que tu puisses me faire cette réflexion ! C'est de l'histoire ancienne.

— Brett était un beau mec. Ça t'arrive de penser à lui ?

— Non sans honte, avouai-je. Du coup, je préfère éviter.

— Honte ? Pourquoi ? C'était un type bien.

— Je n'ai pas dit que ce n'était pas un type bien. Il n'était pas bien pour moi, c'est tout.

Le simple fait de me remémorer cette période de ma vie me mettait mal à l'aise. Brett Kline était sexy, sa voix, surtout, m'excitait prodigieusement. Mais c'était aussi l'exemple même des choix malheureux que j'avais pu faire au cours de ma désastreuse vie sentimentale.

— Parlons d'autre chose, enchaînai-je. Tu as revu Trey récemment ?

— Ce matin, répondit Cary, et sa mine s'assombrit.

J'attendis qu'il poursuive.

Il poussa un long soupir, puis lâcha :

— Il me manque. Sa conversation, surtout. Il est tellement intelligent. Comme toi. Il a accepté de m'accompagner à la fête de ce soir.

— Comme simple copain ou comme partenaire officiel ?

— C'est super épicé, ce truc, dit-il en savourant une bouchée de taco. On est censés y aller en copains, ajouta-t-il en réponse à ma question, mais tu me connais... Je lui ai demandé de me rejoindre là-bas et on rentrera séparément, mais je suis capable de le sauter dans les toilettes ou dans un placard à balais. Je n'ai aucune volonté et il ne peut rien me refuser.

Son ton découragé me fit de la peine.

— Je sais ce que c'est, lui rappelai-je doucement.

J'avais été comme lui, autrefois. Tellement décidée à établir un lien que je me jetais à la tête du premier venu.

— Tu pourrais peut-être... je ne sais pas... te soulager avant de le rejoindre, ajoutai-je. Peut-être que ça t'aiderait.

Un sourire malicieux se peignit sur ses lèvres.

— Tu ne voudrais pas enregistrer ça comme message d'accueil sur mon répondeur ?

Je lui lançai ma serviette à la figure.

Il la rattrapa en riant.

— Qu'est-ce que tu peux être prude, parfois. J'adore ça.

— Moi, c'est toi que j'adore. J'aimerais te savoir heureux.

Il m'attrapa la main et la porta à ses lèvres pour y déposer un baiser.

— J'y travaille, baby girl.

— Je suis là, si tu as besoin de moi. Même quand je ne suis pas à la maison.

— Je sais, répondit-il en me pressant la main avant de la relâcher.

— Je serai pas mal là, la semaine prochaine. Pour préparer la venue de mon père. À propos, j'aurais un service à te demander. Il arrive vendredi et je serai au boulot ; tu crois que tu pourrais te libérer pour t'occuper le lui ? Je remplirai le frigo avec tous les trucs qu'il aime et je lui laisserai un plan de la ville, mais...

— Pas de problème, m'assura Cary en décochant un clin d'œil à une jolie blonde qui passait près de notre table. Il sera entre de bonnes mains.

— Ça te dirait d'aller voir un spectacle avec nous pendant qu'il sera à New York ?

— Tu sais que je suis toujours partant pour sortir avec toi. Dis-moi juste où et quand, et je m'arrangerai pour être libre.

— Au fait, ma mère m'a dit qu'elle avait vu ta tête sur un bus, l'autre jour.

— Je sais, répondit-il avec un grand sourire. Elle m'a envoyé la photo qu'elle avait prise avec son portable. C'est génial, non ?

— Trop. Il faudra fêter ça ! répliquai-je, m'appropriant sa formule préférée.

— Je veux !

— Waouh !

Shawna s'immobilisa sur le trottoir devant son immeuble de Brooklyn et contempla bouche bée la limousine garée le long du trottoir.

— Tu as sorti le grand jeu, dis-moi !

— Et toi donc ! répliquai-je en détaillant son tee-shirt – sérigraphié 6/9 pour Six-Ninths –, son short écarlate assorti à son rouge à lèvres et ses cheveux attachés haut sur le crâne.

Sa tenue était assortie à la mienne : minijupe plissée en cuir noir, débardeur blanc moulant et Doc Martens rouge cerise.

Gideon, qui discutait avec Angus, pivota vers nous à cet instant, et je fus tout aussi subjuguée que lorsque je l'avais découvert en jean, tee-shirt et grosses boots noires. Incarnation vivante de M. Noir Danger dans une version sombre et relax, il était plus sexy que jamais, semblait plus jeune, et était aussi séduisant qu'en costume trois pièces.

— Dis-moi qu'il est pour moi, me chuchota Shawna à l'oreille.

— Non ! Celui-là, il est à moi, répliquai-je, ravie de prononcer ces mots à voix haute.

— Tu me le présentes quand même ? s'esclaffa-t-elle.

Je m'exécutai, puis l'invitai à monter dans la limousine. J'étais sur le point de la suivre quand je sentis la main de Gideon remonter sous ma jupe et me pincer les fesses.

— Veille à ce que je sois toujours derrière toi quand tu te pencheras, mon ange, murmura-t-il en se plaquant contre moi, sinon, je serai obligé de te donner la fessée.

En guise de réponse, je me contentai de projeter les fesses en arrière. Il lâcha un juron, et je rejoignis Shawna sur la banquette en riant.

Angus se glissa derrière le volant et nous ouvrîmes une bouteille de champagne tandis qu'il démarrait. Lorsque nous nous garâmes devant le Tableau One, un restaurant que la presse spécialisée encensait et devant lequel s'étirait une longue file d'attente, la combinaison du champagne et du regard brûlant de Gideon sur ma minijupe me donnait déjà le tournis.

Les yeux écarquillés, Shawna contemplait la façade de l'établissement à travers les vitres teintées de la limousine.

— Doug voulait m'y inviter avant de partir en Sicile, mais il y a une liste d'attente d'au moins deux mois. On peut se pointer sans réservation, mais on risque de poireauter des heures et de ne même pas pouvoir entrer.

La portière s'ouvrit et Angus nous aida à descendre. Gideon sortit à son tour, puis me prit le bras comme si nous assistions à une soirée de gala. On nous escorta à l'intérieur si facilement et le directeur se montra si empressé que je tournai la tête vers Gideon et lui demandai :

— C'est à toi ?

— En partenariat.

Je soupirai, à moitié étonnée.

— Ton ami nous rejoindra ici ?

— Il est déjà là, répondit-il en désignant du menton un homme en jean et tee-shirt des Six-Ninths.

Entouré de deux charmantes jeunes femmes, il se laissait photographier par des reporters, le sourire aux lèvres. Apercevant Gideon, il lui fit signe et s'approcha.

— C'est Arnoldo Ricci ! s'écria Shawna en sautillant sur place. Le propriétaire du Tableau One. Il anime une émission de cuisine sur *Food Network* !

Gideon me lâcha le bras pour serrer la main d'Arnoldo et s'engagea dans le rituel de l'accolade virile assortie de grandes claques dans le dos – version réservée aux amis les plus proches.

— Arnoldo, je te présente mon amie, Eva Tramell.

Je tendis la main à Arnoldo, qui s'en empara, m'attira vers lui et m'embrassa sur la bouche.

— Bas les pattes, aboya Gideon en me faisant passer derrière lui.

Arnoldo sourit, l'œil espiègle.

— Et qui est cette ravissante jeune personne ? s'enquit-il en se tournant vers Shawna.

Il lui prit la main et la porta à ses lèvres.

— Shawna, je te présente ton chevalier servant, Arnoldo Ricci, à condition qu'il survive à ce dîner, ajouta Gideon en jetant à ce dernier un regard d'avertissement. Arnoldo, Shawna Ellison.

— Mon ami vous admire énormément. Et moi aussi, déclara Shawna, aux anges. Il a essayé votre recette de lasagnes, et c'était un vrai délice !

— Gideon m'a dit que votre ami était en Sicile, répondit Arnoldo avec un soupçon d'accent italien. J'espère que vous aurez l'occasion d'aller faire un séjour là-bas.

Je fusillai Gideon du regard, sachant fort bien qu'il ne tenait pas de moi ces informations sur le petit ami de Shawna. En réponse, il afficha une expression faussement innocente et un imperceptible sourire.

Je secouai la tête, agacée, quoique forcée de reconnaître que Shawna allait passer une soirée inoubliable.

L'heure qui suivit fut entièrement consacrée à la haute gastronomie et aux vins les plus fins. Alors que je faisais un sort à un sublime sabayon aux framboises, je surpris Arnoldo en train de me contempler avec un grand sourire.

— *Bellissima*, me complimenta-t-il. C'est toujours un plaisir de regarder une femme manger avec appétit.

Je rougis, légèrement embarrassée d'être prise en flagrant délit de gourmandise.

Gideon posa le bras sur le dossier de ma chaise et se mit à jouer avec les cheveux sur ma nuque. De sa main libre, il prit son verre, en but une gorgée, et quand il se passa la langue sur les lèvres, je sus qu'il ne pensait pas à la saveur du vin, mais à la mienne. Le désir entre nous était palpable depuis le début du dîner.

Discrètement, je glissai la main sous sa serviette, la refermai sur son sexe moulé dans son jean et le pressai doucement. Il passa instantanément d'une semi-érection à une rigidité de marbre, mais aucun autre signe extérieur ne trahit son excitation.

Je ne pus m'empêcher d'y voir un défi.

Je me mis à le caresser sur toute la longueur, lentement, pour que le mouvement de ma main passe inaperçu. À mon grand plaisir, Gideon poursuivit sa conversation sans que sa voix ou son expression se modifient. Ce parfait contrôle me rendit plus audacieuse encore. J'approchai la main du bouton de sa braguette, excitée à l'idée de le libérer et de sentir la douceur soyeuse de son sexe sous mes doigts.

Gideon but une autre gorgée de vin et reposa son verre.

— Toi seul, Arnoldo, laissa-t-il tomber en réponse à quelque chose que son ami venait de dire.

Il me saisit le poignet à l'instant où je faisais sauter le bouton de sa braguette et porta ma main à ses lèvres en un geste qui pouvait passer pour une démonstration d'affection machinale. Le petit mordillement dont il gratifia l'un de mes doigts me prit de court et je retins mon souffle.

Arnoldo affichait ce sourire entendu et vaguement moqueur qu'un célibataire adresse à un ami qui s'est laissé piéger par une femme. Il dit quelques mots en italien. Gideon répondit avec aisance, d'un ton ironique, arrachant un éclat de rire à son ami.

J'adorai voir Gideon détendu et de bonne humeur.

Comme je me tortillai sur mon siège, il jeta un coup d'œil à mon assiette vide.

— On y va ? suggéra-t-il.

— Oh, oui !

J'avais hâte de voir ce que le reste de cette soirée me réservait, combien de nouvelles facettes de Gideon j'allais encore découvrir. Parce que j'aimais tout autant l'homme décontracté que l'homme d'affaires, l'amant dominateur, l'enfant brisé qui ne pouvait cacher ses larmes et le tendre partenaire qui me serrait dans ses bras quand j'étais triste.

Il était si complexe et demeurait un tel mystère à mes yeux. J'avais à peine entamé la surface, ce qui ne m'empêchait pas d'être profondément éprise de lui.

— Ces mecs sont géniaux ! hurla Shawna quand le groupe qui faisait l'ouverture entama sa cinquième chanson.

Nous avions quitté nos sièges à la fin de la troisième pour nous faufiler jusqu'à la rampe séparant les places assises de la fosse des agités. Gideon se tenait derrière moi, m'emprisonnant de ses bras, les mains agrippées à la rambarde. Le public se pressait autour de nous, cherchant par tous les moyens à s'approcher, mais le grand corps de Gideon me protégeait, de même qu'Arnoldo protégeait Shawna.

J'étais certaine que Gideon aurait pu nous avoir des places dans le carré VIP, mais il avait compris, sans que je le lui dise, que Shawna ayant gagné ses billets et nous ayant gentiment invités, ces places étaient le seul choix possible. Et je ne l'en aimais que davantage d'avoir suivi le mouvement sans broncher.

— Ils ont aussi signé chez Vidal Records ? lui criai-je à l'oreille.

— Non. Mais j'aime bien ce qu'ils font.

J'étais étonnée qu'il apprécie le spectacle. Levant les bras, je hurlai, galvanisée par l'énergie de la foule et le rythme entraînant. Je dansais sur place, déchaînée, et en nage.

À la fin de la chanson, les machinistes s'empressèrent de préparer la scène pour les Six-Ninths. Follement heureuse de partager cette soirée délirante avec l'homme que j'aimais, je pivotai, nouai les bras autour de son cou et écrasai mes lèvres contre les siennes.

En réponse, il me souleva de terre, m'incita à enrouler les jambes autour de sa taille et me rendit mon baiser avec fougue. Son sexe en érection se pressait contre ma fente, et je ne pus résister à l'envie de me frotter contre lui. Autour de nous, les sifflements et les quolibets fusèrent, dont quelques : « Allez à l'hôtel ! » et : « Baise-la, mec ! » Mais je ne m'en souciai pas plus que Gideon, qui semblait pris dans la même spirale sensuelle que moi. Sa main plaquée sur mes fesses suivait les mouvements de mon bassin tandis que son autre main m'immobilisait la tête. Il m'embrassait à pleine bouche comme s'il devait ne jamais s'arrêter.

Sa langue se mêlait à la mienne avec avidité, faisait l'amour à ma bouche. Son désir insatiable me tira un gémissement, et quand il se mit à me sucer la langue en la faisant coulisser entre ses lèvres, le besoin de sentir son sexe en moi prit des proportions alarmantes.

— Tu vas me faire jouir, gronda-t-il.

J'étais tellement absorbée par lui, bouleversée par la violence de sa passion que je remarquai à peine que les Six-Ninths avaient commencé à jouer. Ce ne fut que lorsque la voix du chanteur résonna dans la salle que je repris brutalement pied sur terre.

Je me raidis, mon esprit luttant pour s'extirper de la gangue de désir qui l'emprisonnait et tenter de comprendre les mots qui lui parvenaient. Je connaissais cette chanson. J'ouvris les yeux et Gideon lâcha ma bouche. Par-dessus son épaule, j'aperçus les banderoles et les pancartes qu'agitaient les fans.

BRETT KLINE est à MOI ! Baise-moi, BRETT ! Et ma préférée : *BRETT, TOI + MOI = BOMBE ATOMIQUE !!!*

Il y avait une chance sur mille qu'un truc pareil m'arrive !

Cary le savait, évidemment. Il le savait et ne m'avait pas prévenue. Il s'était sans doute dit que l'effet de surprise serait encore plus fort si je le découvrais par hasard.

Je détachai les jambes des hanches de Gideon et il me laissa glisser sur le sol. Je me retournai face à la scène et un nœud se forma dans mon ventre.

C'était bel et bien Brett Kline qui se tenait devant le micro, sa voix puissante se déversant sur la foule compacte à ses pieds. Les pointes de ses cheveux étaient décolorées, et son pantalon cargo surmonté d'un top noir mettait en valeur son corps svelte et musclé. D'où j'étais, c'était impossible à percevoir, mais je savais que ses yeux étaient d'un merveilleux vert émeraude. Il avait un beau visage rude et son sourire ravageur révélait une fossette qui affolait les femmes.

Je balayai du regard les autres membres du groupe et les reconnus tous. Ils ne s'appelaient pas encore les Six-Ninths quand je les avais vus se produire à San Diego, mais les Captive Souls, et je me demandai ce qui les avait poussés à changer de nom.

— Ils sont bons, non ? demanda Gideon, la bouche tout contre mon oreille.

Il tenait la rambarde d'une main et m'entourait la taille de son bras libre, me serrant contre lui tandis qu'il bougeait en rythme. La combinaison de son corps et de la voix de Brett stimula mon appétit sexuel déjà frénétique.

Je fermai les yeux et me concentrai sur l'homme qui se tenait derrière moi et sur la sensation unique que Brett faisait naître en moi lorsqu'il chantait. La musique palpitait dans mes veines, éveillant des souvenirs – certains agréables, d'autres pas. J'oscillai entre les bras de Gideon, ravagée par le désir, douloureusement consciente du sien. Il émanait de lui en vagues brûlantes, se déployait en moi et me faisait haïr la distance qui nous séparait.

J'agrippai la main qu'il plaquait sur mon ventre et l'incitai à descendre plus bas.

— Eva.

Sa main se referma sur ma cuisse.

— Écarte les jambes, m'ordonna-t-il.

Je posai le pied gauche sur le barreau inférieur de la rambarde et renversai la tête en arrière, contre l'épaule de Gideon. En une seconde, sa main fut sous ma jupe. Il suivit de la langue le pourtour de mon oreille, et je l'entendis gémir quand il découvrit à quel point j'étais mouillée.

Les chansons s'enchaînèrent. Gideon me caressait à travers mon shorty, dessinant des cercles autour de mon clitoris, allant et venant le long de ma fente. J'ondulai des hanches et frottai mes fesses contre son sexe dur. J'allais jouir, là, au milieu de la foule, parce que Gideon avait le pouvoir d'affoler mes sens comme personne, et que rien d'autre ne comptait quand il me touchait et concentrait toute son attention sur moi.

— Voilà, mon ange, dit-il en écartant ma culotte pour insérer deux doigts en moi. Bientôt, je vais baiser ta jolie petite chatte.

Les corps se pressaient autour de nous, la musique se déversait et notre intimité n'était garantie que par la distraction du public, pourtant Gideon enfonça profondément les doigts en moi et les y laissa. Cette puissante pénétration immobile me rendit folle. Je commençai à ondoyer contre sa main pour atteindre l'orgasme dont j'avais tellement besoin.

La chanson s'acheva et les lumières s'éteignirent. Plongée dans l'obscurité, la foule rugit. L'impatience enfla dans la salle jusqu'à ce qu'un accord de guitare y mette fin. Des cris fusèrent et des flammes de briquets s'allumèrent un peu partout, tels des milliers de lucioles.

Le faisceau d'un projecteur se braqua sur Brett, assis sur un tabouret de bar, son torse nu luisant de sueur. Ses muscles étaient nettement dessinés, jusque sur l'abdomen. Il régla la hauteur du micro, ses gestes faisant miroiter ses piercings. Les femmes se mirent à hurler dans le public, y compris Shawna qui bondissait sur place et sifflait entre ses doigts.

Il faut dire qu'il y avait de quoi. Les pieds calés sur les barreaux du tabouret, ses bras musclés recouverts de tatouages gris et noir, Brett était plus sexy que jamais. Quatre ans plus tôt, et six mois durant, je m'étais avilie pour coucher avec lui chaque fois que l'occasion se présentait. J'étais si folle de lui, et tellement désespérée de ne pas être aimée en retour que j'avais accepté avec gratitude toutes les miettes qu'il me lançait.

Les doigts de Gideon continuèrent à se mouvoir en moi. La basse résonna, et Brett entama une chanson que je n'avais jamais entendue d'une voix sourde et expressive. Une voix d'ange déchu. Fascinante. Et un visage et un corps à se damner.

Golden girl, there you are.
I'm singing for the crowd, the music's loud.
I'm living my dream, riding the high,
But I see you there, sunlight in your hair,
And I'm ready to go, desperate to fly.

Golden girl, there you are.
Dancing for the crowd, the music's loud.
I want you so bad. I can't look away.
Later you'll drop to your knees. You'll beg me please.
And then you'll go. It's only your body I know.

Golden girl, where'd you go ?
You're not there, with sunlight in your hair.
I could have you in the bar or in the back of my car.
But never your heart. I'm falling apart.
I'll drop to my knees. I'll beg you. Please.

Please don't go. There's so much more I want to know.
Eva, please. I'm on my knees.

Golden girl, where'd you go ?
I'm singing for the crowd, the music's loud.
And you're not there, with sunlight in your hair.
Eva, please, I'm on my knees[1].

1. Fille aux cheveux d'or, tu es là. Je chante pour la foule, la musique résonne. Je vis mon rêve, je chevauche les sommets. Mais je te vois, le soleil jouant dans tes cheveux. Je suis prêt à partir, je rêve de prendre mon envol. Fille aux cheveux d'or, tu es là. Tu

Les projecteurs s'éteignirent. Un long moment s'écoula tandis que l'écho des dernières notes résonnait encore. Tous les projecteurs se rallumèrent soudain, et la batterie explosa dans un solo assourdissant. Les projecteurs s'éteignirent de nouveau et le public se déchaîna.

Le sang me rugissait aux tympans, ma poitrine était prise comme dans un étau, et j'étais tellement perdue que j'en chancelai.

— Cette chanson me fait penser à toi, m'avoua Gideon tout en accélérant furieusement le va-et-vient de ses doigts.

Plaquée sur mon clitoris, sa paume le massait si délicieusement qu'un orgasme fulgurant me secoua. Les larmes me montèrent aux yeux. Je criai et tremblai entre ses bras. Agrippant la rampe qui se trouvait devant moi, je laissai le raz-de-marée du plaisir m'emporter.

À la fin du concert, je ne pensais qu'à appeler Cary au plus vite. En attendant que la foule se disperse autour de nous, je me laissai lourdement aller contre Gideon.

— Ça va ? demanda-t-il en me caressant le dos.

---

danses parmi la foule, la musique résonne. Je pense si fort à toi que je ne vois que toi. Plus tard, tu t'agenouilleras, tu me supplieras. Et puis tu partiras, je ne connais que ton corps. Fille aux cheveux d'or, où t'en es-tu allée ? Tu n'es plus là, le soleil jouant dans tes cheveux. Tu te donnais à moi dans les bars et à l'arrière de ma voiture. Mais jamais ton cœur. Je me décompose. Je m'agenouille. Je te supplie. Ne pars pas, par pitié. Il y a encore tant de choses que je voudrais savoir. Eva, je t'en supplie. Je suis à genoux. Fille aux cheveux d'or, où es-tu allée ? Je chante pour la foule, la musique résonne. Et tu n'es plus là, le soleil jouant dans tes cheveux. Eva, je t'en supplie, je suis à genoux. (*N.d.T.*)

— Très bien, mentis-je.

À vrai dire, j'ignorais ce que je ressentais. Le fait que Brett ait écrit une chanson éclairant d'un jour nouveau notre histoire n'aurait pas dû m'ébranler autant.

J'étais amoureuse d'un d'autre.

— J'ai hâte d'être à la maison, murmura-t-il. J'ai tellement envie de toi que je n'arrive plus à aligner deux pensées cohérentes.

J'enfouis les mains dans les poches arrière de son jean.

— Rentrons, alors.

— J'ai un pass pour les coulisses, dit-il en déposant un baiser sur mon nez. On n'est pas obligés de le dire aux autres si tu préfères partir tout de suite.

J'hésitai. Après tout, la soirée avait déjà été formidable, grâce à Gideon. Mais je savais que je m'en voudrais de priver Shawna et Arnoldo d'un plaisir dont ils se souviendraient jusqu'à la fin de leurs jours. Et je me mentirais si je refusais d'admettre que je souhaitais approcher Brett d'un peu plus près. Je ne voulais certes pas qu'il me voie, mais je mourais d'envie de le voir.

— Non, répondis-je. Emmenons-les dans les coulisses.

Gideon me prit par la main et annonça la nouvelle à Shawna et à Arnoldo, tout excités à l'idée d'aller voir les Six-Ninths dans leur loge.

Nous nous faufilâmes derrière la scène, et Gideon s'entretint avec l'un des membres du service d'ordre. Tandis que ce dernier parlait dans le micro de son casque, Gideon appela Angus sur son portable pour lui demander d'amener la limousine devant l'entrée des artistes. Ce faisant, son regard demeura fixé sur moi, et la promesse que j'y lus me fit frissonner.

— Ton mec est franchement top, déclara Shawna en enveloppant Gideon d'un regard appréciateur. Je n'arrive pas à croire que je vis vraiment cette soirée. C'est grâce à toi. Merci, Eva, ajouta-t-elle en m'étreignant.

— Merci à toi de m'avoir invitée.

Un grand type avec des mèches de cheveux bleues et des lunettes au design recherché s'approcha de nous.

— Monsieur Cross, dit-il en lui tendant la main, je ne savais pas que vous seriez présent ce soir.

— Je ne vous avais pas averti, répondit Gideon en lui serrant la main.

Il me présenta à Robert Phillips, le manager des Six-Ninths, puis fit de même avec Shawna et Arnoldo. Phillips nous invita à le suivre en coulisses où patientaient déjà de nombreux fans.

Soudain, je n'avais plus du tout envie de voir Brett, même de loin. J'avais presque oublié comment les choses s'étaient passées entre nous lorsqu'il chantait. J'avais voulu les oublier après avoir entendu la chanson qui m'était dédiée, alors que j'étais loin d'être fière de cette période de ma vie.

— Ils sont dans cette loge, indiqua Phillips en désignant une porte ouverte d'où s'échappaient de la musique et des rires. Ils seront ravis de faire votre connaissance.

Je m'immobilisai si brutalement que Gideon me jeta un regard perplexe. Je me hissai sur la pointe des pieds pour lui chuchoter à l'oreille :

— Ça ne m'intéresse pas plus que ça de les rencontrer. Si ça ne te dérange pas, je vais aller aux toilettes et regagner directement la limousine.

— Tu ne veux pas attendre quelques minutes, que je t'accompagne ?

— Non, c'est bon, assurai-je. Ne t'inquiète pas.

— Tu es sûre que ça va ? demanda-t-il en me palpant le front. Tu es toute rouge.

— Je me sens très bien, et je te le prouverai dès qu'on sera rentrés.

La diversion opéra. Son froncement de sourcils disparut et sa bouche s'incurva sur un sourire.

— Je me dépêche.

Il se tourna vers Phillips.

— Vous pouvez les faire entrer ? demanda-t-il en désignant Shawna et Arnoldo. Je vous rejoins dans une minute.

— Vraiment, Gideon, je t'assure que...

— Je préfère t'accompagner.

Je connaissais ce ton et le laissai m'escorter jusqu'aux toilettes, à moins de vingt mètres de là.

— Tu peux y aller, lui dis-je.

— Non, je t'attends.

— Retourne avec eux ou nous ne partirons jamais !

— Eva, je refuse de te laisser seule, s'entêta-t-il.

— Mais enfin, la sortie est à deux pas, rétorquai-je en désignant la porte au fond du couloir. Angus doit être là, non ?

Gideon appuya l'épaule contre le mur et croisa les bras d'un air patient. Je levai les mains en signe de reddition.

— D'accord. Comme tu veux.

— Tu progresses, mon ange, sourit-il.

Je poussai la porte des toilettes en grommelant et l'abandonnai dans le couloir.

Un instant plus tard, alors que je me lavais les mains, le reflet que je découvris dans le miroir me tira une grimace. La transpiration avait fait fondre mon mascara et mes pupilles étaient dilatées.

— Qu'est-ce qu'il peut bien te trouver ? m'interrogeai-je à mi-voix.

J'humectai une serviette en papier pour effacer les traînées noires sous mes yeux, puis je sortis dans le couloir. Gideon attendait un peu à l'écart. Il bavardait avec Phillips ou plutôt il écoutait ce dernier, qui parlait avec enthousiasme.

Gideon m'aperçut et me fit signe de patienter une minute. Ne voulant pas courir le risque de croiser Brett, je lui indiquai la sortie avant de m'éloigner d'un pas rapide. En repassant devant la loge des Six-Ninths, dont la porte était ouverte, je jetai un regard furtif à l'intérieur et aperçus Shawna qui riait aux éclats, une bouteille de bière à la main.

À peine eus-je posé le pied sur le trottoir que je me sentis dix fois plus légère. Angus attendait à côté de la limousine tout au bout d'une rangée d'autocars. J'agitai la main et me dirigeai vers lui.

Songeant à la soirée que nous venions de passer, je dus admettre que l'absence d'inhibitions de Gideon m'avait sidérée. D'un autre côté, ce n'était pas non plus le genre d'homme à parler fusions et acquisitions en guise de préliminaires...

Sur ma droite, une flamme jaillit soudain de la pénombre. Je m'immobilisai et vis Brett Kline approcher une allumette du cigarillo coincé entre ses lèvres. La lueur vacillante de la flamme caressa son visage et, d'un coup, je me retrouvai projetée dans le passé.

Il leva les yeux, surprit mon regard, et se figea. Mon cœur s'emballa, mélange d'appréhension et d'excitation. Un juron échappa à Brett et il lâcha l'allumette qui venait de lui brûler les doigts.

Je me remis en marche, m'obligeant à avancer d'une allure égale.

— Hé ! Attends ! cria Brett.

Son pas martela le sol tandis qu'il s'élançait à ma suite, et un flot d'adrénaline me submergea. Un *roadie* poussait une lourde valise de matériel en travers de la chaussée et je le contournai, l'utilisant comme un écran pour me faufiler entre deux autocars. Je plaquai le dos contre le flanc de l'un d'eux, entre les hayons de deux soutes à bagages relevés. J'avais envie de rentrer sous terre et me sentais lâche, mais je n'avais rien à dire à Brett. Je n'étais plus la fille qu'il avait connue autrefois.

Je l'entendis courir de l'autre côté du car et décidai d'attendre, consciente que les secondes passaient et que Gideon n'allait pas tarder à me rejoindre.

— Eva.

Je tressaillis, tournai la tête et vis Brett s'approcher de moi.

— C'est bien toi, dit-il d'une voix rauque en laissant tomber son cigarillo sur le trottoir avant de l'écraser sous le talon de sa botte.

Je m'entendis lui dire :

— Tu devrais arrêter de fumer.

— Tu n'arrêtais pas de me le répéter, me rappela-t-il en avançant d'un pas prudent. Tu as assisté au concert ?

Je hochai la tête, m'écartai du car et m'éloignai de lui à reculons.

— C'était super. Vous avez énormément progressé. Je suis contente pour vous.

Chaque fois que je faisais un pas en arrière, il en faisait un vers moi.

— J'espérais te retrouver de cette façon-là. À l'un de mes concerts. Je me suis imaginé la scène des centaines de fois.

Je ne sus pas quoi répondre. La tension entre nous était tellement palpable que j'avais du mal à respirer. L'attirance était toujours là.

Sans commune mesure avec celle que m'inspirait Gideon, mais elle n'en était pas moins présente.

Je regagnai la chaussée où s'affairaient les *roadies* et où tout un tas de gens allaient et venaient.

— Pourquoi te sauves-tu ? demanda-t-il.

À la lumière des réverbères, je distinguai nettement ses traits, à présent. Il était encore plus beau de près.

— Je ne peux pas... articulai-je. On n'a rien à se dire.

— Arrête tes conneries, Eva, rétorqua-t-il en me dévisageant d'un regard si intense que j'eus l'impression qu'il me transperçait. Du jour au lendemain, tu as disparu. Sans un mot d'explication. Pourquoi ?

Que répondre à cela ? « J'ai pris mon courage à deux mains et j'ai décidé que je méritais mieux que d'être une des innombrables groupies que tu tringlais dans ta loge entre deux morceaux ? »

— Pourquoi, Eva ? insista-t-il. On vivait un truc super toi et moi, et tu es partie.

Je regardai autour de moi, cherchant Angus ou Gideon, mais aucun n'était en vue. Il n'y avait plus personne à côté de la limousine.

— C'était il y a longtemps, soufflai-je.

Brett me rejoignit en trois enjambées et ses mains se refermèrent sur mes bras. Je sursautai, effrayée par l'agressivité de son geste. S'il n'y avait pas eu autant de monde autour de nous, j'aurais sûrement paniqué.

— Tu me dois une explication, déclara-t-il d'un ton mordant.

— Ce n'est pas...

Il m'embrassa. Ses lèvres étaient très douces. Le temps que je réalise ce qui se passait, il avait affermi l'étreinte de ses mains sur mes bras si bien que je ne pouvais plus ni m'enfuir ni le repousser.

Et l'espace d'une seconde, je n'en eus pas envie.

Je répondis même à son baiser, parce que l'attirance demeurait, et que savoir que j'avais été autre chose pour lui qu'une fille facile apaisait une douleur enfouie.

Il sentait le tabac et l'homme, et m'embrassait avec passion. Il m'était familier de la façon la plus intime qui soit.

Mais au bout du compte, peu importait qu'il ne me soit pas totalement indifférent. Peu importait que nous ayons vécu des choses ensemble. Peu importait que j'aie été touchée par les paroles de la chanson qu'il avait écrite pour moi et qu'il ait ou non pensé à moi en baisant toutes les groupies qui ne demandaient que ça.

Rien de tout cela n'avait d'importance parce que j'étais follement amoureuse de Gideon Cross et que c'était lui l'homme de ma vie.

Je m'arrachai au baiser de Brett...

... et vis Gideon charger à toute allure, percuter Brett de tout son poids et le projeter au sol.

10

L'impact me fit chanceler et je faillis tomber à la renverse. Les deux hommes heurtèrent l'asphalte avec un bruit sourd. Quelqu'un poussa un cri. Une femme hurla. Je restai quant à moi muette et pétrifiée, en proie à un tourbillon d'émotions intenses.

Une main serrée autour de la gorge de Brett, Gideon lui martelait les côtes de son poing. Silencieux et implacable, on aurait dit une machine. Brett grognait sous la brutalité des coups et luttait pour se libérer.

— Cross ! *Dio mio !*

J'éclatai en sanglots quand Arnoldo apparut. Il se jeta sur Gideon, mais fut contraint de reculer quand Brett bascula sur le côté, entraînant Gideon dans un tonneau.

Les musiciens de Brett se frayèrent un chemin parmi la foule qui s'agglutinait devant les cars, prêts à en découdre... jusqu'à ce qu'ils découvrent avec qui Brett était en train de se battre – le principal actionnaire de leur label !

— Putain, Kline ! s'écria Darrin, le batteur. Qu'est-ce que tu fous, bordel ?

Brett se dégagea, se redressa et plaqua Gideon contre l'un des cars. Gideon noua les mains et les projeta contre Brett à la façon d'un vigoureux coup de massue, forçant celui-ci à reculer. Profitant de son avantage, Gideon lui asséna un coup de pied tournoyant, suivi d'une foudroyante manchette à l'estomac. Brett chancela, ses poings serrés faisant saillir ses biceps, mais Gideon s'accroupit souplement et le gratifia d'un uppercut qui lui projeta la tête en arrière.

Gideon n'émit pas le moindre son, ni quand il frappa ni quand Brett répondit d'un direct à la mâchoire. La silencieuse intensité de sa fureur était glaçante. Je sentais la rage qui l'habitait, la voyais dans ses yeux, mais il restait tout à fait maître de lui et effroyablement méthodique. Comme s'il s'était déconnecté de lui-même et retranché dans une zone depuis laquelle il regardait son propre corps porter les coups en toute objectivité.

Et c'était moi la cause de cela. Par ma faute, l'homme chaleureux et détendu qui m'avait ensorcelée toute la soirée s'était métamorphosé en une brute froide aux pulsions meurtrières.

— Mademoiselle Tramell, murmura Angus en me prenant le coude.

— Arrêtez-le, Angus ! m'exclamai-je, au désespoir.

— Je vous en prie, regagnez la limousine.

— Quoi ? Mais vous êtes fou ! m'écriai-je en voyant le sang couler du nez de Brett.

— Nous devons raccompagner Mlle Ellison chez elle. C'est votre invitée, il faut vous occuper d'elle.

Brett pivota et quand Gideon feinta sur le côté, il projeta le poing en avant, l'atteignant à l'épaule avec une telle force qu'il recula de quelques pas.

— Qu'est-ce qui vous prend ? m'écriai-je en agrippant Angus par le bras. Mais intervenez donc !

Son regard bleu s'adoucit.

— Il sait quand s'arrêter, Eva.

— Vous vous foutez de moi ?

Il regarda par-dessus mon épaule.

— Monsieur Ricci, si vous voulez bien m'apporter votre concours.

Avant que j'aie eu le temps de comprendre, je me retrouvai en travers de l'épaule d'Arnoldo, en route vers la limousine. Quand je relevai la tête, le cercle des curieux s'était resserré, me bloquant la vue. Je poussai un cri de rage et martelai le dos d'Arnoldo de mes poings, ce qui n'eut pas le moindre effet sur lui. Il se glissa sur la banquette arrière de la limousine avec moi, et quand Shawna nous rejoignit quelques secondes plus tard, Angus referma la portière comme si tout était parfaitement normal.

— Qu'est-ce que vous fabriquez ? lançai-je à Arnoldo en essayant d'atteindre la poignée de la portière tandis que la limousine s'écartait lentement du trottoir. C'est votre ami ! Vous ne pouvez pas l'abandonner comme ça !

— C'est votre amant, répliqua Arnoldo d'une voix posée qui me transperça comme la lame d'un poignard. Et c'est vous qui l'avez mis dans cette situation.

Je m'affaissai sur la banquette, l'estomac noué et les mains moites. *Gideon...*

— C'est toi l'Eva de sa chanson, la « fille aux cheveux d'or », n'est-ce pas ? s'enquit Shawna, qui avait pris place sur la banquette opposée.

Arnoldo sursauta, visiblement surpris.

— Je me demande si Gideon... Évidemment qu'il le sait, soupira-t-il.

— C'était il y a longtemps, répliquai-je, sur la défensive.

— Pas assez longtemps, apparemment.

Je ne tenais pas en place, tapais du pied et étais dans un état d'agitation tel que j'aurais tout donné pour sortir de cette situation.

J'avais fait souffrir l'homme que j'aimais, et à travers lui, j'avais fait du mal à un autre qui s'était contenté d'être lui-même. Je n'avais aucune excuse. À vrai dire, je ne savais pas ce qui m'avait pris. Pourquoi ne m'étais-je pas écartée plus tôt ? Pourquoi avais-je répondu au baiser de Brett ?

Et qu'allait faire Gideon, après cela ?

À l'idée qu'il puisse décider de rompre, la panique m'envahit. J'étais malade d'inquiétude. Était-il blessé ? Risquait-il de s'attirer des ennuis ? C'était lui qui avait agressé Brett. La moiteur de mes mains s'accentua au souvenir du « copain » de Cary, Ian, qui était prêt à l'attaquer en justice pour agression.

La vie de Gideon partait en vrille à cause de moi. À un moment ou à un autre, il allait finir par se rendre compte que je n'en valais pas la peine.

Je jetai un coup d'œil à Shawna, qui regardait pensivement par la fenêtre. J'avais gâché sa merveilleuse soirée. Et celle d'Arnoldo.

— Je suis désolée, soupirai-je. J'ai tout gâché.

Elle tourna les yeux vers moi, haussa les épaules et m'offrit un sourire si chaleureux que ma gorge devint brûlante.

— Pas grave. Je me suis bien amusée. J'espère que tout s'arrangera au mieux pour toi.

Le mieux pour moi, c'était Gideon. Avais-je aussi gâché cela ? Avais-je bousillé la relation la plus importante de ma vie sur un étrange, inexplicable coup de tête ?

Je sentais encore les lèvres de Brett sur les miennes et me frottais la bouche ; j'aurais aimé pouvoir effacer aussi facilement la demi-heure qui venait de s'écouler.

Au bout de ce qui me parut une éternité, la voiture se gara devant chez Shawna. J'en descendis derrière elle pour la serrer dans mes bras.

— Je suis désolée, répétai-je.

Arnoldo, qui m'avait suivie, étreignit Shawna à son tour et lui assura qu'une table leur serait réservée, à Doug et à elle, au Tableau One quand ils le souhaiteraient. Ma colère à son endroit s'apaisa un peu. Tout au long de la soirée, il s'était comporté en parfait chevalier servant avec elle.

Nous remontâmes dans la limousine et prîmes la direction du restaurant. Je me blottis dans le recoin le plus sombre pour pleurer en silence, incapable de réprimer le flot de désespoir qui me submergeait. Quand nous nous arrêtâmes devant le restaurant, j'essuyai mes larmes avec le bas de mon débardeur. Je m'apprêtais à descendre, mais Arnoldo m'en empêcha.

— Soyez douce avec lui, me conseilla-t-il, le regard sévère. Je ne l'ai jamais vu se comporter avec une autre femme comme il se comporte avec vous. Vous ne le méritez peut-être pas, mais vous avez le pouvoir de le rendre heureux. Je l'ai bien vu. Faites-le ou laissez-le tranquille. Ne jouez pas avec lui.

Incapable de parler, j'acquiesçai d'un hochement de tête, souhaitant qu'il lise au fond de mes yeux tout ce que Gideon représentait pour moi.

Tout. Il était tout pour moi.

Arnoldo sortit et disparut à l'intérieur du restaurant. Avant qu'Angus referme la portière, je m'en rapprochai.

— Où est-il ? J'ai besoin de le voir. Je vous en supplie, Angus.

— Il m'a appelé, répondit-il avec une expression bienveillante qui me fit fondre de nouveau en larmes. Je vous emmène auprès de lui.

— Est-ce qu'il va bien ?

— Je ne sais pas.

Je me laissai aller contre le dossier. Je me sentais physiquement malade et fis à peine attention à la direction que prenait la limousine tant j'étais préoccupée par ce que j'allais devoir expliquer. Il fallait que je dise à Gideon que je l'aimais, que je ne le quitterais jamais s'il voulait encore de moi. Qu'il était le seul homme que je voulais voir régner sur ma vie.

Quand la voiture ralentit, je jetai un coup d'œil dehors et réalisai que nous étions retournés à la salle de concert. Le nez presque collé à la vitre, je cherchais Gideon du regard lorsque l'autre portière s'ouvrit dans mon dos. Je sursautai, me retournai et le vis s'installer sur la banquette opposée à la mienne.

— Gideon… m'écriai-je en m'élançant vers lui.

— Non, m'arrêta-t-il d'une voix si cinglante que j'eus un mouvement de recul et tombai sur le sol.

La limousine démarra brutalement.

À travers mes larmes, je le regardai se servir un verre d'alcool ambré et le descendre d'un trait. Le ventre noué par la peur et le chagrin, j'attendis, ramassée sur moi-même. Il remplit de nouveau son verre, referma le bar et s'adossa à la banquette. J'aurais voulu lui demander dans quel état il avait laissé Brett. J'aurais voulu lui demander comment il allait, lui, s'il souffrait. Mais je me retins, de crainte qu'il ne voie dans mon inquiétude pour Brett la preuve que je tenais à lui.

Son visage était impassible, ses yeux d'une dureté de marbre.

— Qu'est-ce qu'il représente pour toi ?

J'essuyai mes larmes d'un revers de main.

— Une erreur.

— Passée ou présente ?

— Les deux.

— Tu embrasses toujours tes erreurs de cette façon-là ? demanda-t-il en ricanant.

Refoulant tant bien que mal un sanglot, je secouai vigoureusement la tête.

— Tu le désires ? demanda-t-il d'un ton crispé avant de boire une gorgée d'alcool.

— Non, murmurai-je. Je ne désire que toi. Je t'aime, Gideon. Je t'aime tellement que ça me fait mal.

Il ferma les yeux et appuya la tête contre le dossier de la banquette. J'en profitai pour me rapprocher de lui ; j'avais besoin de réduire la distance qui nous séparait.

— C'est d'avoir mes doigts en toi qui t'a fait jouir, Eva, ou c'est sa putain de chanson ?

Oh, non ! Comment pouvait-il douter de... ?

C'était moi qui l'avais fait douter. C'était moi la coupable.

— C'est toi. Il n'y a que toi qui sois capable de me mettre dans cet état. De me faire oublier où je suis et me moquer de tout ce qui n'est pas toi.

— Parce qu'il ne t'a pas fait oublier où tu étais quand il t'a embrassée ? demanda-t-il en rouvrant les yeux et en braquant son regard sur moi. Il t'a mis sa queue... il t'a baisée... il a déchargé en toi.

L'amertume que trahissait sa voix me hérissa autant que la crudité de ses mots. Je savais ce qu'il ressentait. Je connaissais la douleur infligée par certaines images mentales. Dans ma tête, je les avais vus, Corinne et lui, baiser des dizaines de fois sous mon regard jaloux et haineux.

Il se redressa soudain et se pencha en avant pour passer sans douceur son pouce sur mes lèvres.

— Il a eu ta bouche.

Je m'emparai de son verre pour boire ce qui en restait, détestant le goût âpre que le liquide laissa sur ma langue et la brûlure qui se répandit dans ma gorge. Je parvins à l'avaler mais mon estomac se souleva pour protester. La chaleur de l'alcool se répandit en moi.

Gideon se laissa de nouveau aller contre la banquette, le bras posé en travers du visage. Je savais qu'il me voyait encore en train d'embrasser Brett. Que cette image le faisait souffrir.

Je posai son verre sur le plancher, m'immisçai entre ses cuisses et approchai les mains de sa braguette.

Il m'agrippa les doigts sans écarter le bras de son visage.

— Qu'est-ce que tu fais, bordel ?

— Jouis dans ma bouche, le suppliai-je. Lave-moi.

Il demeura immobile un interminable moment, sa poitrine se soulevant au rythme de son souffle.

— S'il te plaît, l'implorai-je.

Étouffant un juron, il me lâcha la main et laissa la sienne retomber mollement sur la banquette.

— Fais ce que tu veux.

Le cœur battant à l'idée qu'il change d'avis et me repousse, je m'empressai de déboutonner sa braguette. Il consentit à soulever brièvement le bassin pour que je puisse tirer sur son jean et son caleçon, mais ce fut tout.

Quand je pus enfin tenir son sexe érigé entre mes mains, quand ma bouche s'en empara voracement, un gémissement de bonheur mêlé de soulagement m'échappa. Je calai la joue au creux de son aine pour m'imprégner de son odeur, la sentir partout sur moi. Puis, de la pointe de la langue, je suivis le réseau de veines qui couraient sous sa peau soyeuse, avant de le lécher sur toute la longueur.

Je l'entendis grincer des dents quand je l'aspirai dans ma bouche, et son silence – lui qui était si prompt à me dire ce qui lui plaisait, ce qu'il voulait, ce qu'il ressentait quand je l'aimais avec la bouche –, son silence me brisa le cœur. Il se retenait, me privait de la satisfaction de savoir si ce que je lui faisais lui plaisait.

J'enroulai les doigts à la base de son sexe pour accompagner la succion de mes lèvres et lapai avidement la goutte translucide qui ne tarda pas à jaillir. Les muscles de ses cuisses se contractèrent et son souffle s'accéléra. Je sentis qu'il persistait à se retenir et accélérai le va-et-vient de mon poing serré le long de son érection, mes lèvres coulissant avec une telle fougue que j'en avais mal à la mâchoire. Il raidit le dos, redressa la tête une seconde avant de la laisser retomber en arrière tandis que je recevais dans ma bouche la première giclée de sperme.

Je gémis et avalai convulsivement sa semence, le mouvement de ma main s'accélérant pour l'extraire jusqu'à la dernière goutte. Son corps se cabra durant de longues minutes tandis qu'il se répandait dans ma bouche sans émettre un seul son – aussi anormalement silencieux qu'il l'avait été au cours de la bagarre avec Brett.

J'aurais pu continuer à le sucer ainsi pendant des heures. C'est ce que je voulais, mais il plaqua les mains sur mes épaules et m'incita à m'écarter de lui. Je le regardai ; ses yeux brillaient dans la pénombre. Du pouce, il étala sa semence sur le pourtour de ma bouche.

— Empale-toi sur ma queue, m'ordonna-t-il d'une voix rauque. Je veux décharger en toi.

Tremblante et effrayée par sa froideur, je me tortillai pour me débarrasser de mon shorty.

— Déshabille-toi entièrement. Ne garde que tes chaussures.

Je m'exécutai, comme fouettée par son ton autoritaire. Je ferais tout ce qu'il voulait. Je devais lui prouver que je n'appartenais qu'à lui. J'étais prête à expier ma faute de toutes les façons possibles afin qu'il sache que je l'aimais. Je tirai sur la fermeture de ma jupe et m'en débarrassai, ôtai mon débardeur et le lançai sur la banquette. Mon soutien-gorge le rejoignit.

Quand je l'enfourchai, Gideon m'empoigna les hanches et leva les yeux vers moi.

— Tu mouilles ?

— Oui.

— Ça t'excite de me sucer.

Les pointes de mes seins durcirent. Les termes qu'il employait pour parler de sexe m'excitaient.

— Toujours.

— Pourquoi l'as-tu embrassé ?

Ce brusque changement de sujet me déstabilisa. Ma lèvre inférieure se mit à trembler.

— Je ne sais pas.

Il me lâcha et leva les bras pour agripper la banquette de chaque côté de sa tête. La posture fit saillir ses biceps, vision qui m'excita au plus haut point. Tout, en lui, m'excitait. Je voulais voir son torse nu luisant de sueur, ses abdominaux se contracter au rythme du va-et-vient de son sexe en moi.

— Enlève ton tee-shirt, demandai-je.

Il étrécit les yeux, et sa réponse claqua :

— Ce n'est pas toi qui décides.

Je me figeai, le cœur battant. Il utilisait le sexe comme un châtiment. Dans la limousine, nous avions fait l'amour pour la première fois, dans la même position...

— Tu me punis, soufflai-je.

— Tu l'as mérité.

Peu importait qu'il ait raison. Si je l'avais mérité, lui aussi.

D'une main, je me retins au dossier de la banquette et refermai les doigts de l'autre sur son pénis toujours aussi dur et palpitant – un muscle tressauta dans son cou quand je serrai le poing. Je le positionnai entre les replis de mon sexe, puis le frottai le long de ma fente humide de désir.

Je ne quittai pas son visage des yeux, guettant la réapparition, si fugace soit-elle, de l'amant passionné que j'adorais. Mais j'étais en face d'un inconnu furieux et détaché, qui me défiait du regard et se moquait de moi.

Je le pris en moi, m'ouvris à lui, puis me laissai glisser le long de son sexe avec un gémissement. L'impression soudaine d'être écartelée était presque insupportable.

La violence du juron qu'il laissa échapper cingla mon désir. Je plantai les genoux sur l'assise de la banquette, plaçai les mains de chaque côté de ses épaules et me soulevai, mes muscles intimes se contractant follement autour de lui. Je le repris en moi, son sexe glissant plus aisément à présent. Quand mes fesses entrèrent en contact avec ses cuisses, je découvris qu'il bandait ses muscles. Son corps l'avait trahi : il n'était pas indifférent.

Je me retirai de nouveau, lentement, afin que nous savourions l'un et l'autre chaque nuance de la délicieuse friction. Quand je revins sur lui, je m'efforçai de rester aussi stoïque que lui, mais la sensation de plénitude et la chaleur de son sexe étaient trop exquises pour que je réussisse à me contenir. Je gémis, et il ne put réprimer une affolante ondulation des hanches.

— J'adore te sentir en moi, murmurai-je en le chevauchant avec plus d'ardeur. C'est toi qu'il me faut,

Gideon. Tu es tout ce que je désire. Tu es fait pour moi.

— Tu l'as pourtant oublié, répliqua-t-il, ses mains se crispant si fort sur le dossier de la banquette que ses jointures blanchirent.

— Jamais. Je ne pourrais jamais l'oublier. Tu fais partie de moi.

— Dis-moi pourquoi tu l'as embrassé.

— Je ne sais pas.

Je laissai aller mon front contre le sien et sentis les larmes me brûler les paupières.

— Je te jure que je ne sais pas, Gideon.

— Alors tais-toi et fais-moi jouir.

Je n'aurais pas été davantage choquée s'il m'avait giflée. Je me raidis et m'écartai de lui.

— Va te faire foutre.

— C'est bien l'idée.

Les larmes roulèrent sur mes joues.

— Ne me traite pas comme une pute.

— Eva.

Sa voix était sourde et menaçante, mais son regard sombre était empli de la même souffrance que celle que j'éprouvais.

— Tu sais ce qu'il faut que tu dises si tu veux arrêter.

Crossfire. D'un seul mot, je pouvais mettre un terme à cette agonie. Mais je m'y refusais. Le simple fait de mentionner l'existence de ce mot signifiait qu'il me testait. Qu'il testait mes limites. Il poursuivait un objectif et, si j'abandonnais maintenant, je ne découvrirais jamais lequel.

Tendant les bras en arrière, je posai les mains sur ses genoux. Je creusai les reins et redescendis le long de son sexe, puis me retirai d'un coup. Et recommençai, savourant le bonheur de l'avoir en moi. Mon corps adorait le sien, quelle que soit son humeur.

En dépit de la colère et de la souffrance, faire l'amour avec Gideon était l'acte le plus juste, le plus parfait qui soit.

Chaque fois que mes hanches s'abaissaient, il expulsait bruyamment l'air de ses poumons. Son corps était une fournaise. Et je prenais le plaisir qu'il refusait de me donner. Mes cuisses, mes fesses, mon ventre et mon sexe palpitaient au rythme de mes va-et-vient.

Je le chevauchai comme si ma vie en dépendait. Sa respiration s'accéléra, puis il explosa en moi, si fort, que je sentis le jet brûlant de son sperme. Un cri franchit mes lèvres, et je sus que l'orgasme que je sentais venir allait me faire voler en éclats.

C'est alors que Gideon m'attrapa par la taille pour m'immobiliser. Je retins un soupir étranglé quand je compris qu'il m'empêchait délibérément de jouir.

— Dis-moi pourquoi, Eva, gronda-t-il. *Pourquoi ?*

— Je ne sais pas, hurlai-je en essayant d'onduler frénétiquement tout en lui frappant les épaules de mes poings.

Il me souleva soudain et se retira de moi. Puis il me retourna d'un mouvement preste, me força à m'agenouiller devant la banquette qui nous faisait face, buste ployé en avant. M'interdisant de me redresser d'une main posée au creux de mes reins, il glissa l'autre entre mes cuisses et entreprit de me caresser. J'ondulai des hanches, cherchant le point de pression qui me permettrait de jouir. D'atteindre la jouissance qu'il continuait de me refuser.

Tout mon corps se tendait vers le plaisir. Quand Gideon inséra deux doigts en moi, mes ongles griffèrent le cuir du siège.

— Gideon, sanglotai-je tandis qu'il prenait un malin plaisir à me maintenir au bord de l'orgasme.

J'étais en nage, à bout de souffle. Je me surpris à souhaiter que la voiture s'arrête, que nous soyons arrivés à destination, que je puisse m'enfuir...

Gideon nicha son sexe entre mes fesses.

— Dis-le-moi, Eva, chuchota-t-il d'une voix suave. Tu savais que j'allais arriver... que je te chercherais...

Je serrai les poings.

— Je ne sais pas !

Ses doigts cédèrent la place à son sexe. Mon vagin l'enserra avidement, et j'entendis Gideon retenir son souffle tandis qu'il plongeait en moi.

La sensation fut si intense que je criai. Mon corps entier frémit de bonheur quand il commença à me besogner furieusement. Les prémices de l'orgasme s'intensifièrent...

Il se retira à la première contraction, m'abandonnant une fois de plus au bord du gouffre. Je rugis de frustration et luttai pour me dégager, mettre fin à ces tourments insupportables.

— Dis-moi pourquoi, Eva, murmura-t-il. Tu penses à lui en ce moment ? Tu aimerais que ce soit lui qui baise ta petite chatte ?

— Je te déteste ! Tu n'es qu'un sadique, un égoïste, un fils de...

Il était revenu en moi et me pilonnait sauvagement.

Incapable de supporter cela plus longtemps, je glissai la main entre mes cuisses, sachant qu'il me suffirait d'effleurer mon clitoris pour jouir comme une folle.

— Non.

Gideon m'attrapa le poignet, puis plaqua mes mains sur le siège, ses cuisses me maintenant les jambes écartées et l'autorisant à me baiser à sa guise. Ce dont il ne se priva pas. Encore et encore. Le rythme de ses coups de boutoir aussi régulier qu'implacable.

Je me tordais en tous sens, perdant complètement la tête.

— Je te déteste, sanglotai-je, des larmes de rage m'inondant les joues.

— Dis-moi pourquoi, Eva, articula-t-il en se penchant sur moi.

J'explosai :

— Parce que tu l'as bien mérité ! Pour que tu saches ce que ça fait ! Pour que tu souffres autant que moi, espèce de sale égoïste !

Il s'immobilisa, je sentis son souffle haletant passer sur moi. Je crus d'abord que cette voix caressante que j'entendais était le fruit de mon imagination.

— Mon ange.

Ses lèvres m'effleurèrent l'épaule et ses mains quittèrent mes poignets pour se glisser sous mon torse et prendre mes seins en coupe.

— Mon bel ange entêté. Tu as fini par me la dire, la vérité.

Il me redressa et plaqua mon buste contre son torse. Épuisée, je laissai ma tête reposer sur son épaule. J'étais sans force et parvins à peine à gémir quand il me pinça la pointe d'un sein tout en insérant son autre main entre mes cuisses. Je sentis son sexe revenir en moi tandis qu'il écartait les replis de ma chair pour caresser mon clitoris.

Je jouis en criant son nom, le plaisir déferlant en vagues puissantes qui me secouaient de la tête aux pieds. Mon orgasme n'en finissait pas, et Gideon, infatigable, le prolongeait, dosant à la perfection les poussées de son sexe.

Quand je m'écroulai finalement entre ses bras, il se retira en douceur et m'allongea sur la banquette. Rompue, je me couvris le visage des mains, incapable de l'arrêter lorsqu'il m'écarta les cuisses pour poser sa bouche sur moi. Sans se soucier de la semence dont

j'avais sauté sa femme. Elle m'offrait une ouverture, je m'y suis engagé. La chose n'était censée se produire qu'une fois, mais Anne m'a rappelé dès le lendemain. Découvrir que sa femme ne pouvait pas se passer de moi allait faire encore plus de mal à Lucas, alors j'ai accepté de la revoir. Quand elle a été prête à le quitter pour moi, je l'ai renvoyée chez son mari.

Je le regardai. Il me défiait du regard malgré son embarras.

— Dis quelque chose, aboya-t-il.

— Elle croyait que tu l'aimais ?

— Non, bordel ! J'ai couché avec une femme mariée, ce qui fait de moi une ordure, mais je ne lui ai jamais rien promis. C'était Lucas que je baisais à travers elle – je n'avais pas prévu les dommages collatéraux. Je n'aurais pas laissé les choses aller aussi loin, autrement.

— Gideon, soupirai-je en secouant la tête.

— Quoi ? se hérissa-t-il. Pourquoi ce ton ?

— Parce que tu es vraiment bouché pour un type aussi intelligent. Tu couchais avec elle régulièrement et tu ne t'es pas douté qu'elle allait tomber amoureuse de toi ?

— Nom de Dieu, tu ne vas pas recommencer avec ça !

Il se redressa brusquement.

— Tu sais quoi ? Tu ne cesses de penser que je suis un don de Dieu pour les femmes, mon ange. Je préférerais que tu croies que je suis ce que tu peux espérer de mieux.

Je lui envoyai une bonne giclée d'eau à la figure.

Cette façon de dénigrer son charme faisait écho à mon propre comportement. Nous nous estimions à notre juste valeur et savions utiliser nos atouts. Mais nous étions aussi incapables l'un que l'autre de voir ce qui pouvait inciter quelqu'un à nous aimer vraiment.

Gideon s'empara de mes mains.

— À présent, raconte-moi ce qui s'est passé entre Brett Kline et toi.

— Tu ne m'as pas dit ce que le Dr Lucas a fait pour t'irriter à ce point.

— Si, je te l'ai dit.

— Pas en détail.

— C'est à toi de parler. Je t'écoute.

Il me fallut du temps pour me décider. Quel homme se réjouit d'apprendre que sa petite amie avait pour habitude de coucher avec n'importe qui ? Mais Gideon attendit patiemment. Obstiné qu'il était. Je compris qu'il ne me laisserait pas sortir de la baignoire tant que je ne lui aurais pas raconté mon histoire avec Brett.

— À ses yeux, je n'étais qu'une fille facile parmi d'autres, débitai-je à toute allure pour en finir au plus vite. Et je m'en contentais – j'ai même pris des risques rien que pour ça – parce qu'à cette époque de ma vie, je ne connaissais pas d'autre façon de me sentir aimée que de coucher avec un mec.

— Il a écrit une chanson d'amour qui parle de toi, Eva.

Je détournai les yeux.

— Une chanson ne dit pas forcément la vérité.

— Tu l'aimais ?

— Je… Non.

Gideon poussa un long soupir, comme s'il retenait son souffle depuis un moment.

— J'avais flashé sur lui et sa façon de chanter, mais c'était complètement superficiel. Je ne l'ai jamais réellement connu, en fait.

— C'était une… passade, c'est ça ?

J'acquiesçai et tentai de libérer mes mains, qu'il n'avait pas lâchées. J'aurais aimé réussir à me débarrasser de cette honte qui me collait à la peau. Je n'en voulais ni à Brett ni à aucun des types qui avaient défilé dans ma vie à cette époque-là. Je ne pouvais en vouloir qu'à moi-même.

— Viens par ici, murmura Gideon en m'attrapant par la taille pour m'attirer de nouveau contre lui.

Ses bras qui m'enlaçaient et la caresse de ses mains le long de mon dos m'apaisèrent.

— Je ne vais pas te mentir, reprit-il. J'ai envie de démolir tous les hommes que tu as connus – tu aurais tout intérêt à faire en sorte que je ne croise pas leur chemin –, mais rien de ce que tu as vécu ne changera jamais ce que je ressens pour toi. Et Dieu sait que je ne suis pas un saint.

— J'aimerais pouvoir effacer mon passé, avouai-je. Je n'aime pas la fille que j'étais alors.

Il cala le menton sur le sommet de mon crâne.

— Je comprends. J'avais beau me doucher longuement après avoir couché avec Anne, je n'arrivais pas à me débarrasser de la sensation d'être sale.

J'affermis l'étreinte de mes bras autour de lui afin qu'il sache que j'acceptais son passé, mais aussi pour le réconforter. Et j'acceptai avec reconnaissance qu'il m'offre aussi sa compréhension et son réconfort.

Le peignoir de soie blanche que je découvris dans l'armoire était magnifique, doublé du plus fin des tissus-éponges et rehaussé de broderies argentées aux poignets. Je l'adoptai immédiatement, ce qui tombait bien vu qu'il s'agissait, apparemment, du seul vêtement qui me soit destiné dans toute la maison.

Je regardai Gideon enfiler un pantalon de pyjama de soie noire, puis en nouer le cordon.

— Pourquoi as-tu un pyjama alors que je n'ai qu'un peignoir ? m'étonnai-je.

Il me jeta un coup d'œil à travers la mèche qui lui retombait sur le front.

— Parce que c'est moi qui ai tout organisé, peut-être ?

— Obsédé.

— Disons que ça me facilite les choses pour répondre à tes insatiables exigences sexuelles.

— Mes insatiables exigences sexuelles ? répliquai-je en retournant dans la salle de bains pour me débarrasser de la serviette enroulée autour de ma tête. Je crois pourtant me souvenir de t'avoir supplié d'arrêter, la nuit dernière.

Il s'encadra sur le seuil, derrière moi.

— Et tu recommenceras à me supplier la nuit prochaine, me prévint-il. Je vais préparer le café.

Je regardai son reflet dans le miroir et découvris l'hématome qui s'étalait en bas de son dos lorsqu'il retourna. Je m'exclamai :

— Gideon, tu es blessé ! Laisse-moi voir.

— Ce n'est rien, m'assura-t-il en s'engageant dans l'escalier. Ne traîne pas trop longtemps.

Un flot de culpabilité me submergea, en même temps qu'une affreuse envie de pleurer. Je me brossai les cheveux d'une main tremblante, puis ouvris l'armoire de toilette pour découvrir tous les produits de beauté que j'utilisais d'ordinaire. La prévenance de Gideon ne fit que souligner mes manques. Je transformais sa vie en enfer. Après tout ce qu'il avait déjà enduré, mes problèmes étaient bien la dernière chose dont il avait besoin.

Je descendis l'escalier, mais arrivée au rez-de-chaussée, je me sentis soudain incapable de le rejoindre dans la cuisine. J'avais besoin d'un peu de temps pour me ressaisir et afficher une expression heureuse. Je ne voulais pas, en plus, lui gâcher son week-end.

Je franchis la porte-fenêtre qui ouvrait sur la terrasse. Le rugissement des vagues et la morsure du vent me donnèrent un coup de fouet revigorant. Les mains à plat sur la rambarde, j'inspirai à fond et fermai les yeux, tâchant de retrouver un semblant de sérénité. Mon seul problème, c'était moi, et je ne voulais pas que Gideon s'inquiète de ce qu'il ne pouvait pas changer. Il ne tenait qu'à moi de devenir plus forte, et il le fallait si je voulais le rendre heureux, lui offrir la sécurité qu'il attendait si désespérément de moi.

La porte s'ouvrit et j'attendis une seconde avant de me tourner vers Gideon, le sourire aux lèvres. Il tenait deux tasses fumantes à la main, l'une de café noir, l'autre de café crème, et je savais que ce dernier serait juste à mon goût parce que Gideon faisait attention au moindre détail me concernant.

— Arrête de te faire des reproches, m'ordonna-t-il d'un ton sévère en posant les tasses sur la rambarde.

Je soupirai. De toute évidence, je ne pouvais espérer lui dissimuler mon humeur d'un simple sourire.

Il encadra mon visage de ses mains et me scruta longuement.

— C'est fini. Oublie.

Je caressai le bleu sur sa mâchoire.

— Il fallait que ça arrive, déclara-t-il. Non, ne dis rien ; écoute-moi plutôt. Je crois que ça m'a permis de comprendre ce que tu ressentais vis-à-vis de Corinne. Pour être franc, je pensais juste que tu ne la supportais pas. Parce que je n'avais pas idée du mal que ça fait. Je n'étais qu'un imbécile égoïste.

— Je ne la supporte pas, confirmai-je. Je la hais. Je suis incapable de penser à elle sans avoir des envies de meurtre.

— Je comprends, maintenant. Il faut parfois que je prenne une bonne claque pour accepter certaines choses, ajouta-t-il avec un sourire contrit. Heureusement, tu as toujours été très douée pour attirer mon attention.

— N'essaie pas de minimiser les choses, Gideon. Tu aurais pu être gravement blessé par ma faute.

Il me prit par la taille quand je fis mine de me détourner.

— J'ai bel et bien été gravement blessé par ta faute, Eva. Te voir dans les bras d'un autre, en train de l'embrasser...

Son regard devint sombre et ardent.

— J'ai eu l'impression d'avoir été poignardé et que je me vidais de mon sang. Je l'ai frappé en état de légitime défense.

J'étais bouleversée par sa franchise.

— Je me dégoûte de ne pas avoir été plus compréhensif au sujet de Corinne. Si un simple baiser a pu me faire cet effet...

Il me serra très fort contre lui.

— Si tu me trompais, reprit-il d'une voix rauque, j'en mourrais.

Je tournai la tête et pressai mes lèvres contre son cou.

— Ce baiser ne voulait rien dire, soufflai-je. Strictement rien.

Il referma la main dans mes cheveux et me tira doucement la tête en arrière.

— Tu ne comprends pas ce que tes baisers signifient pour moi, Eva. Que tu puisses en donner un et assurer ensuite que ça ne voulait rien dire...

Sa bouche s'empara de la mienne et il me gratifia d'un baiser tendre, une simple caresse sur mes lèvres. Me hissant sur la pointe des pieds, je glissai les doigts dans ses cheveux en entrouvrant les lèvres pour accueillir sa langue. La danse sensuelle qui s'ensuivit m'embrasa comme une torche. Gideon gémit et resserra son étreinte.

Ses baisers étaient de véritables cadeaux. Sauvages, passionnés, vibrants d'amour. Il ne retenait rien, donnait tout, s'exposait totalement.

Son grand corps puissant était tendu comme un arc, et sa peau, en feu. Sa langue plongeait dans ma bouche, s'enroulait autour de la mienne, son souffle haletant se mêlait au mien, m'emplissait les poumons.

Je le désirais si violemment que j'en avais le vertige.

Il tira brusquement sur la ceinture de mon peignoir, qui se dénoua, et m'empoigna aux hanches, avant de faire glisser ses mains sur mes fesses. Son sexe dur contre mon ventre était comme un tison à travers la soie de son pantalon.

Il tremblait de tout son corps, à présent, son bassin ondulant contre le mien. Ses doigts s'enfoncèrent dans ma chair, et son sexe tressaillit, juste avant qu'un flot de chaleur se répande sur ma peau. Sa jouissance lui tira un grondement sourd.

Découvrir que j'avais le pouvoir de lui faire perdre tout contrôle avec un simple baiser m'excita follement.

Ses doigts se détendirent, et il déclara dans un souffle :

— Tes baisers m'appartiennent.

— Oui. Gideon...

J'étais ébranlée, émotionnellement à vif, mise à nu par ce que je considérais comme le moment le plus érotique de ma vie.

Se laissant tomber à genoux devant moi, Gideon m'envoya alors au septième ciel avec sa bouche.

Après la douche, nous passâmes la matinée à sommeiller. C'était si bon de dormir de nouveau près de lui, ma tête nichée au creux de son épaule, le bras passé en travers de son torse ferme, nos jambes entremêlées.

Au réveil, je mourais de faim. La cuisine ultramoderne me séduisit d'emblée. Les portes de placard en verre trempé et les plans de travail en granit s'harmonisaient à merveille avec le parquet de bois sombre. Plus fabuleux encore, le frigo et les placards étaient remplis. Nous n'avions aucune raison de quitter la maison.

Optant pour la solution de facilité, nous confectionnâmes des sandwichs que nous dévorâmes au salon, assis en tailleur l'un en face de l'autre sur le canapé.

J'en étais à la moitié du mien quand je surpris Gideon en train de me contempler avec un grand sourire.

— Quoi ? demandai-je, la bouche pleine.

— Arnoldo a raison. C'est amusant de te regarder manger.

— Silence.

Son sourire s'élargit. Il avait l'air si insouciant et si heureux que mon cœur se serra.

— Comment as-tu déniché cette maison de rêve ? demandai-je. Ou peut-être devrais-je dire : « Comment Scott l'a-t-il dénichée ? »

— Non, c'est moi, répondit-il en avalant une chips avant de passer la pointe de la langue sur ses lèvres. Au départ, j'avais dans l'idée de t'emmener sur une île, loin de tout. Et j'ai trouvé que cette maison répondait à ce critère, la distance en moins. Bon, c'est vrai qu'à l'origine j'avais prévu de venir en avion.

Pensive, je me rappelai la longue route qui nous avait amenés jusqu'ici. Un voyage de folie, certes, mais l'idée qu'il ait réorganisé son emploi du temps pour avoir l'occasion de me faire l'amour des heures durant n'en demeurait pas moins excitante.

— Méfie-toi, le désir fait briller tes yeux, me prévint-il. Quand je pense que tu oses me traiter d'obsédé !

— Désolée.

— Je ne me plains pas.

Mes pensées dérivèrent de nouveau vers la soirée.

— Arnoldo ne me porte plus trop dans son cœur, lâchai-je.

Gideon haussa les sourcils.

— Le désir fait donc briller tes yeux quand tu penses à Arnoldo ? Il va falloir que je lui flanque une correction, à lui aussi ?

— Non ! Je n'ai fait allusion à lui que pour distraire nos pensées du sexe, justement. Et parce que ça me chagrine un peu.

— Je lui parlerai, me rassura-t-il.

— Je crois que ce serait plutôt à moi de le faire – si tant est qu'il accepte de m'écouter.

Gideon m'étudia un instant, puis :

— Qu'est-ce que tu lui diras ?

— Qu'il a raison. Que je ne te mérite pas et que j'ai déconné. Mais que je suis follement amoureuse de toi et que j'aimerais vous prouver à l'un comme à l'autre que je peux être celle dont tu as besoin.

— Mon ange, si j'avais davantage besoin de toi, je ne serais plus bon à rien, dit-il en portant ma main à ses lèvres pour m'embrasser le bout des doigts. Et je me fiche de ce que les autres pensent. Nous avons notre façon de fonctionner et elle nous convient.

— Elle te convient vraiment ? Je sais qu'elle t'épuise. Tu ne penses jamais que c'est trop dur ou trop douloureux ?

— Tu réalises à quel point ce que tu viens de dire est suggestif, je suppose ?

— Oh, non ! m'esclaffai-je. Tu es vraiment incorrigible !

— Ce n'est pas toujours ce que tu dis, rétorqua-t-il, l'air amusé.

Je secouai la tête et mordis dans mon sandwich.

— Je préfère me disputer avec toi plutôt que rire avec n'importe qui d'autre, mon ange.

Seigneur ! Il me fallut une bonne minute pour avaler ma bouchée de pain.

— Tu sais que je t'aime comme une folle, articulai-je.

Il sourit.

— Je sais, oui.

— Il faut que j'appelle mon père, annonçai-je un peu plus tard. On se téléphone tous les samedis, c'est un rituel.

Gideon secoua la tête.

— Impossible. Tu devras attendre lundi.

— Pourquoi ?

— Pas de téléphone, répondit-il en me plaquant contre le comptoir de la cuisine.

— Tu plaisantes ? Et ton portable ?

J'avais laissé le mien chez moi pour aller au concert, sachant que je n'en aurais pas besoin.

— Il est reparti à New York avec la limousine. Et il n'y a pas Internet non plus. J'ai tout fait couper avant notre arrivée.

Je restai un instant sans voix. Gideon Cross, avec toutes les responsabilités et tous les engagements qu'il avait, s'était volontairement coupé du reste du monde pendant tout un week-end ? C'était... surréaliste !

— Je suis sidérée, avouai-je. Quand as-tu fait cela pour la dernière fois ?

— C'est une grande première, m'avoua-t-il.

— En ce moment même, des tas de gens doivent piquer des crises en découvrant qu'ils ne peuvent pas te joindre.

— Ils s'en remettront, répondit-il en haussant les épaules avec nonchalance.

— Je t'ai rien qu'à moi, alors ? demandai-je, folle de joie.

— Rien qu'à toi, confirma-t-il en souriant. Que comptes-tu faire de moi, mon ange ?

Extatique, je lui rendis son sourire.

— Je ne devrais pas avoir de mal à trouver.

Nous décidâmes d'aller nous promener sur la plage.

J'avais mis l'un des pantalons de pyjama de Gideon, dont j'avais retroussé le bas, et enfilé mon débardeur blanc, toujours aussi indécent depuis que mon soutien-gorge était reparti pour New York en même temps que le portable de Gideon.

— J'ai l'impression d'être au paradis, déclara-t-il. Je viens d'atteindre un lieu qui est l'incarnation de tous les rêves érotiques et de tous les fantasmes de mon adolescence, et qui n'appartient qu'à moi.

Je lui donnai un coup d'épaule.

— Comment réussis-tu à passer du romantisme absolu à la goujaterie en l'espace d'une heure ?

— C'est l'un de mes nombreux talents, répondit-il en lorgnant mes seins dont les pointes se dressaient sous mon débardeur. Au paradis avec mon ange, ajouta-t-il en me pressant la main. Je ne connaîtrai jamais rien de plus divin.

Je ne pus qu'acquiescer. La plage était sublime, aussi tempétueuse et indomptable que l'homme qui me tenait la main. Le bruit du ressac et les cris des mouettes, l'eau qui clapotait autour de mes chevilles et le vent qui me fouettait les cheveux m'emplissaient d'une sensation de plénitude unique. Cela faisait longtemps que je ne m'étais pas sentie aussi bien et j'étais profondément reconnaissante à Gideon d'avoir imaginé et rendu possible cette parenthèse enchantée. Nous nous accordions à la perfection quand nous étions seuls.

— Tu te plais ici, fit-il remarquer.

— J'ai toujours aimé la proximité de l'eau. Le deuxième mari de ma mère avait une maison au bord d'un lac. Je me souviens de m'être promenée avec elle le long de la rive et de m'être dit qu'un jour je m'achèterais une maison au bord de l'eau.

Il me lâcha la main pour m'entourer les épaules du bras.

— Et que dirais-tu de celle-ci ? Elle te plaît ?

— Elle est à vendre ? m'étonnai-je.

— Tout est à vendre, dès lors qu'on y met le prix.

— Et toi ? Est-ce qu'elle te plaît ?

— Je trouve la décoration un peu froide, avec tout ce blanc partout. Mais la chambre principale est vraiment belle. On pourrait transformer le reste, en faire un endroit rien qu'à nous.

— Rien qu'à nous, répétai-je en me demandant à quoi un tel endroit ressemblerait.

J'aimais beaucoup la décoration vieille Europe de son appartement. Et je pense qu'il se sentait bien dans mon nouveau chez-moi new-yorkais, bien plus moderne. Une combinaison des deux styles, peut-être...

— Acheter une propriété ensemble est une étape très importante, biaisai-je.

— Inévitable, rectifia-t-il. Tu as dit au Dr Petersen que tu refusais d'envisager l'échec de notre couple.

— En effet.

Nous poursuivîmes notre promenade en silence. Je tâchais d'analyser ce que je ressentais à l'idée que Gideon veuille instaurer un lien plus tangible entre nous. Et je me demandais pourquoi l'acquisition d'une propriété en commun lui était apparue comme la possibilité d'y parvenir.

— J'en conclus que cet endroit te plaît, à toi aussi ? hasardai-je.

— J'aime la plage, dit-il. Il existe une photo de mon père et moi en train de construire un château de sable sur une plage.

Que je ne trébuche pas tint du miracle. Gideon parlait si peu de son enfance que j'avais l'impression de vivre un moment d'exception les rares fois où cela se produisait.

— J'aimerais bien la voir.

— C'est ma mère qui l'a. Je la récupérerai pour toi, dit-il après une pause.

— Je viendrai avec toi.

Il soupira.

— Je peux très bien envoyer un coursier.

— À ta guise, répondis-je en tournant la tête pour embrasser le bout de ses doigts sur mon épaule. Mais ma proposition tient toujours.

— Qu'est-ce que tu as pensé de ma mère ? demanda-t-il abruptement.

— Je l'ai trouvée très belle. Très élégante. Gracieuse, ajoutai-je en scrutant son profil.

Il avait les cheveux de jais et les yeux d'un bleu saisissant d'Elizabeth Vidal.

— J'ai aussi lu dans son regard qu'elle t'aimait énormément.

— Elle ne m'a pas assez aimé, dit-il sans cesser de regarder devant lui.

Sa réponse me coupa le souffle. Je me souvenais de m'être demandé – avec un frisson d'effroi – si elle ne l'avait pas trop aimé, et je fus secrètement soulagée d'apprendre que ça n'avait pas été le cas.

— Qui décide de ce qui est assez en la matière, Gideon ?

Il prit une profonde inspiration.

— Elle ne m'a pas cru, articula-t-il.

Je m'arrêtai net et me tournai vers lui.

— Tu lui as dit ce qui t'était arrivé et elle ne t'a pas cru ?

Son regard se porta vers l'horizon, loin au-dessus de ma tête.

— Ça n'a plus d'importance, désormais. C'est du passé.

— Qu'est-ce que tu racontes ? Bien sûr que ça a de l'importance ! répliquai-je, furieuse à la pensée qu'une mère n'ait pas fait son devoir, n'ait pas défendu son enfant.

Furieuse que cet enfant ait été Gideon.

— Regarde-toi, dit-il en baissant les yeux sur moi, tu es dans tous tes états. J'aurais mieux fait de me taire.

— Tu aurais mieux fait de parler avant.

Je sentis ses épaules se détendre et il eut l'air penaud.

— Je ne t'ai rien dit.

— Gideon…

— Et bien sûr tu me crois, mon ange. Tu as déjà dormi avec moi.

Je pris son visage entre mes mains et le regardai droit dans les yeux.

— Je te crois, Gideon, assénai-je.

Une expression de souffrance lui crispa les traits une fraction de seconde avant qu'il m'enlace et me soulève de terre.

— Eva.

J'enroulai les jambes autour de ses hanches et l'étreignis de toutes mes forces.

— Je te crois.

De retour à la maison, Gideon alla dans la cuisine ouvrir une bouteille de vin pendant que je passais en revue les livres dans le salon. Un sourire se peignit sur mes lèvres quand je tombai sur le premier volume de la série dont je lui avais parlé – celle dans laquelle l'héroïne surnommait le héros « champion ».

Une fois qu'il m'eut rejointe sur le canapé, j'en entamai la lecture à voix haute tandis qu'il jouait avec mes cheveux. Il était d'humeur pensive depuis notre retour de promenade et je le sentais lointain. Je ne lui en voulus pas. Nous avions vécu tant de choses au cours des deux derniers jours.

Quand la marée remonta, la mer s'engouffra entre les pilotis dans un fracas assourdissant. Nous sortîmes sur la terrasse pour contempler le va-et-vient des vagues qui transformait la maison en une véritable petite île.

— Que dirais-tu de faire griller des chamallows au chocolat sur ce barbecue ? proposai-je en m'appuyant à la rambarde.

— Hmm... je veux laper du chocolat fondu sur ton corps.

Oh oui, je t'en supplie...

— Ça ne risque pas de me brûler ?

— Pas si je m'y prends bien.

Comme je pivotai entre ses bras, il me souleva pour m'asseoir sur la rambarde, puis se glissa entre mes jambes en m'entourant les hanches de ses bras. Je lui ébouriffai tendrement les cheveux, savourant la paix qui nous enveloppait tandis que le crépuscule descendait lentement.

— Tu as eu l'occasion de parler à Ireland ? demandai-je, faisant allusion à sa demi-sœur.

Je l'avais rencontrée à la garden-party de Vidal Records et n'avais guère tardé à remarquer qu'elle était à l'affût du moindre mot, de la moindre nouvelle de son frère aîné.

— Non.

— Que dirais-tu de l'inviter à dîner pendant que mon père sera en ville ? suggérai-je.

— Tu veux inviter une gamine de dix-sept ans à un dîner entre adultes ?

— Non, je veux que ta famille rencontre la mienne.

— Elle s'ennuierait à mourir.

— Qu'est-ce que tu en sais ? Moi, je crois que ta sœur te considère comme une sorte de héros, et qu'il suffira que tu fasses attention à elle pour qu'elle soit ravie.

— Eva, soupira-t-il, agacé, sois réaliste. Je n'ai pas la moindre idée de ce qui peut intéresser une adolescente.

— Ireland n'est pas n'importe quelle adolescente, c'est ta...

— Qu'est-ce que ça change ? s'emporta-t-il.

— Elle te fait peur, réalisai-je.

— Je t'en prie, railla-t-il.

— Si. Elle t'effraie.

Et je doutais que ce soit lié à l'âge de sa sœur ou au fait qu'elle soit une fille.

— Qu'est-ce qui te prend ? Pourquoi fais-tu cette fixation sur Ireland ?

— C'est ta seule famille, Gideon.

J'étais d'accord avec la sélection qu'il avait faite. Christopher, son demi-frère, n'était qu'une ordure. Et sa mère ne méritait pas de l'avoir dans sa vie.

— Non, ma seule famille, c'est *toi*.

Je soupirai.

— Je ne suis pas la seule, Gideon. Il reste de la place dans ta vie pour les gens qui t'aiment.

— Elle ne m'aime pas, marmonna-t-il. Elle ne me connaît pas.

— Je pense que tu te trompes, mais en admettant que tu aies raison, je suis certaine qu'elle t'aimerait si elle te connaissait. Laisse-la t'approcher.

— Assez parlé d'elle. Revenons à ce projet de chamallows.

Je tentai de le menacer du regard, sans succès. Quand Gideon estimait qu'un sujet était clos, il n'y avait pas moyen de revenir dessus. Je compris que j'allais devoir ruser pour obtenir ce que je voulais.

— Tu veux parler de chamallows grillés au chocolat, champion ? demandai-je en m'humectant les lèvres. De tes doigts dégoulinant de chocolat fondu ?

Gideon plissa les yeux.

Je lui caressai les épaules et le torse.

— Je pourrais me laisser convaincre de t'autoriser à m'enduire le corps de chocolat... Je pourrais peut-être même me laisser convaincre de t'enduire tout le corps de chocolat...

— Aurais-tu une fois de plus l'intention d'exercer sur moi un chantage sexuel ?

— Qui a dit cela ? rétorquai-je en battant innocemment des cils. Pas moi, en tout cas.

— C'était sous-entendu. Que les choses soient claires, dit-il d'une voix dangereusement basse tandis que sa main remontait sous mon débardeur pour prendre l'un de mes seins en coupe. J'inviterai Ireland à dîner avec ton père parce que ça te fait plaisir et que ça me fait plaisir.

— Merci, dis-je d'une voix haletante.

Il avait commencé à agacer la pointe érigée de mon sein.

— Et je ferai tout ce que je veux avec ton corps parce que ça me plaît et que ça te plaît aussi. C'est moi qui décide quand et comment. Répète.

— C'est toi qui...

Je laissai échapper un cri quand ses lèvres se refermèrent sur l'autre mamelon à travers le tissu de mon débardeur. Il le mordilla légèrement.

— Continue, exigea-t-il.

— C'est toi qui décides quand et comment, répétai-je, docile.

— Il y a des choses qui sont négociables, mon ange, mais ton corps et ce que j'ai envie de lui faire n'en font pas partie.

Mes mains se crispèrent dans ses cheveux en réponse au délicieux traitement qu'il infligeait à mes seins. Je renonçai à comprendre pourquoi je voulais lui laisser le contrôle. Je me contentai de me soumettre.

— Qu'est-ce qui est négociable, alors ?

— Tu peux faire pression sur moi avec le temps et l'attention que tu me consacres, répondit-il. Je suis prêt à tout pour les obtenir.

Un frisson me parcourut.

— Je suis toute moite, Gideon, soufflai-je.

Il me souleva dans ses bras et s'écarta du balcon.

— C'est parce que c'est ainsi que je te veux.

12

Nous arrivâmes à New York le dimanche soir, un peu avant minuit. Nous n'avions pas dormi ensemble la nuit précédente, mais avions passé une partie de la journée au lit. À nous embrasser et à nous caresser. À rire et à chuchoter.

D'un accord tacite, nous n'avions plus évoqué aucun sujet douloureux durant le reste de notre escapade. Nous n'avions pas regardé la télévision ni écouté la radio parce qu'il n'était pas question de consacrer du temps à d'autres que nous. Nous nous étions promenés sur la plage, avions fait l'amour sur la terrasse. Nous avions aussi joué aux cartes, et Gideon avait remporté toutes les parties. Nous avions eu tout le loisir de nous rappeler que ce qu'il y avait entre nous méritait que nous nous battions pour le sauvegarder.

Ce dimanche enchanté avait été le plus beau jour de ma vie.

Nous regagnâmes directement mon appartement. Gideon ouvrit la porte avec la clef que je lui avais donnée, et nous nous faufilâmes sans bruit dans l'entrée plongée dans l'obscurité pour éviter de réveiller Cary. Après m'avoir offert un délicieux baiser pour me souhaiter bonne nuit, Gideon se dirigea vers la chambre d'amis tandis que j'allais me coucher dans mon grand lit vide. Il me manquait déjà. Je me demandais combien de temps nous serions obligés de faire lit à part. Des mois ? Des années ?

Préférant ne pas y penser, je fermai les yeux et commençai à dériver lentement vers le sommeil.

La lumière s'alluma soudain.

— Eva. Lève-toi, dit Gideon en se dirigeant vers ma commode dont il ouvrit l'un des tiroirs.

Je clignai des yeux et remarquai qu'il s'était changé.

— Que se passe-t-il ?

— C'est Cary, dit-il d'un air sombre. Il est à l'hôpital.

Un taxi nous attendait devant l'immeuble. Gideon m'ouvrit la portière, puis grimpa à côté de moi.

Il me semblait que le taxi roulait au ralenti. Que tout défilait au ralenti autour de moi.

— Que lui est-il arrivé ? demandai-je en agrippant le bras de Gideon.

— Il a été victime d'une agression, vendredi soir.

— Comment l'as-tu appris ?

— Ta mère et Stanton avaient tous deux laissé un message sur mon portable.

— Ma mère ? répétai-je, stupéfaite. Pourquoi... ?

Et soudain je compris. Elle n'avait pas pu me joindre car je n'avais pas pris mon portable. La vague de culpabilité mêlée d'inquiétude qui me submergea me coupa le souffle.

— Eva, murmura Gideon en passant le bras autour de mes épaules, cela ne sert à rien de se faire du souci avant d'en savoir davantage.

— Cela fait plusieurs jours, Gideon. Et je n'étais pas là.

Un flot de larmes inondait encore mes joues quand nous atteignîmes l'hôpital. Je m'engouffrai dans le hall en proie à une anxiété folle, remerciant en silence Gideon d'être aussi calme.

L'employé de l'accueil put nous donner le numéro de la chambre qu'occupait Cary, mais sa compétence s'arrêtait là, et Gideon dut passer plusieurs coups de téléphone pour que je sois autorisée à le voir à une heure aussi tardive.

Quand je pénétrai enfin dans la chambre de Cary et que je le vis, mon cœur se brisa, et mes genoux flanchèrent si soudainement que je ne restai debout que grâce aux excellents réflexes de Gideon. Celui que je considérais comme un frère, le meilleur ami que j'aie jamais eu, gisait sur le lit, aussi immobile qu'une statue. Il avait un bandage autour de la tête et les yeux au beurre noir. Une intraveineuse était fichée dans l'un de ses bras et l'autre était plâtré. Si je n'avais pas su qu'il était dans cette chambre, je ne l'aurais pas reconnu.

Il y avait des bouquets de fleurs un peu partout, ainsi que des ballons multicolores et quelques cartes. Je devinai que certaines d'entre elles venaient de ma mère et de Stanton, et qu'ils avaient sans aucun doute veillé à payer ses soins.

Nous étions sa famille. Et tout le monde avait été là pour lui, sauf moi.

Le bras passé autour de ma taille, Gideon me serra contre lui tandis que je sanglotais pour ne pas crier.

Cary dut cependant m'entendre ou sentir ma présence. Ses paupières palpitèrent, puis il ouvrit les yeux. Ses magnifiques yeux verts étaient injectés de sang et il avait visiblement du mal à accommoder. Il lui fallut une bonne minute pour me reconnaître. Ses cils battirent alors à plusieurs reprises et des larmes roulèrent sur ses joues.

— Cary, dis-je en me précipitant à son chevet pour lui prendre la main. Je suis là.

Il m'agrippa si fermement que ce fut douloureux.

— Eva.

— Je suis désolée de n'arriver que maintenant. Je n'avais pas mon portable. Je ne savais pas. Je serais venue tout de suite, autrement.

— Pas grave. L'essentiel, c'est que tu sois là. Putain, souffla-t-il en déglutissant péniblement, j'ai mal partout.

— Je vais chercher une infirmière, proposa Gideon, qui fit courir sa main le long de mon dos avant de s'éclipser.

J'aperçus une carafe d'eau et un verre avec une paille sur la table roulante.

— Tu as soif ?

— Très.

— Tu peux t'asseoir ou pas ? demandai-je, craignant de faire quoi que ce soit qui puisse aggraver ses souffrances.

— Ouais.

Il attrapa la télécommande près de sa main et releva la tête du lit en position semi-allongée. J'approchai la paille de ses lèvres et il but avec avidité.

Il soupira et parut se détendre.

— Ça fait du bien de te voir, baby girl. Tu es un régal pour les yeux.

Je reposai le verre et m'emparai de sa main.

— Qu'est-ce qui t'est arrivé, Cary ?

— Je n'en sais foutre rien, murmura-t-il. On m'a tabassé. Avec une batte de base-ball.

— Avec une *batte de base-ball* ? répétai-je, horrifiée. Mais il faut être dingue !

— Évidemment, répondit-il, un pli de souffrance se creusant entre ses sourcils.

— Excuse-moi, dis-je en reculant.

— Non, reste. Merde, souffla-t-il en fermant les yeux. Je suis claqué.

L'infirmière pénétra dans la chambre à cet instant. Sur sa blouse, des stéthoscopes et des abaisseurs de langue figurant des personnages de dessins animés se tortillaient en tous sens. C'était une jolie brune aux yeux de biche. Elle examina Cary, prit sa tension, puis pressa le bouton d'une télécommande accrochée à la barrière du lit.

— Vous pouvez vous auto-administrer un calmant en appuyant sur ce bouton toutes les trente minutes, lui expliqua-t-elle. Si vous le faites avant trente minutes, le calmant ne sera pas délivré, vous n'avez donc pas à vous inquiéter d'appuyer trop souvent.

— Une seule fois, c'est déjà trop souvent, marmonna-t-il en me regardant.

Je compris sa réticence. Cary avait eu de gros problèmes d'addiction. Mais je fus soulagée de voir le pli de souffrance disparaître de son front et sa respiration retrouver un rythme régulier.

— Il a besoin de repos, dit l'infirmière en se tournant vers moi. Vous pourrez revenir durant les heures de visite.

Cary me lança un regard désespéré.

— Ne pars pas.

— Elle reste là, déclara Gideon en revenant dans la chambre. J'ai demandé qu'on apporte un lit d'appoint pour qu'elle puisse passer la nuit ici.

Je n'aurais pas cru possible de l'aimer davantage, mais Gideon trouvait toujours le moyen de me prouver le contraire.

L'infirmière lui adressa un sourire timide.

— Il lui faudrait de l'eau, lui dis-je.

Détachant à regret les yeux de Gideon, elle prit la carafe vide et sortit de la chambre.

Gideon s'approcha du lit.

— Raconte-moi ce qui s'est passé, demanda-t-il à Cary.

Ce dernier soupira.

— Je suis allé en boîte avec Trey vendredi soir, mais il devait rentrer tôt. Je suis donc sorti avec lui pour lui trouver un taxi. Il y avait une telle cohue qu'on est allés jusqu'au coin de la rue. Le taxi venait de démarrer quand j'ai reçu un coup à l'arrière du crâne. Je me suis écroulé et les coups se sont mis à pleuvoir jusqu'à ce que je m'évanouisse. Je n'ai même pas pu me défendre.

Ma main se mit à trembler, et Cary me la caressa doucement du pouce.

— Ça m'apprendra à tremper mon biscuit n'importe où, murmura-t-il.

— Quoi ?

Les yeux de Cary se fermèrent, et un instant plus tard il dormait. J'adressai un regard anxieux à Gideon, qui se tenait de l'autre côté du lit.

— Je me renseignerai, chuchota-t-il. Viens une minute dans le couloir.

Je le suivis, me retournant à plusieurs reprises pour regarder Cary.

— Mon Dieu, Gideon, soufflai-je une fois que nous eûmes refermé la porte derrière nous, il est dans un état épouvantable.

— Il s'est fait salement dérouiller, dit-il sombrement. Il a une fracture du crâne, une commotion cérébrale, trois côtes fêlées et le bras cassé.

La liste de ses blessures m'affola.

— Je ne comprends pas. Pourquoi quelqu'un ferait une chose pareille ?

Gideon m'attira à lui pour déposer un baiser sur mon front.

— Le médecin m'a dit qu'il serait peut-être autorisé à sortir dans deux ou trois jours, expliqua-t-il. Je prendrai des dispositions pour qu'il bénéficie de soins à domicile. Et je préviendrai Mark que tu n'iras pas travailler demain.

— Il faut aussi prévenir l'agence de Cary.

— J'y veillerai.

— Merci, Gideon, dis-je en l'étreignant. Je ne sais pas ce que je ferais sans toi.

— Et tu ne risques pas de le savoir un jour.

Ce fut ma mère qui me réveilla le lendemain matin à 9 heures, heure à laquelle commençaient les visites. Elle m'entraîna dans le hall, attirant l'attention de tout le monde sur son passage, avec ses Louboutin à talons rouges et sa robe fourreau sans manches couleur ivoire.

— Enfin, Eva, comment as-tu pu te séparer de ton portable tout un week-end ? s'écria-t-elle. C'est ahurissant ! À quoi pensais-tu ? Imagine qu'il y ait eu une urgence !

— Il y en a eu une.

— Exactement ! Personne n'arrivait à vous joindre, Gideon et toi. Heureusement, il avait fait savoir à son entourage qu'il t'emmenait en week-end, mais personne ne savait où. C'est complètement irresponsable !

— Je te remercie de t'être occupée de Cary, l'interrompis-je. Ça me touche beaucoup.

— C'est bien naturel, répondit ma mère en se calmant un peu. Nous l'aimons beaucoup nous aussi, tu sais. Je suis anéantie...

Ses lèvres se mirent à trembler et elle fouilla dans son sac à la recherche du mouchoir qu'elle gardait toujours à portée de main.

— La police a ouvert une enquête ? demandai-je.

— Oui, bien sûr, mais je ne sais pas ce que ça donnera, dit-elle en se tamponnant le coin des yeux avec son mouchoir. J'aime beaucoup Cary, mais c'est un débauché. Je ne suis pas certaine qu'il se souvienne de toutes les femmes et de tous les hommes avec qui il a couché. Tu te rappelles ce gala de charité auquel tu as assisté avec Gideon ? Je t'avais acheté cette superbe robe rouge ?

— Oui.

Je ne risquai pas de l'oublier. C'était le soir où Gideon et moi avions fait l'amour pour la première fois.

— Je suis certaine que Cary a trouvé le moyen de coucher avec sa cavalière – une jeune femme blonde aux formes opulentes – en pleine réception ! Ils ont disparu un moment, et quand ils sont revenus... je sais reconnaître l'expression d'un homme satisfait, Eva. Et je suis prête à parier qu'il ne connaissait même pas son nom !

Je me souvins de ce que Cary avait dit la veille avant de s'endormir.

— Tu crois que son agression serait liée à quelqu'un avec qui il aurait couché ?

Ma mère me regarda en battant des cils comme si elle se rappelait subitement que je n'étais au courant de rien.

— Cary se souvient qu'on lui a dit de ne plus jamais *la* toucher – mais il ne sait pas de qui il était question. Les inspecteurs doivent revenir cet après-midi pour tenter de lui soutirer des noms.

— Ils devraient s'adresser à Tatiana Cherlin, dis-je en me frottant les yeux.

Je mourais d'envie de me laver le visage, et plus encore de boire un café.

— Qui est-ce ?

— Une fille que voyait Cary. Je pense qu'une histoire de ce genre l'exciterait beaucoup. Le copain de Cary les a surpris au lit et, loin d'être gênée, elle buvait du petit lait.

Je me massai la nuque, sentis comme un fourmillement et jetai un coup d'œil par-dessus mon épaule. Gideon se dirigeait vers nous à grandes enjambées. Il était habillé pour aller travailler, et tenait un grand gobelet de café dans une main et un petit sac noir dans l'autre.

— Excuse-moi, dis-je à ma mère avant d'aller à sa rencontre.

— Bonjour, mon ange, dit-il en déposant un baiser dans mes cheveux tandis que j'encerclais sa taille de mes bras. Tu tiens le coup ?

— C'est horrible. Et absurde, répondis-je, au bord des larmes. Cary n'avait pas besoin d'un nouveau désastre dans sa vie. Il a déjà eu plus que sa part.

— Toi aussi, et tu souffres avec lui.

— Et toi avec moi, répondis-je en me hissant sur la pointe des pieds pour déposer un baiser au coin de sa bouche. Merci, ajoutai-je en m'écartant de lui.

Il me tendit le gobelet de café.

— Je t'ai aussi apporté de quoi te changer et faire un brin de toilette, ton portable et ta tablette, dit-il en désignant le petit sac noir.

Je n'ignorais pas que sa sollicitude avait un coût – au sens littéral du terme. Après notre escapade, il aurait dû être occupé à brasser des millions et non pas à courir à droite à gauche pour assurer mon bien-être.

— Dieu que je t'aime, Gideon.

— Eva ! s'exclama ma mère dans mon dos.

Je grimaçai. Ma mère préconisait l'emploi des mots *Je t'aime* uniquement après la nuit de noces.

— Pardon, maman. C'est plus fort que moi.

— Gideon, déclara-t-elle en se plaçant entre nous, vous n'auriez pas dû emmener Eva sans son portable.

Elle ne disposait d'aucun moyen pour appeler à l'aide. Cela ne vous ressemble pas.

J'adressai un coup d'œil compatissant à Gideon.

Il me tendit le sac qu'il m'avait apporté, son air calme et confiant m'assurant qu'il saurait se débrouiller avec ma mère. Je les laissai donc ensemble, la supporter sans avoir pris ma dose de caféine étant au-dessus de mes forces.

Quand je me glissai dans la chambre de Cary, il était réveillé. Sa seule vue me fit monter les larmes aux yeux.

— Salut, dit-il. Si tu persistes à pleurer chaque fois que tu me regardes, je vais penser que les médecins t'ont dit que je n'en avais plus pour longtemps.

— Je ne peux pas m'en empêcher, répondis-je en reniflant. En plus, je suis dégoûtée. Quelqu'un a trouvé le moyen de te donner une bonne leçon avant que j'aie eu le temps de m'en charger.

— Qu'est-ce que j'ai encore fait ?

— Tu ne m'as pas prévenu que Brett était le chanteur des Six-Ninths.

— Ah, oui... se souvint-il, une lueur de malice réapparaissant dans ses yeux. Comment tu l'as trouvé ?

— Bien. Vraiment.

Et toujours aussi sexy.

— Mais à l'heure qu'il est, il doit avoir à peu près la même tête que toi.

Je lui racontai le baiser que nous avions échangé et la bagarre qui avait suivi.

— Comme ça, Cross est sorti de ses gonds ? fit Cary. Il a du cran d'avoir affronté Brett – c'est un fondu de baston, ce mec.

— Et Gideon pratique assidûment les arts martiaux mixtes, répliquai-je en fouillant dans le sac qu'il m'avait apporté. Pourquoi ne m'as-tu pas dit que les Captive Souls avaient signé avec un gros label ?

— Parce que je ne voulais pas que tu retombes dans ce piège. Il y a des filles qui sont faites pour sortir avec des rock stars, mais tu n'en fais pas partie. Les tournées, les groupies... Tu serais devenue dingue. Et lui aussi.

— Je suis entièrement d'accord, mais je me sens insultée que tu aies pu croire que je voudrais me remettre avec lui sous prétexte qu'il a percé.

— Je ne l'ai pas cru. En fait, je ne voulais pas que tu entendes le premier single qu'ils ont enregistré chez Vidal.

— *Golden Girl* ?

— Ouais. Qu'est-ce que tu en as pensé ? voulut-il savoir tandis que je passais dans la salle de bains.

— C'est toujours mieux que s'il avait intitulé sa chanson *La blondasse que je m'envoyais* !

Je l'entendis s'étrangler de rire. Avec ses côtes fêlées, le pauvre devait déguster.

— Alors comme ça... tu l'as embrassé, dit-il quand je ressortis de la salle de bains, le visage propre et les cheveux coiffés.

— C'est le début et la fin de cette histoire, répliquai-je avec flegme. Tu as appelé Trey depuis vendredi ?

— Non. Mon portable est quelque part, je ne sais trop où. Mon portefeuille aussi, j'imagine. Quand j'ai repris connaissance, j'étais dans ce pieu, et je n'avais rien d'autre sur moi que ce truc immonde, fit-il en indiquant sa blouse d'hôpital.

— Je t'apporterai des affaires, dis-je en m'asseyant près de son lit. Gideon se charge d'engager une infirmière qui s'occupera de toi quand tu rentreras à la maison.

— Une infirmière rien que pour moi ? C'est un de mes fantasmes préférés ! Tu pourras t'assurer qu'elle est sexy ? Et célibataire ?

Je haussai les sourcils mais, au fond, j'étais soulagée de l'entendre plaisanter.

— Hmm… tu dois te sentir mieux si tu penses déjà à t'envoyer en l'air. Comment ça s'est passé avec Trey ?

— Bien, soupira-t-il. Je m'étais demandé si la fête lui plairait, mais en tant qu'assistant de plateau, il connaissait déjà presque tout le monde.

— Je suis contente que vous ayez passé un bon moment.

— Ouais. Il était fermement décidé à ne pas céder si je lui faisais des avances.

— Ce qui signifie que tu lui en as fait, malgré tes bonnes résolutions.

— Eva, je te rappelle que c'est de moi qu'on parle, là, dit-il en levant les yeux au ciel. Évidemment que je lui ai fait des avances. Il me plaît, il est doué au lit et…

— … il est amoureux de toi.

— Personne n'est parfait, soupira-t-il.

Je réprimai une envie de rire.

— Être amoureux de toi n'est pas un défaut, Cary Taylor.

— En tout cas, ce n'est pas très malin. Je me suis comporté comme un salaud avec lui, marmonna-t-il d'un ton dégoûté. Il mérite cent fois mieux.

— Ce n'est pas à toi d'en décider.

— Il faut bien que quelqu'un le fasse.

— Si tu te portes volontaire, c'est que tu l'aimes aussi, dis-je en lui souriant.

— Je ne l'aime pas assez.

Toute trace d'humour l'avait déserté, laissant à nu l'homme meurtri et solitaire que je ne connaissais que trop bien.

— Je suis incapable de la fidélité qu'il souhaite. Rien que lui et moi. J'aime aussi les femmes. Je les adore, même. Accepter ce qu'il exige de moi, ce serait comme

— Ne fais pas d'esclandre, s'il te plaît, murmurai-je, regrettant ma décision irréfléchie de déjeuner avec lui dans un restaurant aussi fréquenté.

— Tu n'as rien mangé.

— Je ne peux pas. Je dois partir.

— Très bien. Mais je ne renonce pas, me prévint-il en me lâchant. J'ai tiré les leçons de mes erreurs.

— Tu n'as aucune chance avec moi, Brett, affirmai-je en me penchant vers lui. Aucune.

Il planta sa fourchette dans son steak.

— Prouve-le.

Quand je sortis du restaurant, la Bentley était garée le long du trottoir. Angus en descendit et m'ouvrit la portière.

— Comment saviez-vous que j'étais là ? demandai-je, déstabilisée par son apparition soudaine.

Pour toute réponse, il me sourit et porta la main à la visière de sa casquette.

— C'est malsain, Angus, dis-je en me glissant sur la banquette.

— Vous n'avez pas tort, mademoiselle. Mais je me contente de faire mon travail.

Je profitai du trajet pour envoyer un texto à Cary.

Déjeuner avec Brett. M'a proposé de remettre le couvert.

Qui sème le vent récolte la tempête, me répondit-il.

Mon portable sonna. C'était Cary.

— Baby girl, lança-t-il d'une voix tendrement ironique. Je compatis, je t'assure, mais l'idée de ce triangle amoureux est trop comique ! La rock star déterminée et le milliardaire possessif ! *Grrr !*

— Tu m'énerves. Je vais raccrocher.

— Je te vois, ce soir ?

— Oui. J'espère que je ne le regretterai pas.

Je raccrochai sur son éclat de rire, secrètement ravie qu'il soit d'aussi bonne humeur. La visite de Trey avait fait des merveilles, à l'évidence.

Angus me déposa devant le Crossfire et je m'empressai de regagner la fraîcheur climatisée du hall. Je grimpai dans un ascenseur juste avant que les portes se referment. Six personnes réparties en deux groupes se trouvaient dans la cabine et bavardaient entre elles. Je me plaçai dans un angle près de la porte et tâchai de me vider l'esprit de tout ce qui était vie privée.

— Hé ! s'exclama soudain une femme. On a dépassé notre étage !

Je levai les yeux sur l'aiguille au-dessus de la porte.

L'homme qui se trouvait à côté du panneau de contrôle pressa plusieurs fois les boutons de tous les étages, mais aucun ne s'allumait... sauf celui du dernier.

— Les boutons ne répondent pas.

Mon pouls s'accéléra.

— Décrochez le téléphone d'appel d'urgence, suggéra une femme.

La cabine poursuivait son ascension et mon anxiété allait croissant. Finalement, l'ascenseur s'immobilisa en douceur au dernier étage et les portes coulissèrent.

Gideon se tenait sur le seuil, le visage impénétrable. Son regard bleu était glacial. J'avais du mal à respirer.

Dans la cabine, personne ne prononça un mot. Je ne bougeai pas d'un pouce. Gideon entra, m'attrapa par le coude et m'entraîna à sa suite. Je me débattis. J'étais si furieuse que je ne voulais rien avoir à faire avec lui. Les portes de l'ascenseur se refermèrent et il me lâcha.

— Ta conduite d'aujourd'hui a été consternante, déclara-t-il.

— Ma conduite ? Et la tienne, alors ?

J'appuyai sur tous les boutons d'appel, mais aucun ne s'alluma.

— Je te parle, Eva.

Je glissai un regard du côté de l'accueil de Cross Industries et constatai, non sans soulagement, que la réceptionniste rousse n'était pas à son poste.

— Vraiment ? dis-je en me retournant vers lui, furieuse de le trouver toujours aussi irrésistiblement attirant, même quand il se comportait de façon insupportable. C'est amusant parce que j'ai beau t'écouter, je n'apprends jamais rien – j'ignorais, par exemple, que tu étais sorti avec Corinne hier soir.

— Tu devrais arrêter d'épier mes faits et gestes en ligne, répliqua-t-il d'un ton mordant. Tu cherches délibérément des raisons d'être contrariée.

— Ah, parce que ce ne sont pas tes manières d'agir le problème ? ripostai-je en sentant les larmes me monter aux yeux. Le problème, c'est que je les découvre, c'est ça ?

— Il faut que tu me fasses confiance, Eva, répliqua-t-il en croisant les bras.

— Tu te débrouilles pour que ce soit impossible ! Pourquoi ne m'as-tu pas dit que tu dînais avec elle ?

— Parce que je savais que ça ne te plairait pas.

— Ce qui ne t'a pas empêché de le faire.

Et cela me blessait. Après la conversation que nous avions eue durant le week-end... après qu'il m'eut assuré qu'il comprenait ce que je ressentais...

— Tu es bien sortie avec Brett Kline alors que tu savais que ça ne me plairait pas.

— Tu ne te souviens pas de ce que je t'ai dit ? Ta façon de te comporter avec tes ex engendre la mienne.

— Œil pour œil, c'est ça ? Belle preuve de maturité.

Je reculai en chancelant. Je ne reconnaissais pas Gideon dans l'homme qui se tenait devant moi. J'avais l'impression que celui que j'aimais avait disparu et qu'un parfait inconnu avait investi son corps.

— Tu me pousses à te haïr, murmurai-je. Arrête, Gideon.

Quelque chose passa fugitivement sur ses traits, mais ce fut trop bref pour que je l'identifie. La raideur de sa posture et la crispation de sa mâchoire m'en disaient cependant assez long sur son état d'esprit.

— Je ne suis pas d'humeur à supporter ta présence, ajoutai-je sans détour. Laisse-moi partir.

Gideon s'approcha de l'autre rangée d'ascenseurs et pressa le bouton d'appel.

— Angus viendra te prendre tous les matins, lâcha-t-il sans se tourner vers moi. Attends-le. Et je préfère que tu prennes ton déjeuner au bureau. Il vaut mieux que tu évites de te promener n'importe où en ce moment.

— Pourquoi ?

— J'ai beaucoup à faire...

— Comme dîner avec Corinne ?

— ... et je ne peux pas me permettre de m'inquiéter à ton sujet, poursuivit-il sans tenir compte de mon interruption. Je ne crois pas que ce soit trop demander.

Quelque chose clochait.

— Gideon, pourquoi refuses-tu de me parler ? demandai-je en lui frôlant l'épaule.

Il sursauta comme si je l'avais brûlé. Cette réaction de rejet m'atteignit plus douloureusement que tout le reste.

— Dis-moi ce qui se passe. S'il y a un problème...

— Le problème, c'est que la moitié du temps je ne sais même pas où tu es ! coupa-t-il en tournant vers moi un visage fermé tandis que les portes de l'ascenseur s'ouvraient derrière lui. Écoute, ton colocataire est à l'hôpital, ton père va bientôt arriver. Tâche de... te concentrer là-dessus.

Je pénétrai dans l'ascenseur, les yeux brûlants de larmes. Sauf pour m'obliger à sortir de la cabine, Gideon ne m'avait pas touchée. Il ne m'avait pas effleuré la joue du bout des doigts et n'avait pas cherché à m'embrasser. Il n'avait même pas évoqué la possibilité de se voir dans la soirée.

Je ne m'étais encore jamais sentie aussi désorientée. Je ne comprenais pas ce qui se passait, pourquoi un gouffre aussi immense s'était soudain creusé entre nous, pourquoi Gideon était aussi tendu et en colère, et pourquoi il ne semblait même pas se soucier que j'aie déjeuné avec Brett.

Pourquoi il semblait ne se soucier de rien.

Fais-moi confiance, Eva.

Avait-il soufflé ces mots juste avant que les portes se referment ? Ou l'avais-je seulement souhaité ?

Quand j'entrais dans la chambre de Cary, je fulminais. J'avais eu une séance de krav maga avec Parker particulièrement éprouvante et n'étais repassée à l'appartement que le temps de me doucher et d'avaler un plat de nouilles chinoises tout prêt.

— Tu as une sale tête, commenta-t-il en coupant le son de la télé.

— Tu t'es regardé, répliquai-je.

— J'ai reçu des coups de batte de base-ball. Et toi, c'est quoi ton excuse ?

J'arrangeai l'oreiller et la couverture rugueuse de mon lit de camp, puis lui racontai ma journée de A à Z.

— Et je n'ai pas eu de nouvelles de Gideon depuis, conclus-je d'un ton las. Même Brett a trouvé le moyen de me contacter. Après le déjeuner, il a déposé une enveloppe à mon intention à l'accueil avec son numéro de téléphone à l'intérieur.

Il y avait également ajouté l'argent que j'avais laissé sur la table du restaurant.

— Tu vas l'appeler ? risqua Cary.

— Je n'ai pas envie de penser à Brett !

Je m'allongeai sur le lit de camp et glissai les mains dans mes cheveux.

— Je veux savoir ce qui ne va pas chez Gideon. Je ne le reconnais plus. Il a complètement changé de personnalité au cours de ces dernières trente-six heures !

— C'est peut-être à cause de ça...

Je relevai la tête. Cary désignait un journal sur la table de chevet.

Je me redressai et l'attrapai. C'était un quotidien gay.

— C'est Trey qui me l'a apporté, précisa-t-il.

Une photo de Cary figurait en première page, illustrant un article relatant ce qui lui était arrivé – le journaliste insinuant qu'il s'agissait peut-être d'une agression homophobe. L'article mentionnait également que Cary était mon colocataire et que j'étais la petite amie de Gideon Cross, sans autre raison, me semblait-il, que d'ajouter une petite touche lubrique.

— C'est accessible en ligne sur leur site, me signala Cary. Quelqu'un de l'agence a dû avoir la langue trop bien pendue, et ça a fait boule de neige. Mais franchement, j'imagine mal Cross se préoccupant...

— ... de ton orientation sexuelle ? Il s'en contrefiche !

— Ses attachés de presse ne voient peut-être pas les choses du même œil. Ce qui expliquerait qu'il veuille limiter tes déplacements. Il a peut-être peur qu'on ne cherche à m'atteindre à travers toi.

— Mais pourquoi ne pas me le dire ? Et pourquoi est-ce qu'il se montre aussi froid et distant ? Tout était tellement merveilleux ce week-end. Lui, surtout. Je pensais que nous avions franchi un cap. Je n'arrêtais pas de me dire qu'il ne ressemblait plus du tout à l'homme que j'avais rencontré, et voilà qu'à présent il est pire. Fermé, hostile... Je n'y comprends plus rien !

— Je n'ai pas de réponses, Eva, murmura Cary en m'attrapant la main pour la serrer tendrement. C'est lui qui les a.

— Tu as raison, dis-je en récupérant mon téléphone dans mon sac à main. Je reviens dans cinq minutes.

Je me rendis sur le petit balcon fermé de la salle d'attente et appelai Gideon sur son portable. La sonnerie retentit un moment avant de basculer sur la messagerie. J'essayai chez lui. Il répondit après trois sonneries.

— Cross, dit-il sèchement.

— Bonsoir.

— Ne quitte pas, répondit-il après avoir marqué une pause.

J'entendis une porte s'ouvrir et le bruit de fond se modifia – il avait changé de pièce.

— Tout va bien ? demanda-t-il.

— Non, répondis-je en me frottant les yeux. Tu me manques.

Il soupira.

— Je... je ne peux pas te parler maintenant, Eva.

— Pourquoi ? Je ne comprends pas pourquoi tu te comportes aussi froidement avec moi. Qu'est-ce que j'ai fait de mal ?

Un murmure étouffé me parvint et je compris qu'il avait plaqué la main sur le téléphone pour parler à quelqu'un. Un affreux sentiment de trahison m'étreignit au point de m'empêcher de respirer.

— Gideon, avec qui es-tu ?

— Il faut que je te laisse.

— Dis-moi avec qui tu es !

— Angus passera te chercher à l'hôpital demain matin à 7 heures. Dors, mon ange, dit-il avant de raccrocher.

Je demeurai les yeux rivés sur l'écran de mon portable, comme s'il avait le pouvoir de m'expliquer ce qui venait de se passer.

Je regagnai la chambre de Cary, plus abattue et malheureuse que jamais.

Il me jeta un coup d'œil et soupira.

— On dirait que tu viens d'apprendre que ton petit chat est mort, baby girl.

La digue se rompit. Et j'éclatai en sanglots.

14

Je fermai à peine l'œil de la nuit. Je me tournai et me retournai, dérivant dans le sommeil pour en émerger brutalement lorsque l'infirmière passait. Le scanner et les divers examens qu'avait subis Cary indiquaient qu'il n'avait rien de grave, mais je culpabilisais de ne pas avoir été là lors de son admission et me sentais obligée de veiller sur lui, que je dorme ou pas.

Un peu avant 6 heures, je finis par me lever.

Ma tablette et mon clavier sans fil sous le bras, je gagnai la cafétéria. Je commandai un café, m'installai à une table et me mis à rédiger une lettre pour Gideon. Au cours des deux derniers jours, je n'avais pas eu le temps ni l'occasion de lui dire le fond de ma pensée. Je n'avais donc d'autre choix que de lui écrire. Maintenir la communication ouverte était la seule façon de survivre en tant que couple.

J'avalai une gorgée de café et me lançai. Je commençai par le remercier pour ce merveilleux week-end et lui expliquai tout ce que cela représentait à mes yeux. J'ajoutai que d'après moi notre relation avait fait un bond en avant au cours de cette escapade, ce qui rendait le revirement de ce début de semaine d'autant plus difficile à supporter...

— Eva. Quelle bonne surprise !

Je tournai la tête et découvris le Dr Terrence Lucas à côté de moi, un gobelet de café à la main. Sous sa blouse blanche, il portait costume et cravate.

— Bonjour, le saluai-je en m'efforçant de dissimuler la méfiance qu'il m'inspirait.

— Je peux m'asseoir ? s'enquit-il en indiquant la chaise qui se trouvait en face de moi.

— Bien sûr.

Je l'étudiai. Ses cheveux étaient entièrement blancs, mais son beau visage était dénué de rides et ses yeux d'une rare nuance de vert reflétaient une intelligence aiguë. Son sourire était aussi charmant que rassurant, et j'imaginai qu'il devait avoir beaucoup de succès auprès de ses jeunes patients – et de leurs mères.

— Il doit y avoir une raison particulière pour que vous vous trouviez ici bien avant le début de l'heure des visites.

— Mon colocataire est hospitalisé ici.

Je m'en tins là, mais il devina la suite.

— Et donc Cross a mis la main au portefeuille et l'a fait admettre ici.

Il secoua la tête, but une gorgée de café et enchaîna :

— Vous êtes débordante de reconnaissance, pour le moment. Mais avez-vous songé à ce que cela vous coûtera ?

Je trouvais offensant pour Gideon qu'il réduise sa générosité à quelque calcul mesquin.

— Pourquoi vous détestez-vous autant tous les deux ? demandai-je.

Son regard perdit de sa douceur.

— Il a fait du mal à quelqu'un qui m'est proche.

— Votre femme, oui. Il m'en a parlé.

Cette révélation le désarçonna visiblement.

— Mais il n'a fait cela qu'en représailles, n'est-ce pas ? ajoutai-je, espérant lui infliger le coup de grâce.

— Vous savez ce qu'il a fait et vous êtes toujours avec lui ? s'étonna Lucas en calant les coudes sur la table. Il a le même effet sur vous. Vous avez l'air épuisé et déprimé. Cela fait partie de son jeu, vous savez. Il fait mine de vénérer une femme, de ne pas pouvoir vivre sans elle. Et puis, tout à coup, il ne supporte plus sa vue.

Cette description correspondait si douloureusement à la façon dont Gideon me traitait que mon pouls s'accéléra.

Le regard du Dr Lucas descendit à la base de ma gorge, puis revint sur mon visage. Sa bouche s'incurva en un petit sourire entendu.

— Vous savez de quoi je parle. Il continuera à jouer avec vous jusqu'à ce que vous en veniez à calquer votre humeur sur la sienne. Une fois cet objectif atteint, il se lassera de vous et vous laissera tomber.

— Que s'est-il passé entre vous ? persistai-je, sachant que c'était là la clef.

— Gideon Cross est un sociopathe narcissique, poursuivit-il comme si je n'avais rien dit. Un misogyne. Il se sert de sa fortune pour séduire les femmes, et les méprise ensuite de s'être montrées vénales. Il utilise le sexe pour exercer son contrôle, et vous ne savez jamais de quelle humeur vous allez le trouver. Cela fait partie de son stratagème – lorsqu'on s'attend toujours au pire, on est d'autant plus soulagé de le trouver sous son jour le plus séduisant.

— Vous ne le connaissez pas, répliquai-je, refusant de mordre à l'hameçon. Et votre femme non plus.

— Pas plus que vous, ma chère, répliqua-t-il en s'adossant à son siège pour siroter une gorgée de café, aussi imperturbable en apparence que je m'efforçais de l'être. Personne ne le connaît. C'est un expert en manipulation doublé d'un mythomane. Ne commettez pas l'erreur de le sous-estimer. Il est rusé, dangereux, et capable de tout.

— Le fait que vous refusiez d'expliquer pourquoi il vous en veut m'incite à penser que c'est vous le fautif dans cette histoire.

— Vous ne devriez pas faire de suppositions, Eva. Il y a des sujets dont je ne suis pas autorisé à discuter.

— Le serment d'Hippocrate est parfois bien pratique.

Il poussa un long soupir.

— Je ne suis pas votre ennemi, Eva. Et Cross n'a besoin de personne pour le défendre. Vous n'êtes pas obligée de me croire. Vous êtes belle et intelligente. Prenez un peu de recul et regardez ce qu'il vous a fait, comment vous vous sentez depuis que vous le connaissez, demandez-vous si cette relation vous comble et vous tirerez vous-même les conclusions.

Un *bip* retentit et il sortit son portable de la poche intérieure de sa veste.

— Ah ! Mon tout dernier patient vient de voir le jour !

Il se leva, posa la main sur mon épaule et baissa les yeux vers moi.

— Vous serez celle qui s'en sortira le mieux. J'en suis heureux, Eva.

Je le suivis des yeux tandis qu'il s'éloignait et m'affaissai sur mon siège dès qu'il disparut. Mon regard se posa sur l'écran en veille de ma tablette. Je n'avais plus d'énergie pour finir ma lettre.

Je rangeai mes affaires et allai me préparer pour l'arrivée d'Angus.

— Tu es partante pour un chinois ?

Je levai le nez des projets de visuels pour la publicité du café aromatisé à la myrtille et croisai le regard de mon patron. J'avais oublié qu'on était mercredi, jour de notre déjeuner avec Steven.

Je songeai un instant à décliner l'invitation pour prendre mon déjeuner au bureau, histoire de faire plaisir à Gideon. Mais presque aussitôt, je sus que je lui en voudrais si j'obéissais à sa demande. J'en étais encore à essayer de me construire une nouvelle vie à New York, ce qui signifiait me faire des amis et avoir des projets en dehors de notre vie à deux.

— Je suis *toujours* partante pour un chinois, voyons !

Nous quittâmes le bureau à midi et je refusai de me sentir coupable à l'idée de faire quelque chose que j'adorais. Steven nous attendait au restaurant, assis à une table ronde équipée d'un plateau central pivotant.

— Salut, toi, dit-il en me serrant dans ses bras puissants avant de m'avancer une chaise. Tu m'as l'air fatigué.

Je devais vraiment avoir une mine de papier mâché, vu qu'on n'arrêtait pas de me faire des remarques à ce sujet.

— Le début de semaine a été chargé.

La serveuse s'approcha de notre table et Steven commanda un assortiment de spécialités à la vapeur en entrée, suivi des plats que nous avions partagés au bureau le jour où ce dernier était venu nous ravitailler au terme d'une longue journée de travail – poulet *kung pao* et bœuf aux brocolis.

— J'ignorais que ton colocataire était gay, dit-il une fois que la serveuse se fut éloignée. Tu nous en avais parlé ?

— En fait, il est bi, répondis-je, réalisant que Steven ou quelqu'un de son entourage avait dû voir le journal que Cary m'avait montré. Et je ne crois pas y avoir fait allusion, non.

— Comment va-t-il ? demanda Mark, l'air sincèrement soucieux.

— Mieux. Il se pourrait qu'il sorte aujourd'hui.

Gideon ne m'avait pas appelée pour me le confirmer, ce qui n'avait fait qu'ajouter à ma contrariété.

— Fais-nous signe si tu as besoin d'aide, dit Steven d'un ton grave. Tu peux compter sur nous.

— Merci. Il ne s'agissait pas d'une agression homophobe, précisai-je. Je ne sais pas où ce journaliste est allé pêcher ça. J'avais du respect pour leur profession, mais je découvre que la plupart ne prennent même pas la peine de vérifier leurs sources et qu'ils sont incapables d'objectivité.

— Ça ne doit pas être facile de vivre sous le feu des médias, compatit Steven en me pressant la main. Mais j'imagine qu'on doit s'y attendre quand on fréquente des rock stars et des milliardaires.

— Steven, intervint Mark en le fusillant du regard.

Je plissai le nez.

— Shawna t'a dit.

— Évidemment, répondit Steven. C'était bien le moins qu'elle puisse faire après avoir oublié de m'inviter au concert. Mais ne t'inquiète pas, elle est discrète. Elle n'en parlera à personne d'autre.

Je hochai la tête. Je n'avais aucune inquiétude de ce côté-là, mais je n'en étais pas moins gênée que mon patron sache que j'avais embrassé un homme alors que je sortais avec un autre.

— Cela dit, ce ne serait pas une mauvaise chose que Cross ait l'occasion de goûter à son propre remède, marmonna Steven.

Je fronçai les sourcils, perplexe. Puis surpris le regard de compassion dont Mark me couvait. Et compris que l'article du journal gay n'était pas la seule information qui leur soit parvenue. Ils avaient aussi dû voir les photos de Gideon en compagnie de Corinne. J'en rougis d'humiliation.

— Il y goûtera, grommelai-je. Quitte à le lui faire avaler de force.

Steven arqua les sourcils, puis éclata de rire et me tapota la main.

— Venge-toi, ma fille !

Je venais à peine de regagner mon bureau que le téléphone sonnait.

— Bureau de Mark Garrity, Eva T...

— Pourquoi est-ce que tu as autant de mal à obéir à un ordre simple ? demanda Gideon d'une voix dure.

Je m'assis, les yeux rivés sur le cadre qu'il m'avait offert, celui qui contenait des photos de nous deux, unis et amoureux.

— Eva ?

— Qu'est-ce que tu veux, Gideon ? demandai-je posément.

Il y eut un silence, puis il soupira.

— Cary sera transféré chez vous cet après-midi, sous la surveillance de son médecin et d'une infirmière indépendante. Il devrait être là quand tu rentreras.

— Merci.

Un nouveau silence.

— C'est fini ? risquai-je, comme il n'ajoutait rien.

Une question à double sens. Je me demandai s'il l'avait noté et s'il s'en souciait.

— Angus te raccompagnera chez toi.

Ma main se crispa sur le combiné.

— Au revoir, Gideon.

Je raccrochai et me remis au travail.

Dès mon retour à la maison, je fonçai dans la chambre de Cary. Son lit avait été rabattu à la verticale contre le mur pour laisser l'espace nécessaire à son lit d'hôpital qu'il pouvait positionner à sa guise. Il dormait quand j'entrais, et son infirmière, assise dans un fauteuil dans un coin de la pièce, lisait un e-book. C'était la petite brune aux yeux de biche que j'avais vue lors de ma première nuit à l'hôpital – celle qui ne pouvait détacher les yeux de Gideon.

Je me demandai s'il lui avait parlé – s'il l'avait recrutée personnellement ou s'il avait chargé quelqu'un de le faire à sa place – et si elle avait accepté pour l'argent, pour ses beaux yeux ou pour les deux.

Le fait que je sois trop fatiguée pour vraiment m'en soucier en disait long sur mon état. Il existait peut-être des gens dont l'amour survivait à tout, mais le mien était fragile. Il avait besoin d'être nourri pour croître et se développer.

Je pris une longue douche brûlante et allai directement au lit. Ma tablette sur les genoux, je tâchai de continuer ma lettre à Gideon. Je voulais exprimer mes pensées et mes réserves de façon mature et convaincante. Qu'il comprenne mes réactions, voie les choses de mon point de vue.

Finalement, je n'en eus pas la force.

Je n'en dis pas plus, écrivis-je à la place, *parce que si je continue, je vais me mettre à te supplier. Et si tu ne me connais pas assez pour savoir que tu me fais du mal, ce n'est pas une lettre qui réglera nos problèmes.*

Tu me manques désespérément. Je suis malheureuse sans toi. Je repense à notre week-end, aux heures que nous avons passées ensemble, et je me dis que je serais prête à tout pour revivre cela.

Mais, visiblement, tu préfères passer du temps avec ELLE *alors que je me retrouve seule pour la quatrième nuit d'affilée.*

Même si je sais que tu es allé avec elle, je suis prête à m'agenouiller devant toi pour recueillir les miettes que tu voudras bien me donner. Une caresse. Un baiser. Un mot gentil. Voilà à quoi j'en suis réduite.

Je me fais horreur quand je suis ainsi. Je déteste avoir besoin de toi à ce point. Je déteste être à ce point obsédée par toi.

Je déteste t'aimer.

Eva

J'attachai ma lettre en pièce jointe à un mail intitulé *Mes pensées non censurées* et appuyai sur la touche Envoi.

— *N'aie pas peur.*

Ce chuchotement me tira du sommeil ; j'ouvris les yeux dans l'obscurité. Le matelas s'affaissa quand Gideon s'assit à côté de moi. Il se pencha, encadra mon corps de ses bras, les couvertures qui nous séparaient formant un cocon protecteur qui me permit de me réveiller sans frayeur. La fragrance unique de son savon et de son shampoing mêlée à l'odeur de sa peau m'apaisa autant que sa voix.

— *Mon ange.*

Il s'empara de ma bouche avec douceur.

Je lui caressai le torse du bout des doigts, sentis sa peau nue. Un grondement lui échappa, il se leva sans lâcher ma bouche, le temps de rabattre les couvertures.

Puis son corps nu recouvrit le mien. Sa bouche ardente glissa le long de ma gorge, et ses mains remontèrent sous ma nuisette pour atteindre mes seins. Ses lèvres se refermèrent sur l'un de mes mamelons, le poids de son corps reposant sur son bras replié tandis que son autre main se frayait un chemin entre mes cuisses.

Je sentis ses doigts s'insinuer entre les replis de mon sexe. D'un coup de langue, il fit se dresser la pointe de mon sein avant de la mordiller.

— Gideon !

Des larmes roulèrent sur mes joues ; l'engourdissement qui m'avait protégée jusqu'alors se dissipait, me laissant à nu. Je m'étais flétrie loin de lui, et le monde qui m'entourait avait perdu ses couleurs tant mon corps souffrait d'être séparé du sien. L'avoir de nouveau près de moi... retrouver ses caresses... c'était comme une averse bienfaisante après la sècheresse. Mon âme se déploya, s'ouvrit en grand pour l'accueillir.

Je l'aimais tellement.

Sa bouche glissa entre mes seins, il captura mon autre mamelon et le suça avec avidité. Une flèche de plaisir me traversa de part en part et mon sexe se contracta autour de ses doigts.

Traçant un chemin de baisers le long de mon buste, il franchit en la mordillant l'étendue lisse de mon ventre. Ses larges épaules m'obligèrent à écarter les jambes jusqu'à ce que je sente son souffle sur ma fente moite. Il inhala puissamment.

— Eva, j'avais faim de toi.

De ses doigts impatients, il tira sur ma culotte, puis sa bouche fut sur moi. Il m'ouvrait à lui pour me laper le clitoris. Je me cabrai dans un cri, tous mes sens douloureusement aiguisés par l'obscurité. Sa langue plongea en moi, commença à se mouvoir en rythme.

Je me tordis de plaisir, déjà gagnée par les prémices de l'orgasme.

La jouissance fut brutale ; le corps couvert d'un voile de sueur, je dus lutter pour respirer, les poumons en feu. Les lèvres plaquées sur le pourtour de mon sexe, Gideon continuait à me dévorer avec une voracité à laquelle j'étais incapable de résister, et quand au bout de quelques secondes un deuxième orgasme me balaya, je ne pus que labourer le drap de mes ongles.

J'ouvris les yeux dans l'obscurité quand il grimpa sur moi. Je sentis l'extrémité de son sexe à l'entrée du mien, et il me pénétra avec un grondement animal. J'étouffai un cri, à la fois choquée et ravie par son intrusion.

Gideon se redressa, s'assit sur ses talons et m'empoigna aux hanches pour positionner mon corps selon l'angle qui lui plaisait. D'une ondulation du bassin redoutablement efficace, il s'enfonça en moi si profondément qu'un gémissement de douleur m'échappa. Ma vulve enserrait son pénis jusqu'à la base. Il m'empalait, me comblait, et j'adorais cela. Je m'étais sentie si douloureusement vide et seule ces derniers jours.

Il lâcha mon nom dans un gémissement, avant de se déverser en moi à longs jets puissants, le corps secoué de spasmes.

— Pour toi, Eva, articula-t-il. Chaque goutte.

Il se retira soudain, me retourna sur le ventre et me souleva les hanches. Je m'agrippai au montant du lit, le visage enfoui dans l'oreiller. Je m'attendais qu'il me pénètre de nouveau et tressaillis violemment lorsque sa langue s'insinua dans le sillon de mes fesses. Du bout de la langue, il m'infligeait une troublante caresse.

Un cri étranglé remonta dans ma gorge.

Je ne suis pas du tout porté sur ce genre de jeux, Eva.

L'anneau étroit se contracta spontanément en réponse à cette délicieuse stimulation tandis que je me remémorais ses paroles. Il n'y avait que nous deux dans ce lit, rien ne pouvait s'interposer entre nous quand nous nous caressions mutuellement.

Gideon me pressa les fesses de ses mains et je m'abîmai dans la sensation qu'il avait fait naître. J'étais offerte et ouverte à lui de toutes les façons possibles, exposée à la lascivité de son obscur baiser.

Je me tendis tout à coup. Sa langue était en moi. Mon corps entier se mit à trembler, mes orteils se recroquevillèrent et mes poumons se dilatèrent tandis qu'il me possédait sans aucune honte ni aucune réserve.

Retenant un cri, je me plaquai contre sa bouche. L'attraction entre nous était brutale et crue, presque insupportable. L'incandescence de son désir m'enflammait la peau et m'arrachait d'irrépressibles sanglots.

Il glissa la main sur mon ventre, puis plus bas, agaça mon clitoris. Le jeu de sa langue me rendait folle. Savoir que mon corps ne lui opposait plus aucune résistance libéra l'orgasme qui frémissait sous la surface. Il pouvait me faire tout ce qu'il voulait – me posséder, se servir de moi, me faire jouir. Je hurlai de plaisir dans l'oreiller quand l'extase me submergea.

Gideon s'allongea sur moi, m'écarta les jambes du genou, puis entra en moi d'une lente poussée, ses doigts noués aux miens me plaquant les mains sur le matelas.

— Tu me manques désespérément, dit-il d'une voix rauque tandis que son sexe allait et venait en moi. Je suis malheureux sans toi.

Je me raidis.

— Ne te moque pas de moi.

— J'ai autant besoin de toi que toi de moi, murmura-t-il en enfouissant le visage dans mes cheveux. Tu m'obsèdes. Pourquoi refuses-tu de me faire confiance ?

Je fermai les yeux, des larmes brûlantes glissèrent entre mes paupières.

— Je ne te comprends pas. Tu me déchires.

Il tourna la tête et mordit l'arrondi de mon épaule. Un long grondement remonta dans sa poitrine et il jouit.

Il était à bout de souffle, mais il continuait à se mouvoir en moi.

— La lecture de ta lettre m'a bouleversé.

— Tu ne veux pas me parler, tu refuses de m'écouter…

— Je ne peux pas, gémit-il, ses bras se contractant autour des miens, si bien que j'étais complètement à sa merci. Je ne peux que… ça ne peut pas être autrement.

— Je ne peux pas vivre ainsi, Gideon.

— J'en souffre aussi, Eva. Moi aussi, ça me tue. Tu ne le vois donc pas ?

— Non, sanglotai-je.

— Alors arrête de tout analyser et contente-toi de *sentir* les choses. De *me* sentir, moi.

Le reste de la nuit passa dans une sorte de brouillard. Je le punis de mes mains et de mes dents avides, mes ongles lui griffant la peau jusqu'à le faire gémir de douleur mêlée de plaisir.

Son désir était frénétique, insatiable, teinté d'un désespoir qui m'effrayait parce que j'avais l'impression qu'il s'agissait d'un adieu.

— J'ai besoin de ton amour, chuchotait-il contre ma peau. J'ai besoin de toi.

Ses mains étaient partout sur moi. Son sexe, ses doigts, sa langue étaient constamment en moi.

Les pointes de mes seins étaient en feu. Les poussées sauvages de son sexe m'avaient meurtrie. Sa barbe naissante m'avait irrité la peau. J'avais la mâchoire douloureuse tant je l'avais pris dans ma bouche. Juste avant de sombrer, je me souvins de l'avoir senti contre mon dos, un bras passé autour de ma taille tandis qu'il me prenait par-derrière. Nous étions aussi endoloris et épuisés l'un que l'autre, mais incapables de nous arrêter.

— Ne renonce jamais, le suppliai-je après lui avoir juré que je ne le ferais jamais.

Quand la sonnerie du réveil me tira du sommeil, il n'était plus là.

15

Avant d'aller travailler, j'entrouvris la porte de la chambre de Cary et jetai un coup d'œil à l'intérieur. Constatant qu'il dormait, je commençai à battre en retraite.

— Salut, murmura-t-il en clignant des yeux.

— Salut, soufflai-je en entrant. Comment te sens-tu ?

— Content d'être à la maison, avoua-t-il en se frottant le coin des yeux. Ça va ?

— Oui... Je voulais juste vérifier que tu allais bien avant de partir au boulot. Je serai de retour vers 20 heures. Je ferai des courses en rentrant, alors attends-toi à recevoir un SMS vers 19 heures. Tu me diras ce qui te fait envie...

Je m'interrompis le temps de bâiller.

— Il prend quel genre de vitamines, Cross ?

— Pardon ?

— Tu connais mon endurance sexuelle légendaire, mais même moi, je ne peux pas enchaîner comme ça toute la nuit. Je n'ai pas arrêté de me dire : « Bon, cette fois, c'est fini. » Et paf ! il remettait ça.

Je rougis et me dandinai, embarrassée.

Cary s'esclaffa.

— Il a beau faire sombre, je sais que tu rougis, Eva.

— Tu aurais dû te coller ton casque stéréo sur les oreilles, marmonnai-je.

— Ne t'inquiète pas. Ça m'a rassuré de constater que j'étais toujours en état de marche de ce côté-là. Je n'avais pas eu une seule fois le gourdin depuis mon agression.

— Beurk, tu n'es qu'un sale pervers, Cary, dis-je en reculant vers la porte. Mon père arrive ce soir. Demain, en fait. Il atterrit à 5 heures du mat'.

— Tu vas le chercher ?

— Bien sûr.

Le sourire de Cary disparut.

— Tu vas te tuer à ce rythme-là. Tu n'as pratiquement pas dormi de la semaine.

— Je récupérerai plus tard. À ce soir.

— Hé ! me rappela-t-il. Est-ce que ce qui s'est passé la nuit dernière signifie que tout va bien entre Cross et toi ?

Je m'appuyai contre l'encadrement de la porte en soupirant.

— Il y a un truc qui coince, mais il refuse d'en parler. Je lui ai écrit une lettre pour lui balancer mes névroses et mes angoisses à la figure.

— Ne mets jamais des trucs comme ça par écrit, baby girl.

— Ouais, eh bien... tout ce que j'y ai gagné, c'est une nuit d'un érotisme torride et pas la plus petite idée de ce qui ne va pas. Il m'a dit que ça ne pouvait pas être autrement. Je ne comprends même pas ce que ça signifie.

Cary se contenta d'un hochement de tête.

— On dirait que tu as compris, toi.

— J'ai compris la méga séance de sexe.

— La méga séance de sexe visant à me chasser définitivement de ses pensées, c'est ça ? hasardai-je en frissonnant.

— Possible, acquiesça-t-il d'une voix douce.

Je fermai les yeux, le temps d'encaisser cette réponse. Puis me redressai.

— Il faut que j'y aille. À plus.

La particularité des cauchemars, c'est d'être imprévisibles.

Ils s'insinuent en vous quand vous êtes le plus vulnérable, balayant tout sur leur passage sans que vous puissiez vous défendre.

Et ils ne se produisent pas toujours pendant le sommeil.

Douloureusement consciente de la présence de Gideon en costume noir et chemise blanche à l'extrémité de la table, j'avais l'impression d'être plongée dans un brouillard d'angoisse tandis que Mark et M. Waters passaient en revue les points positifs de la campagne publicitaire pour la vodka Kingsman.

Gideon mettait un point d'honneur à m'ignorer depuis mon arrivée dans la salle de conférences de Cross Industries. C'était tout juste s'il avait daigné me serrer la main quand M. Waters nous avait présentés. Et si ce bref contact physique m'avait troublée, Gideon, lui, n'avait pas réagi, gardant les yeux obstinément braqués sur un point au-dessus de ma tête tandis qu'il me saluait d'un bref « mademoiselle Tramell ».

Comparé à notre première (et dernière) entrevue dans cette même pièce, le contraste était frappant. Cette fois-là, il n'avait pas détaché les yeux de moi, et quand nous étions sortis, il m'avait déclaré qu'il voulait coucher avec moi et éliminerait tous les obstacles qui se dresseraient en travers de sa route.

À la fin de la réunion, il se leva brusquement, serra la main de Mark et de M. Waters, et se contenta de m'adresser un regard aussi bref qu'indéchiffrable avant de franchir le seuil. Les deux cadres qui l'escortaient, deux ravissantes jeunes femmes brunes, s'empressèrent de lui emboîter le pas.

Mark me jeta un coup d'œil interrogateur et je secouai la tête.

Je regagnai mon box et m'abrutis de travail. À l'heure du déjeuner, je restai au bureau et réfléchis à un programme de sorties à proposer à mon père. Je retins trois possibilités : l'Empire State Building, un spectacle à Broadway et la Statue de la Liberté – sachant qu'on ne prendrait le ferry que s'il avait vraiment envie de voir cette dernière de près. Autrement, on se contenterait de la contempler depuis la rive de Manhattan. Mon père ne restait pas longtemps en ville et il n'était pas question de lui concocter un programme surchargé.

Durant ma dernière pause de la journée, j'appelai Gideon.

— Bonjour, Scott, saluai-je son secrétaire. Pourrais-je dire deux mots à votre patron ?

— Ne quittez pas, je me renseigne.

Je m'attendais plus ou moins qu'il me dise que c'était impossible, mais quelques minutes plus tard, il me le passait.

— Oui, Eva ?

Je pris deux secondes pour savourer le son de sa voix.

— Excuse-moi de te déranger. C'est sans doute une question idiote, mais je voulais savoir... est-ce que tu viendras dîner avec mon père, demain ?

— Je serai là, répondit-il d'un ton bourru.

— Tu amèneras Ireland avec toi ?

En dépit du flot de soulagement qui me submergea, ma voix n'avait pas tremblé, à ma grande surprise.

Il hésita, puis :

— Oui.

— Entendu.

— J'ai une réunion, ce soir. Je te rejoindrai directement chez Petersen. Angus t'y conduira. Je prendrai un taxi.

— D'accord.

Une étincelle d'espoir jaillit tout au fond de moi. Rencontrer mon père et continuer la thérapie ne pouvaient être considérés que comme des signes positifs. Gideon et moi luttions. Mais il n'avait pas encore renoncé.

— À tout à l'heure, dis-je avant de raccrocher.

Angus me déposa devant chez le Dr Petersen à 17 h 45. La porte de son bureau était ouverte, et ce dernier me fit signe d'entrer. Il se leva pour venir me serrer la main.

— Comment allez-vous, Eva ?

— J'ai été mieux.

— Vous semblez fatiguée, dit-il en me dévisageant.

— C'est ce qu'on n'arrête pas de me dire, répondis-je avec flegme.

Il regarda par-dessus mon épaule.

— Où est Gideon ?

— Il avait une réunion. Il viendra un peu plus tard.

— Très bien, dit-il en désignant le divan. Ce sera l'occasion de nous entretenir seul à seule. Y a-t-il un sujet, en particulier, que vous aimeriez aborder avant son arrivée ?

Je m'installai et vidai mon sac. Je lui racontai notre merveilleux séjour dans cette maison de rêve au bord de la mer, et l'étrange et inexplicable début de semaine qui avait suivi.

— Je ne comprends pas. J'ai l'impression qu'il a des soucis, mais je n'arrive pas à l'amener à en parler. Il s'est complètement coupé de moi sur le plan émotionnel.

Pour tout vous dire, je suis complètement déstabilisée. Je m'inquiète aussi à l'idée que Corinne soit à l'origine de ce revirement. Chaque fois que nous nous sommes heurtés à ce genre de mur, c'était à cause d'elle.

Je m'aperçus soudain que je me triturais les doigts – ce qui me rappela l'habitude qu'avait ma mère de tortiller un mouchoir – et cessai aussitôt.

— C'est comme si elle exerçait sur lui un ascendant dont il ne parvient pas à se libérer, quels que soient ses sentiments pour moi.

Le Dr Petersen leva les yeux de ses notes et m'étudia un instant avant de demander :

— Vous avait-il avertie qu'il ne comptait pas venir me voir mardi dernier ?

— Non, répondis-je, choquée par cette nouvelle. Il ne m'a rien dit.

— Il ne m'a pas prévenu non plus. Je ne le crois pas coutumier de ce genre de comportement, qu'en pensez-vous ?

Je secouai la tête.

Petersen croisa les mains.

— Il vous arrivera parfois, à l'un comme à l'autre, de faire marche arrière. C'est parfaitement naturel étant donné la complexité de votre relation – vous ne vous contentez pas de travailler sur votre couple, mais aussi sur vous en tant que membre du couple.

— C'est trop dur pour moi, soufflai-je. Cette relation en dents de scie me rend folle. Cette lettre que je lui ai envoyée... c'était horrible. Tout ce que je lui disais était vrai, mais affreux. Nous avons partagé de très beaux moments. Il m'a dit des choses...

Je dus m'interrompre, et quand je repris, ma voix était enrouée.

— Il m'a dit des choses merveilleuses. Je ne veux pas qu'elles soient englouties par des souvenirs épouvantables. Je ne cesse de me demander si je ne ferais pas mieux de tout plaquer pendant qu'il en est encore temps, mais je m'accroche parce que je lui ai promis – et que je me suis promis – d'arrêter de fuir. De me battre.

— C'est quelque chose sur lequel vous travaillez ?

— Oui. Et c'est tout sauf facile. Parce qu'il lui arrive de faire des choses... qui suscitent en moi des réactions que j'ai appris à éviter en thérapie. Il est parfois sain de se dire qu'on a tout tenté et que ça n'a pas marché, non ?

Le Dr Petersen afficha une expression pensive.

— Et si vous ne le faisiez pas, qu'est-ce qui pourrait arriver de pire ?

— Vous me posez vraiment la question ?

— Oui. Quel serait le pire scénario, selon vous ?

— Eh bien... il continuerait à s'éloigner, du coup, je m'accrocherais davantage et perdrais tout respect de moi-même. Et au bout du compte, il retournerait à sa vie d'avant et je retournerais en thérapie pour tenter de garder la tête hors de l'eau.

Le Dr Petersen ne m'avait pas quittée des yeux et son regard attentif m'incita à poursuivre :

— J'ai peur qu'il refuse de rompre le moment venu et de ne pas me montrer plus sage que lui. De rester à bord du navire envers et contre tout, au risque de couler avec. J'aimerais pouvoir lui faire confiance pour tout arrêter si les choses en arrivaient là.

— Pensez-vous que les choses en arriveraient là ?

— Je ne sais pas. Peut-être.

Je détachai les yeux de la pendule fixée au mur.

— Mais étant donné qu'il est déjà 19 heures et qu'il nous a posé un double lapin ce soir, cela semble assez probable.

Je ne fus même pas surprise de trouver la Bentley devant chez moi à 3 h 45 du matin. Le chauffeur qui en sortit quand je franchis la porte de mon immeuble m'était inconnu. Il était beaucoup plus jeune qu'Angus – à peine trente ans –, d'origine hispanique, la peau cuivrée, les yeux et les cheveux sombres.

— Je vous remercie, dis-je alors qu'il contournait le véhicule, mais je vais prendre un taxi.

— M. Cross m'a ordonné de vous escorter à l'aéroport de La Guardia, mademoiselle, répondit le chauffeur.

— Vous direz à M. Cross que je n'ai plus besoin de sa voiture, ni aujourd'hui ni à l'avenir, rétorquai-je en me dirigeant vers le taxi que le portier venait de m'appeler.

Je m'immobilisai, pivotai sur mes talons.

— Et vous lui direz aussi d'aller se faire foutre.

Je grimpai dans le taxi et me laissai aller contre la banquette.

J'admets être de parti pris quand j'assure qu'on remarque tout de suite mon père au milieu d'une foule, mais cela n'en demeure pas moins vrai.

À peine franchi les portiques de sécurité, Victor Reyes attira immédiatement l'attention. Un mètre quatre-vingt-trois, élancé et bien bâti, il émanait de lui l'autorité du représentant des forces de l'ordre – et le regard dont il balaya le périmètre le plus proche demeurait celui d'un flic, même quand il n'était pas en service. Il portait un jean, une chemise noire et un sac sur l'épaule. Ses cheveux étaient noirs et bouclés, ses yeux aussi gris que les miens. Il était carrément sexy dans le genre bad boy sombre, et j'essayais de l'imaginer au côté de la beauté à la fois fragile et hautaine qu'était ma mère. Je ne les avais jamais vus ensemble, pas même en photo, et j'aurais vraiment aimé. Ne serait-ce qu'une fois.

— Papa ! criai-je en agitant la main.

Son visage s'illumina et un grand sourire s'épanouit sur ses lèvres.

— Ma petite fille, dit-il en m'étreignant avec tant de force que mes pieds décollèrent du sol. Tu m'as tellement manqué.

Je fondis en larmes. Ce fut plus fort que moi. Le retrouver fut un véritable choc émotionnel.

— Eh là, murmura-t-il en me berçant doucement. Pourquoi ces larmes ?

Je resserrais mes bras autour de son cou. J'étais heureuse de l'avoir près de moi, parce que je savais que tous mes soucis resteraient à distance tant qu'il serait là.

— Toi aussi, tu m'as tellement manqué, articulai-je en reniflant.

Nous prîmes un taxi pour rentrer chez moi. Pendant le trajet, mon père me posa les mêmes questions au sujet de l'agression de Cary que celles que lui avaient posées les inspecteurs qui étaient venus l'interroger à l'hôpital. Je m'efforçai de détourner son attention en continuant de parler lorsque le taxi nous déposa devant chez moi, sans succès.

Son regard d'aigle embrassa la façade de l'immeuble. Il jaugea le portier quand celui-ci porta les doigts à sa casquette en nous ouvrant la porte, étudia le comptoir de la réception et le concierge, et attendit l'ascenseur en se balançant sur ses talons.

Son expression ne laissait rien transparaître de ses pensées, mais je savais qu'il devait se demander à combien s'élevait le loyer de mon appartement. Quand je le fis entrer, il évalua la superficie des lieux d'un regard rapide. Les immenses fenêtres offraient une vue imprenable sur la ville, et l'écran plat fixé au mur du salon était un modèle haut de gamme.

Il savait que je n'avais pas les moyens de m'offrir un appartement pareil. Il savait aussi que mon beau-père m'aidait plus qu'il ne le pourrait jamais. Pensa-t-il aussi à ma mère et au fait que ses besoins dépassaient très largement ses propres moyens ?

— L'immeuble est très sécurisé, avançai-je en guise de justification. Pour les non-résidents, franchir l'accueil n'est possible que si leur nom figure sur la liste des personnes autorisées.

Mon père soupira.

— C'est bien.

— Oui. Je pense que maman n'arriverait pas à dormir autrement.

Ses épaules se détendirent un peu.

— Je vais te montrer ta chambre.

Je le conduisis dans la suite réservée aux invités, au bout du couloir. Elle possédait sa propre salle de bains et un minibar réfrigéré, détails qui n'échappèrent pas à mon père.

— Tu es fatigué ? demandai-je tandis qu'il posait son sac sur le lit king size.

— Toi, tu l'es, répondit-il. Et tu vas travailler aujourd'hui, n'est-ce pas ? Que dirais-tu de se reposer un peu ?

J'étouffai un bâillement et acquiesçai.

— Ce n'est pas de refus.

— Réveille-moi quand tu seras levée. Je ferai le café pendant que tu te prépareras.

— Génial, dis-je d'une voix sourde, saisie par une irrépressible bouffée de nostalgie.

Gideon préparait le café quand il passait la nuit ici parce qu'il était toujours levé avant moi, et ce rituel me manquait affreusement.

Mais d'une manière ou d'une autre, j'allais devoir apprendre à vivre sans.

Me hissant sur la pointe des pieds, je déposai un baiser sur la joue de mon père.

— Je suis tellement contente que tu sois là, papa.

Je fermai les yeux et m'accrochai à lui quand il me serra dans ses bras.

Je sortis de l'épicerie, où je venais d'acheter les ingrédients pour préparer le dîner, et fronçai les sourcils en découvrant Angus sur le trottoir. J'avais refusé de monter dans la Bentley pour aller travailler et pour rentrer chez moi, mais il persistait à me suivre comme mon ombre. C'était ridicule. Je ne pus m'empêcher de me demander si, bien que Gideon ne veuille plus de moi, son désir névrotique ne l'amenait pas à refuser l'idée qu'un autre me possède – Brett, en l'occurrence.

Tandis que je regagnais mon appartement, je jouai avec l'idée d'inviter Brett à dîner et imaginai Angus téléphonant à Gideon pour l'avertir de l'arrivée de ce dernier. Un fantasme fugitif de vengeance – vu qu'il n'était pas question que j'incite Brett à se faire des idées et qu'il était en tournée, de toute façon –, mais qui eut le mérite de me détendre. Je pénétrai dans l'immeuble d'un pas léger, et quand je poussai la porte de l'appartement, j'étais de bonne humeur, pour la première fois depuis une éternité.

Je déposai mes emplettes sur le comptoir de la cuisine et partis à la recherche de mon père. Je le trouvai dans la chambre de Cary en train de jouer à un jeu vidéo. Son bras dans le plâtre obligeait Cary à manipuler le joystick d'une seule main.

— Niqué ! s'exclama mon père.

— Tu devrais avoir honte, répliqua Cary. Profiter d'un pauvre invalide.

— Je vais pleurer, ironisai-je.

Cary tourna les yeux vers moi et m'adressa un clin d'œil. Je l'aimais si fort à cet instant que je ne pus m'empêcher de traverser la chambre pour aller plaquer un baiser sur son front meurtri.

— Merci, murmurai-je.

— Tu me remercieras avec un bon dîner. Je meurs de faim.

— J'ai acheté de quoi faire des enchiladas, annonçai-je.

Mon père me regarda avec un sourire en coin, sachant que j'aurais besoin de son aide.

— Tiens donc, ricana-t-il.

— Quand tu veux, lui lançai-je. Je vais prendre une douche vite fait.

Trois quarts d'heure plus tard, mon père et moi roulions du fromage râpé et du poulet rôti – acheté précuit à la rôtisserie pour gagner du temps – dans des tortillas de maïs imprégnées de saindoux. Dans le salon, le CD changea sur la platine et la voix envoûtante de Van Morrison nous parvint.

— Ha ! s'exclama mon père.

Il me prit par la main en fredonnant de sa belle voix de baryton et me fit tourner sur moi-même.

Je m'esclaffai, ravie.

Plaquant le dos de la main contre mes reins pour éviter de me salir avec ses doigts graisseux, il me fit tournoyer autour de l'îlot central de la cuisine. Nous chantions en chœur, éclatant de rire chaque fois que l'un de nous se trompait. Nous amorcions notre deuxième tour quand je remarquai les deux personnes qui se tenaient devant le comptoir.

Mon sourire se figea et je trébuchai.

— Tu as deux pieds gauches ou quoi ? me taquina mon père en me rattrapant.

— Eva est une merveilleuse danseuse, intervint Gideon, arborant ce masque implacable que je détestais.

Mon père se retourna et son sourire s'évanouit à son tour.

Gideon contourna le comptoir et entra dans la cuisine. Il avait enfilé pour l'occasion un jean et un tee-shirt des Yankees. Une tenue adaptée, qui tombait à pic pour qui savait que mon père était un supporter inconditionnel des Padres.

— Mais j'ignorais que c'était aussi une chanteuse de talent. Gideon Cross, se présenta-t-il en tendant la main à mon père.

— Victor Reyes, répondit celui-ci en agitant ses doigts luisants de saindoux. Je ne suis pas en état de vous serrer la main.

— Aucune importance, assura Gideon.

Avec un haussement d'épaules, mon père s'empara de sa main.

Je leur lançai un torchon, puis rejoignis Ireland, qui était resplendissante. Ses yeux bleus brillaient et ses joues étaient roses de plaisir.

— Je suis tellement contente que tu aies pu venir, dis-je en la serrant doucement dans mes bras. Tu es superbe.

— Toi aussi.

C'était un pieux mensonge, mais je l'appréciai néanmoins. Je ne m'étais ni maquillée ni coiffée au sortir de la douche parce que je savais que mon père s'en fichait et que j'étais persuadée que Gideon ne viendrait pas. Pas après le lapin qu'il m'avait posé chez le Dr Petersen.

— Je peux te donner un coup de main ? demanda-t-elle en jetant un coup d'œil aux enchiladas en cours d'élaboration.

— Bien sûr. À condition de ne pas compter les calories, sinon ta tête va exploser !

Je la présentai à mon père, qui se montra beaucoup plus chaleureux avec elle qu'il ne l'avait été avec Gideon, puis la conduisis à l'évier où elle se lava les mains.

Pendant qu'elle m'aidait à confectionner les dernières enchiladas, mon père mit au frigo les bières mexicaines que Gideon avait apportées. Je ne me donnai même pas la peine de me demander comment il avait su que je servirais un repas mexicain. En revanche, je m'étonnai qu'il ait pris le temps de s'en informer alors qu'il était évident qu'il avait d'autres choses à faire.

Lorsque mon père alla se rafraîchir dans sa chambre, Gideon vint se poster derrière moi, me saisit aux hanches et m'effleura la tempe des lèvres.

— Eva.

Je me raidis pour résister à l'envie de me laisser aller contre lui.

— Arrête, murmurai-je. Je préférerais que nous ne fassions pas semblant.

Je sentis son souffle dans mes cheveux quand il soupira. La pression de ses doigts s'accentua sur mes hanches, et il les pétrit doucement. Puis son portable vibra dans la poche de son jean, il me lâcha et recula pour consulter l'écran.

— Excuse-moi, marmonna-t-il avant de quitter la cuisine.

Ireland se glissa près de moi.

— Merci, murmura-t-elle. Je sais que c'est toi qui lui as demandé de m'inviter.

— Personne ne peut obliger Gideon à faire quelque chose dont il n'a pas envie, assurai-je en me forçant à sourire.

— Si, toi, tu peux, répliqua-t-elle en rejetant sa longue chevelure brune derrière son épaule. Tu ne l'as pas vu te regarder danser avec ton père. Ses yeux brillaient tellement que j'ai cru qu'il allait se mettre à pleurer. Et en montant ici, dans l'ascenseur, il essayait de donner le change, mais je peux te dire qu'il était nerveux.

Je baissai les yeux sur la boîte de sauce pimentée que j'avais à la main et me sentis soudain triste.

— Tu es folle de lui, pas vrai ? demanda-t-elle.

Je m'éclaircis la voix.

— Certaines personnes ont parfois intérêt à s'en tenir à l'amitié.

— Mais tu m'as dit que tu l'aimais.

— Ça ne suffit pas toujours.

Je me retournai pour attraper l'ouvre-boîte et découvris Gideon à l'autre bout de la cuisine, le regard braqué sur moi.

— Tu veux une bière ? demanda-t-il d'un ton bourru.

Je hochai la tête. Un verre de tequila ne m'aurait pas fait de mal. Peut-être même plusieurs.

— Tu veux un verre ?

— Non, merci.

Je me tournai vers Ireland.

— Tu as soif ? J'ai du soda, de l'eau ou du lait.

— Je ne pourrais pas avoir une bière, moi aussi ? répliqua-t-elle avec un charmant sourire.

— Essaie encore, pour voir, intervint Gideon, narquois.

Il suffisait qu'il s'intéresse à elle pour qu'elle s'illumine. Comment pouvait-il ne pas voir combien sa sœur l'aimait ? Peut-être n'était-ce que superficiel pour le moment, mais l'amour était bel et bien là, et il grandirait pour peu qu'il l'encourage. Ce que je souhaitais de tout cœur.

Quand Gideon me tendit une bouteille de Dos Equis, nos doigts se frôlèrent. Il retint ma main quelques secondes en soutenant mon regard, et je sus qu'il pensait à l'autre nuit.

Une nuit qui m'apparaissait comme un rêve à présent, comme si sa visite n'avait jamais vraiment eu lieu. J'en venais presque à croire que j'avais tout inventé tant ses caresses, son amour me manquaient. Si mon corps n'avait été aussi endolori, je me serais sincèrement demandé ce qui était réel et ce qui n'était que faux espoirs.

Je pris la bouteille et me retournai. Je refusais de considérer que tout était définitivement terminé entre nous, mais il était évident que nous avions besoin de faire un break. Gideon devait s'interroger sur son comportement, sur ce qu'il recherchait exactement, et décider s'il souhaitait ou non que j'occupe une place significative dans sa vie. Parce que les montagnes russes sur lesquelles nous nous étions engagés finiraient par me briser et que je ne pouvais pas laisser une telle chose se produire. Je m'y refusais.

— Je peux me rendre utile ? s'enquit-il.

— Tu veux bien aider Cary à venir jusqu'ici ? répondis-je sans le regarder. Il a un fauteuil roulant.

— Bien sûr.

Dès qu'il quitta la pièce, je pus respirer de nouveau.

— Cary a eu un accident ? s'inquiéta Ireland.

— Je te raconterai quand nous serons à table.

Je fus surprise d'être capable d'avaler quoi que ce soit. En fait, j'étais tellement fascinée par l'épreuve de force silencieuse à laquelle se livraient mon père et Gideon que je ne remarquais même pas que je mangeais. À l'une des extrémités de la table, Cary déployait tout son charme pour Ireland dont le rire perlé fusait à intervalles réguliers. Mon père se tenait à l'autre extrémité, Gideon à sa gauche et moi à sa droite.

Ils bavardaient. Ils avaient commencé par parler base-ball, comme je l'avais prévu, puis ils étaient passés au golf. En apparence, ils semblaient détendus, mais l'atmosphère autour d'eux n'en demeurait pas moins chargée. J'avais noté que Gideon ne portait pas sa luxueuse montre ; il veillait soigneusement à paraître aussi « normal » que possible.

Mais la suppression des signes extérieurs de richesse ne pouvait changer ce qu'il était intrinsèquement – un mâle dominateur, un capitaine d'industrie, un privilégié. Chacun de ses gestes, chacun de ses mots, chacun de ses regards le trahissait.

Mon père et lui en étaient donc à lutter pour découvrir lequel des deux serait le chef de meute, la suprématie de l'un ou de l'autre s'établissant par rapport à moi. Comme si tout le monde exerçait un contrôle sur ma vie, sauf moi.

Je comprenais que mon père, qui n'avait été autorisé à être mon père que pendant quatre ans, n'était pas prêt à renoncer à ce rôle. Gideon, quant à lui, postulait pour gagner une place dans ma vie que je n'étais plus disposée à lui donner.

Il portait l'anneau que je lui avais offert. Je m'efforçai de n'y voir aucun signe, mais j'avais malgré tout besoin d'espérer. Besoin de croire.

Nous venions de finir les *enchiladas* et je me levais pour débarrasser la table avant d'apporter le dessert quand la sonnerie de l'interphone retentit. J'allai répondre.

— Mademoiselle Tramell ? s'enquit la voix de la réceptionniste. Les inspecteurs Graves et Michna de la police de New York sont ici, m'annonça-t-elle.

Je jetai un coup d'œil à Cary, puis acceptai de les laisser monter et retournai en hâte auprès des autres.

Cary me jeta un regard interrogateur.

— La police, expliquai-je. Ils ont peut-être du nouveau.

L'attention de mon père se porta aussitôt sur nous.

— Je me charge de les accueillir.

Ireland m'aida à débarrasser. Nous venions juste de mettre les assiettes dans l'évier quand on sonna à la porte. Je m'essuyai les mains et rejoignis les autres.

Les inspecteurs – un homme et une femme – qui entrèrent n'étaient pas ceux qui avaient interrogé Cary à l'hôpital. Gideon sortit du couloir en mettant son téléphone dans sa poche. Je me demandai qui avait bien pu l'appeler toute la soirée.

— Eva Tramell, me salua la femme en s'avançant dans la pièce.

Elle était mince, ses yeux bleus brillants d'intelligence dans un visage austère et sans maquillage. Elle portait un pantalon, des chaussures à talons plats, une chemise en popeline et un blouson léger qui laissait apparaître son badge et l'arme fixée à sa ceinture.

— Inspecteur Shelley Graves, de la police de New York. Voici mon coéquipier, l'inspecteur Richard Michna. Désolée de vous déranger un vendredi soir.

Michna était plus âgé, plus grand et corpulent. Il avait les tempes grisonnantes et commençait à se dégarnir, mais ses traits étaient fermes. Son regard sombre balayait la pièce pendant que Graves concentrait son attention sur moi.

— Bonsoir, les saluai-je.

Mon père referma la porte, et quelque chose dans son attitude, sa façon de se mouvoir, retint l'attention de Michna.

— Vous êtes de la maison ? s'enquit-il.

— En Californie, confirma mon père. Je suis en visite chez ma fille, Eva. De quoi s'agit-il ?

— Nous aimerions vous poser quelques questions, mademoiselle Tramell, déclara Graves. Et à vous aussi, monsieur Cross.

— C'est en rapport avec l'agression dont Cary a été victime ? hasardai-je.

Elle le regarda, puis :

— Nous pourrions peut-être nous asseoir ?

Nous passâmes tous dans le living, mais seules Ireland et moi nous assîmes. Les autres restèrent debout, mon père derrière le fauteuil roulant de Cary qu'il avait poussé.

— Bel appartement, commenta Michna.

— Merci, répondis-je en regardant discrètement Cary, de plus en plus intriguée.

— Vous êtes à New York pour combien de temps ? demanda Graves à mon père.

— Juste pour le week-end.

— Vous allez souvent en Californie voir votre père ? me demanda-t-elle en souriant.

— Je n'ai quitté la Californie pour emménager ici qu'il y a deux mois.

— Je suis allée à Disneyland quand j'étais petite, dit-elle. Ce qui ne date pas d'hier, bien sûr.

Je fronçai les sourcils. Je ne comprenais pas à quoi rimait cet échange.

— Nous avons juste quelques questions à vous poser, intervint Michna en sortant un carnet de la poche de sa veste. Nous ne vous retiendrons pas plus que nécessaire.

Graves ne m'avait pas quittée des yeux.

— Connaissez-vous un certain Nathan Barker, mademoiselle Tramell ?

J'eus l'impression que la pièce se mettait à tourner. Cary lâcha un juron, se hissa péniblement hors de son fauteuil et vint s'asseoir près de moi. Il s'empara de ma main.

— Mademoiselle Tramell ? répéta Graves en s'asseyant à l'autre bout du canapé.

— C'est son ex-demi-frère, intervint Cary. De quoi s'agit-il ?

— Quand l'avez-vous vu pour la dernière fois ? voulut savoir Michna.

Au tribunal... Je voulus déglutir, mais ma gorge était devenue sèche.

— Il y a huit ans, répondis-je d'une voix enrouée.

— Saviez-vous qu'il était à New York ?

Ô mon Dieu. Je secouai vigoureusement la tête.

— Où voulez-vous en venir avec toutes ces questions ? intervint mon père.

Je lançai un regard désespéré à Cary, puis à Gideon. Mon père n'était pas au courant pour Nathan. Je ne voulais pas qu'il sache.

Cary me serra la main. Gideon ne me regarda même pas.

— Et vous, monsieur Cross ? demanda Graves.

— Quoi, moi ?

— Connaissez-vous Nathan Barker ?

Du regard, j'implorai Gideon de ne rien dire devant mon père, mais il ne me jeta même pas un coup d'œil.

— Vous ne poseriez pas cette question si vous n'en connaissiez pas déjà la réponse, dit-il.

Mon estomac se contracta et un violent frisson me secoua. Gideon ne me regardait toujours pas. J'essayais de comprendre ce qui se passait… ce que ça signifiait…

— À quoi riment ces questions ? insista mon père.

Le sang me rugissait aux tympans. Mon cœur battait de terreur. La seule idée de savoir Nathan aussi proche faisait naître en moi une panique sans nom. Je n'arrivais plus à respirer. La pièce tanguait devant mes yeux. J'étais sur le point de me trouver mal.

Graves me fixait de son regard de vautour.

— Pouvez-vous nous dire où vous étiez hier, mademoiselle Tramell ?

— Où j'étais ? répétai-je. Hier ?

— Ne réponds pas, m'ordonna mon père. Cet entretien n'ira pas plus loin tant que nous ne saurons pas de quoi il retourne.

Michna hocha la tête, comme s'il s'attendait à cette interruption.

— Nathan Barker a été retrouvé mort ce matin.

16

Dès que l'inspecteur Michna eut prononcé cette phrase, mon père mit un terme définitif à l'interrogatoire.

— C'est terminé, déclara-t-il d'un air sombre. Si vous avez d'autres questions à poser à ma fille, elle vous répondra en présence de son avocat.

— Et vous, monsieur Cross ? demanda Michna. Cela vous ennuierait de nous dire où vous étiez hier ?

— Pourquoi ne pas en parler pendant que je vous raccompagne jusqu'à la porte ? répondit Gideon en contournant le canapé derrière lequel il se tenait.

Il persistait à fuir mon regard.

Une fois de plus, il me cachait quelque chose.

Ireland noua ses doigts aux miens. Cary et elle m'entouraient de leur affection alors que l'homme que j'aimais n'avait pas daigné m'accorder un seul regard depuis l'arrivée de la police.

Après avoir noté mes différents numéros de téléphone, les inspecteurs s'éloignèrent en compagnie de Gideon. Je surpris le regard inquisiteur que mon père jetait sur ce dernier.

— Il est peut-être allé t'acheter une bague de fiançailles, suggéra Ireland. Et il ne veut pas gâcher la surprise.

C'était tellement charmant et révélateur de la haute opinion qu'elle avait de son frère. Pourvu qu'il ne la déçoive jamais, songeai-je en lui pressant la main. Pourvu qu'il ne la déçoive jamais autant qu'il me décevait *moi*. Gideon et moi n'étions rien – n'avions rien en commun – s'il était incapable d'être honnête avec moi.

Pourquoi ne m'avait-il rien dit au sujet de Nathan ?

Je lâchai les mains de Cary et d'Ireland et me rendis à la cuisine. Mon père m'emboîta le pas.

— Tu veux bien m'expliquer ce qui se passe ? demanda-t-il.

— Je n'en ai aucune idée.

Il appuya la hanche contre le comptoir et m'observa avec attention.

— Qu'est-ce qui s'est produit entre Nathan Barker et toi ? J'ai bien cru que tu allais t'évanouir quand l'inspecteur a mentionné son nom.

J'entrepris de rincer les assiettes avant de les mettre dans le lave-vaisselle.

— C'était un tyran, papa, c'est tout. Il n'appréciait pas que son père se soit remarié, et il appréciait encore moins que sa belle-mère ait déjà un enfant.

— Pourquoi Gideon aurait-il quelque chose à voir avec lui ?

— C'est une excellente question.

J'agrippai le rebord de l'évier et fermai les yeux.

C'était cela qui avait creusé le gouffre entre Gideon et moi – *Nathan*. Je le savais.

— Eva ? s'inquiéta mon père en posant les mains sur mes épaules. Tu es sûre que ça va ?

— Je suis fatiguée. Je n'ai pas beaucoup dormi.

Je fermai le robinet, puis allai chercher deux sédatifs légers dans le placard où nous rangions la pharmacie de base. Il fallait à tout prix que je dorme – d'un sommeil sans rêves si possible. C'était indispensable si je voulais être à même de prendre les décisions qui s'imposaient le lendemain matin.

Je me retournai vers mon père.

— Tu peux t'occuper d'Ireland jusqu'à ce que Gideon revienne ?

— Bien sûr, murmura-t-il en déposant un baiser sur mon front. On parlera de tout cela demain.

Ireland vint me trouver quelques secondes plus tard.

— Ça va, Eva ? s'inquiéta-t-elle en entrant dans la cuisine.

— Je vais aller m'étendre si ça ne te dérange pas. Je sais que c'est impoli, mais…

— Non, je comprends.

— Je suis vraiment désolée, dis-je en la serrant dans mes bras. On remettra ça. On pourrait peut-être se faire une sortie entre filles ? Une journée spa ou une petite virée shopping ?

— Ce serait génial. Tu m'appelles ?

— Promis.

Je traversai le salon pour rejoindre le couloir quand la porte d'entrée s'ouvrit sur Gideon. Nos regards se croisèrent, mais je fus incapable de déchiffrer le sien. Je détournai les yeux, gagnai ma chambre et verrouillai la porte.

Je me réveillai le lendemain matin à 9 heures, sonnée et de mauvaise humeur, mais beaucoup moins fatiguée que la veille. Je savais que je devais appeler Stanton et ma mère, mais avant il me fallait ma dose de caféine.

Je me lavai le visage à l'eau fraîche et me coiffai avant de me traîner jusqu'au salon. J'avais presque atteint la cuisine – d'où s'échappait une délicieuse odeur de café – quand la sonnette de la porte d'entrée retentit. Mon cœur manqua un battement. Gideon faisait partie des trois personnes autorisées à monter sans se faire annoncer à l'accueil et, bien évidemment, je ne pus m'empêcher de souhaiter que ce fût lui.

C'était ma mère. Je fis de mon mieux pour dissimuler ma déception. J'aurais pu m'épargner cet effort, car elle me jeta à peine un coup d'œil et passa devant moi en coup de vent. Elle portait une robe turquoise tellement moulante qu'on l'aurait crue peinte sur elle, et parvenait à la rendre sexy, élégante et parfaitement appropriée à son âge comme peu de femmes en auraient été capables. Il faut dire qu'elle aurait aisément pu passer pour ma sœur.

Elle jaugea d'un bref regard mon pantalon de jogging avachi et mon débardeur de l'université de San Diego avant de lancer :

— Eva, mon Dieu ! Tu n'as pas idée...

— Nathan est mort, coupai-je en refermant la porte avant de jeter un coup d'œil du côté de la chambre d'amis en priant pour que mon père n'en sorte pas.

Elle pivota sur elle-même pour me faire face. Ses lèvres formaient un pli soucieux et son regard bleu était hagard.

— La police est déjà venue ? Ils viennent à peine de sortir de chez nous !

— Ils sont passés hier soir.

Je gagnai la cuisine et fonçai droit sur la cafetière.

— Pourquoi ne nous as-tu pas appelés ? Nous serions venus tout de suite. Il aurait au moins fallu que tu aies un avocat auprès de toi !

— Ils ne sont pas restés longtemps, maman. Tu en veux ? demandai-je en soulevant la verseuse.

— Non, je te remercie. Tu ne devrais pas boire autant de café. Ce n'est pas bon pour toi

Je replaçai la cafetière sur son support et ouvris le frigo.

— Enfin, Eva ! s'écria ma mère tandis que je versais de la crème dans mon café. Tu sais combien de calories il y a là-dedans ?

Je posai une bouteille d'eau minérale devant elle et repris mon café.

— Ils ne sont pas restés plus d'une demi-heure, précisai-je. Tout ce que je leur ai dit, c'est que Nathan était mon ex-demi-frère et que je ne l'avais pas revu depuis huit ans.

— Heureusement que tu t'en es tenue là, souffla-t-elle en dévissant le bouchon de sa bouteille d'eau.

— Viens, on va s'asseoir dans mon petit salon, proposai-je en m'emparant de ma tasse.

— Quoi ? Mais pourquoi ? Tu n'utilises jamais cette pièce.

Elle avait raison, mais le petit salon attenant à ma chambre permettrait peut-être d'éviter une rencontre entre mes parents.

— Oui, mais je sais que toi tu l'adores, esquivai-je.

Une fois dans ma chambre, je refermai la porte avec un soupir de soulagement.

— C'est vrai qu'il est charmant, commenta ma mère en pénétrant dans ledit salon.

Évidemment qu'il l'était, c'était elle qui l'avait décoré. Il me plaisait aussi, mais je n'en avais pas vraiment l'usage. J'avais envisagé de le transformer en chambre d'appoint pour Gideon, mais au stade où nous en étions...

Ma mère s'assit avec grâce dans un petit fauteuil et je pris place en face d'elle.

— Tu dois te montrer très prudente avec la police, Eva. Si jamais ils souhaitent t'entendre de nouveau, préviens Richard, il t'enverra ses avocats.

— Pourquoi ? Je ne vois pas pour quelle raison je devrais m'inquiéter à propos de ce que je leur dis.

Je n'ai rien fait de mal. Je ne savais même pas que Nathan était à New York.

Elle détourna les yeux.

— Qu'est-ce qui se passe, maman ? demandai-je d'un ton ferme.

Elle but une gorgée d'eau avant de répondre :

— Nathan s'est présenté au bureau de Richard la semaine dernière. Il lui a réclamé deux millions et demi de dollars.

— *Quoi ?*

— Il avait besoin d'argent, articula-t-elle. De beaucoup d'argent.

— Et pourquoi s'imaginait-il qu'il pouvait en obtenir ?

— Il a – *avait* – des photos, Eva, souffla-t-elle, et sa lèvre inférieure se mit à trembler. Et des vidéos. De toi.

— Oh, non !

Je posai ma tasse tant bien que mal et me penchai en avant pour placer ma tête entre mes genoux.

— Je me sens mal.

Gideon avait rencontré Nathan. C'était évident. S'il avait vu ces photos, et qu'elles l'avaient dégoûté, cela expliquerait qu'il m'ait rejetée. Cela expliquerait qu'il ait été aussi tourmenté quand il m'avait rejointe dans mon lit. Il me désirait peut-être encore mais ne supportait pas les images qui lui polluaient désormais l'esprit.

« Ça ne peut pas être autrement », avait-il dit.

Un son affreux m'échappa. Je n'osais imaginer quelles photos Nathan avait prises. Je ne le voulais pas.

Pas étonnant que Gideon ne supporte plus ma vue. La dernière fois qu'il m'avait fait l'amour, il s'était arrangé pour le faire dans l'obscurité…

Je me mordis le bras pour réprimer un hurlement de douleur.

— Mon bébé, non !

Ma mère tomba à genoux devant moi et m'attira doucement à elle, sur le sol, pour me bercer.

— Chut. C'est fini. Il est mort.

Je me blottis contre elle en sanglotant et réalisai que c'était bel et bien fini – j'avais perdu Gideon. Il s'en voudrait sans doute énormément de s'être détourné de moi, mais je comprenais qu'il ne puisse faire autrement. Si le simple fait de me regarder lui rappelait la brutalité de son propre passé, comment aurait-il pu le supporter ? Comment le pourrais-je ?

Ma mère me caressait les cheveux ; elle aussi pleurait.

— Là, là, mon bébé, chuchota-t-elle d'une voix mal assurée. Je suis là. Je vais m'occuper de toi.

Mes larmes finirent par se tarir. Je me sentais vide, mais cette sensation s'accompagnait d'une lucidité nouvelle. Je ne pouvais rien contre ce qui s'était passé, mais je pouvais faire en sorte que ceux que j'aimais n'en souffrent pas.

Je me rassis et m'essuyai les yeux d'un revers de main.

— Tu ne devrais pas te frotter les yeux ainsi, me réprimanda ma mère. Cela favorise les rides.

Qu'elle s'inquiète de mes futures pattes-d'oie me sembla si absurde que je laissai échapper un ricanement nerveux.

— Eva Lauren !

Son indignation me parut tout aussi comique et, cette fois, je fus prise d'un véritable fou rire. Je ris irrépressiblement jusqu'à en avoir mal aux côtes et tomber de mon siège.

— Arrête ! dit-elle en me flanquant un coup de coude. Ce n'est pas drôle.

Je n'en continuai pas moins de rire.

— Eva, franchement !

Mais elle esquissait déjà un sourire.

Bientôt, mon rire céda la place à des sanglots. J'entendis ma mère glousser et, d'une certaine manière, ce son fit parfaitement écho à ma souffrance. Je n'aurais pu expliquer pourquoi, mais alors que je me sentais au fin fond du désespoir, la présence de ma mère – avec ses manies absurdes et ses conseils qui me rendaient folle – était exactement ce dont j'avais besoin.

Les mains plaquées sur mon ventre contracté, je pris une longue inspiration.

— C'est lui qui a réglé ça ? demandai-je dans un souffle.

Le sourire de ma mère s'évanouit.

— Qui ça, lui ? Tu veux dire Richard ? Réglé quoi ? La demande d'argent ? *Oh*...

J'attendis.

— Non ! protesta-t-elle. Il ne ferait jamais une chose pareille ! Ce n'est pas du tout sa façon d'agir.

— D'accord. Il fallait que je sache, c'est tout.

Moi non plus, je n'imaginais pas du tout Stanton commanditant un meurtre. Gideon, en revanche...

Je savais, de par ses cauchemars, que son désir de vengeance était teinté de violence. Et je l'avais vu se battre avec Brett. Ce souvenir était gravé dans mon esprit. Oui, Gideon en était capable, et avec son passé...

— Qu'est-ce que vous avez dit à la police, Richard et toi ? demandai-je à ma mère. Qu'est-ce qu'ils savent, exactement ?

— Tout, répondit-elle en me jetant un regard coupable. Les scellés du dossier de Nathan ont été brisés avec sa mort.

— Comment est-il mort ?

— Ils ne nous l'ont pas dit.

— J'imagine que ça n'a pas d'importance. Nous avons un mobile. Que nous ayons eu l'occasion de le faire personnellement ne doit pas avoir d'importance non plus. Tu as un alibi, n'est-ce pas ? Et Stanton ?

— Lui aussi. Et toi ?

— Oui, moi aussi.

J'ignorais, en revanche, si Gideon en avait un. Mais là encore, c'était sans importance. Personne ne s'attendait que des hommes de la stature de Stanton et de Gideon se salissent les mains dans une affaire aussi sordide.

Nous avions plus d'un mobile – le chantage et la vengeance – et disposions de moyens importants. Des moyens qui permettaient de passer à l'acte.

Je me recoiffai et m'aspergeai le visage d'eau froide tout en me demandant comment j'allais m'y prendre pour faire discrètement sortir ma mère de chez moi. Quand je la découvris en train de passer en revue le contenu de mon dressing – toujours aussi soucieuse de mon style et de mon apparence –, je sus quoi faire.

— Tu te souviens de cette jupe que j'avais achetée chez Macy's ? lançai-je. Tu sais, la verte ?

— Oh, oui ! Très jolie.

— Je ne l'ai jamais mise parce que je ne sais pas avec quoi la porter. Tu ne voudrais pas me chercher un haut ?

— Eva, soupira-t-elle, tu devrais avoir trouvé ton style depuis longtemps, à l'heure qu'il est. Franchement, ce jogging...

— Allez, maman, aide-moi. Je reviens tout de suite, ajoutai-je en récupérant ma tasse, me donnant ainsi un prétexte pour quitter la chambre. Ne bouge pas !

— Où veux-tu que j'aille ? me répondit-elle d'une voix étouffée tandis qu'elle pénétrait plus avant dans mon dressing.

J'inspectai rapidement la cuisine et le living. Mon père ne s'y trouvait pas et la porte de sa chambre ainsi que celle de Cary étaient fermées. Je m'empressai de regagner ma chambre.

— Que dirais-tu de cela ? demanda-t-elle en brandissant un chemisier de soie champagne.

— Tu me sauves la vie, maman ! Merci. Mais tu dois avoir des tas de choses à faire, j'imagine. Je ne voudrais pas te retenir.

— Je ne suis pas pressée, répondit-elle en fronçant les sourcils.

— Tu devrais aller rassurer Richard. Il doit être complètement retourné par cette histoire. Et puis, on est samedi – je sais qu'il te réserve toujours ses week-ends. Il a besoin de passer du temps avec toi.

— Toi aussi, tu es toute retournée, ma chérie, objecta-t-elle. Je préfère rester avec toi. T'épauler.

Elle tentait de se faire pardonner ce qui m'était arrivé parce qu'elle n'avait jamais pu se le pardonner à elle-même. Ma gorge se serra.

— C'est bon, dis-je d'une voix enrouée. Ça va aller. Et je m'en voudrais terriblement de priver Stanton de ta présence après tout ce qu'il a fait pour nous. Tu es sa récompense, son petit coin de paradis au terme d'une longue semaine de travail.

— C'est adorable, ce que tu viens de dire, ma chérie, s'écria-t-elle avec un sourire ravi.

Oui, moi aussi, j'avais trouvé cela adorable quand Gideon m'avait tenu des propos similaires. J'avais du mal à croire que rien qu'une semaine plus tôt nous étions dans cette maison au bord de la mer, follement amoureux, et convaincus que notre relation avançait dans la bonne direction…

Je m'approchai de ma mère et l'étreignis.

— T'avoir ici avec moi… c'était exactement ce dont j'avais besoin, maman. Pleurer et rire et m'asseoir avec toi... Rien n'aurait pu me faire plus de bien. Merci, maman.

— Tu le penses vraiment, ma chérie ? murmura-t-elle en me rendant mon étreinte avec force. Je me suis demandé si tu n'étais pas en train de devenir folle, tu sais.

— J'ai dû l'être à un moment donné, mais tu m'as ramenée à la raison, murmurai-je en m'écartant d'elle. Et Stanton est vraiment quelqu'un de bien. Je lui suis profondément reconnaissante de tout ce qu'il a fait pour nous. Tu le lui diras de ma part, s'il te plaît.

Je glissai mon bras sous le sien, attrapai son sac sur le lit et l'entraînai à travers l'appartement. Une fois dans l'entrée, elle me serra de nouveau dans ses bras et me caressa tendrement le dos.

— Appelle-moi ce soir. Et demain aussi. Je veux être sûre que tu vas bien.

— D'accord.

— On pourrait peut-être prévoir un spa pour la semaine prochaine ? ajouta-t-elle en me scrutant. Ou non, mieux encore, étant donné que Cary ne peut pas se déplacer, les esthéticiennes viendront ici. Un petit soin de beauté nous ferait le plus grand bien, je pense.

— C'est une très gentille façon de me dire que j'ai une sale tête, maman.

Nous étions toutes deux à cran, mais elle le cachait bien mieux que moi. L'ombre de Nathan planait toujours au-dessus de nous telle une menace pouvant anéantir nos vies. Mais nous faisions comme si tout allait bien. Nous avions toujours agi ainsi.

— Je me charge de tout organiser. Ce sera follement amusant, je m'en fais déjà une joie !

Ma mère me décocha le plus éblouissant des sourires alors que j'ouvrais la porte...

... et ce fut mon père qui le reçut de plein fouet.

Il se tenait sur le seuil, le trousseau de clefs de Cary à la main. J'avais ouvert le battant à l'instant où il s'apprêtait à insérer la clef dans la serrure. Il portait un short de course et des baskets, et son tee-shirt était négligemment jeté sur l'épaule. Le souffle encore un peu court, son torse bronzé luisant de sueur, Victor Reyes était vraiment l'archétype du beau mec viril.

Et il contemplait ma mère d'un regard parfaitement indécent.

Je détachai les yeux de mon séduisant papa pour les poser sur ma divine maman et découvris, choquée, que le regard dont elle le parcourait était tout aussi indécent.

Pourquoi fallait-il que je découvre que mes parents étaient amoureux l'un de l'autre précisément ce jour-là ?

Je me doutais certes que mon père avait eu le cœur brisé à cause d'elle, mais j'aurais cru qu'elle serait gênée de le croiser, gênée d'être confrontée à ce qu'elle devait considérer comme une énorme erreur de jeunesse.

— Monica, dit mon père d'une voix sourde, teintée d'une pointe d'accent hispanique que je ne lui avais jamais entendue.

— Victor, souffla ma mère, qu'est-ce que tu fais là ?

Mon père haussa les sourcils.

— Je rends visite à notre fille.

— Maman était sur le point de partir, intervins-je, tiraillée entre la surprise de voir mes parents ensemble et ma loyauté vis-à-vis de Stanton. Je t'appelle plus tard, maman.

Mon père ne bougea pas. Son regard caressa la silhouette de ma mère de la tête aux pieds, puis remonta lentement. Alors seulement il prit une profonde inspiration et s'écarta.

Ma mère sortit sur le palier et se tourna vers les ascenseurs, puis au dernier moment elle pivota, posa la main sur le torse de mon père – au niveau du cœur –, et se haussa sur la pointe des pieds pour l'embrasser sur les joues.

— Au revoir, chuchota-t-elle.

Elle se dirigea vers les ascenseurs, chancelant légèrement sur ses hauts talons, et enfonça le bouton d'appel. Mon père garda les yeux rivés sur elle jusqu'à ce que les portes de la cabine se referment.

Il poussa alors un long soupir et pénétra dans l'appartement. Je refermai la porte derrière lui.

— Comment se fait-il que je n'aie jamais su que vous étiez fous amoureux ?

Le regard qu'il me jeta reflétait une telle souffrance que je regrettai d'avoir été aussi abrupte.

— Parce que cela ne signifie rien, répondit-il d'une voix rauque.

— Je n'en crois pas un mot. L'amour est plus important que tout.

— Mais il n'est pas plus fort que tout, contrairement à ce qu'on prétend, répliqua-t-il avec un ricanement. Tu imagines une seconde ta mère mariée avec un flic ?

Je grimaçai.

— Voilà, conclut-il, flegmatique, en s'épongeant le front avec son tee-shirt. Parfois, l'amour ne suffit pas. Et si ça ne suffit pas, à quoi ça sert ?

L'amertume contenue dans ses propos ne m'était malheureusement pas étrangère. Je passai devant lui pour aller dans la cuisine. Il m'emboîta le pas.

— Tu es amoureuse de Gideon Cross ?

— Ce n'est pas évident ?

— Et il est amoureux de toi ?

— Je l'ignore, avouai-je en remplissant deux tasses de café. Je sais qu'il me désire et qu'il a parfois besoin de moi. Et je pense qu'il serait prêt à tout pour moi si je le lui demandais parce qu'il m'a dans la peau.

Mais il ne pouvait se résoudre à me dire qu'il m'aimait. Il refusait de me parler de son passé et, apparemment, ne pouvait vivre avec ce qu'il avait vu de *mon* passé.

— Tu as la tête bien faite, ma petite fille.

Je sortis le café du frigo pour en refaire du frais.

— Ça me semble plus que discutable, répliquai-je.

— Tu es honnête avec toi-même. C'est essentiel.

Il m'adressa un petit sourire crispé quand je lui jetai un coup d'œil par-dessus mon épaule.

— Je me suis servi de ta tablette pour consulter mes mails, reprit-il. Elle était sur la table basse. J'espère que ça ne te dérange pas.

— Pas du tout, tu as bien fait, lui assurai-je.

— J'en ai profité pour me renseigner sur Cross pendant que j'y étais.

Mon cœur se serra.

— Tu ne l'aimes pas.

— Je réserve mon jugement, répondit-il en se dirigeant vers le living.

Il revint avec ma tablette, et pendant que j'étais occupée à moudre le café, la sortit de son étui et se mit à tapoter sur l'écran.

— J'ai eu du mal à le faire parler, hier soir. Je cherchais juste quelques informations supplémentaires. Je suis tombé sur des photos de vous deux qui m'ont semblé prometteuses, dit-il sans détacher les yeux de l'écran. Et puis je suis aussi tombé sur autre chose. Tu peux m'expliquer ce que cela signifie ? demanda-t-il en faisant pivoter la tablette vers moi. C'est une autre de ses sœurs ?

Abandonnant le moulin à café, je me rapprochai de mon père. Un article de *Page 6* – un blog de ragots people – était affiché à l'écran. Il était illustré par une photo de Corinne et de Gideon prise à une sorte de cocktail. Il avait le bras autour de sa taille et la tenait si serrée que ses lèvres lui touchaient presque la tempe. Elle avait un verre à la main et riait aux éclats.

Je soulevai la tablette pour lire la légende.

Gideon Cross, P-DG de Cross Industries, et Corinne Giroux à la fête de lancement de la vodka Kingsman.

Mes doigts tremblaient quand je fis remonter la page pour lire l'article. Hébétée, je découvris que ledit lancement avait eu lieu le jeudi de 18 à 21 heures dans un établissement appartenant à Gideon que je ne connaissais que trop bien. Il m'avait baisée dans cet hôtel, comme il y avait baisé quantité d'autres femmes.

Gideon n'était pas venue chez Petersen pour emmener Corinne dans sa garçonnière.

C'était *ça* qu'il n'avait pas voulu que je l'entende raconter aux inspecteurs. Son alibi, c'était la soirée, voire la nuit, qu'il avait passée avec une autre.

Je reposai la tablette d'un geste inutilement précautionneux et murmurai, le souffle court :

— Ce n'est pas sa sœur.

— Je m'en doutais.

— Papa, ça ne t'ennuie pas de finir de préparer le café ? J'ai un coup de fil à passer.

— Pas du tout. Je prendrai ma douche après.

Il posa sa grande main sur la mienne et ajouta :

— Si on sortait ensuite faire un tour, histoire de penser à autre chose ? Ça te dirait ?

— Ça me dirait tout à fait.

J'attrapai le téléphone du living au passage et allai m'enfermer dans ma chambre. J'appuyai sur la touche mémoire du numéro de portable de Gideon et attendis qu'il décroche. Ce qu'il fit au bout de trois sonneries.

— Cross, dit-il, alors même que mon nom avait dû s'afficher sur son écran. Je ne peux vraiment pas parler maintenant.

— Eh bien contente-toi d'écouter. Je vais me chronométrer, ça ne prendra pas plus d'une minute. Une seule putain de minute de ton temps, tu peux me donner ça ?

— Je ne...

— Est-ce que Nathan est venu te montrer des photos de moi ?

— Ce n'est pas le pr...

— Est-ce qu'il est venu ? criai-je.

— Oui.

— Est-ce que tu les as regardées ?

Il y eut un long silence, puis :

— Oui.

J'exhalai lentement.

— D'accord. Je t'en veux de m'avoir laissée t'attendre chez Petersen alors que tu savais très bien que tu ne viendrais pas parce que tu avais rendez-vous avec une autre. C'est bas, c'est vil, Gideon. Et le pire de tout, c'est que c'était pour le lancement de la vodka Kingsman, un événement qui aurait dû avoir quelque valeur sentimentale à tes yeux, vu que c'est ainsi que tout a com...

Il y eut le craquement caractéristique d'un siège qu'on repousse brutalement, et je débitai à toute allure de crainte qu'il ne raccroche avant que j'aie terminé :

— Tu n'es qu'un lâche. Tu n'as même pas osé venir me dire en face que c'était fini alors que tu t'envoyais déjà en l'air avec une autre.

— Eva, nom de Dieu...

— Mais je tiens à ce que tu saches que même si tu n'es qu'un lâche, même si tu m'as brisé le cœur et même si je n'ai plus aucun respect pour toi, je ne t'en veux pas d'avoir réagi comme tu l'as fait après avoir vu ces photos de moi. Je comprends.

— Arrête.

Sa voix était à peine plus qu'un murmure et je me demandai si Corinne était près de lui.

— Je ne veux pas que tu te fasses des reproches, d'accord ? Après ce qu'on a subi toi et moi – non pas que je sache ce que tu as subi de ton côté, puisque tu n'as jamais voulu me le dire –, tu ne dois pas te faire de reproches, répétai-je d'une voix larmoyante qui me fit horreur. Je voulais juste que tu le saches.

— Mon Dieu, souffla-t-il, arrête, Eva.

— J'ai fini. J'espère que tu trouveras...

Ma main se crispa sur mes genoux.

— Peu importe, repris-je. Au revoir.

Je raccrochai et laissai tomber le téléphone sur mon lit. Me déshabillai en me dirigeant vers la salle de bains et déposai la bague que Gideon m'avait offerte près du lavabo. Réglai la température de l'eau au maximum et me faufilai sous la douche.

Rien. Il ne me restait plus rien.

17

Mon père et moi passâmes le samedi à nous balader dans New York. Je lui fis goûter l'incontournable cheesecake de Junior's, découvrir les hot-dogs de Gray's Papaya, et nous rapportâmes à la maison pour la partager avec Cary une pizza de John's. Nous montâmes au sommet de l'Empire State Building, et mon père m'assura que la vue qu'on avait sur la Statue de la Liberté suffisait amplement à satisfaire sa curiosité. Après avoir assisté à un spectacle en matinée à Broadway, nous rejoignîmes Times Square, bondé, étouffant et pollué, mais cela nous permit de voir quelques artistes de rue intéressants – et plus ou moins dénudés. Je pris des photos avec mon portable et les envoyai à Cary, histoire de lui faire partager nos fous rires à distance.

Mon père fut impressionné par le bouillonnement de la vie new-yorkaise et savoura autant que moi la vue des officiers de police qui circulaient à cheval au milieu de la foule. Nous nous offrîmes une promenade en calèche dans Central Park et affrontâmes ensemble le métro. Je lui montrai le Rockfeller Center, Macy's et le Crossfire Building, et il reconnut volontiers que celui-ci occupait plus qu'honorablement sa place parmi les gratte-ciel imposants qui l'entouraient. Mais ce que j'appréciai par-dessus tout, ce fut de passer du temps ensemble, de se promener, de bavarder, de se retrouver.

Il me raconta enfin comment il avait rencontré ma mère. Elle avait crevé un pneu de son élégante petite voiture de sport, ce qui l'avait conduite au garage dans lequel il travaillait. Leur histoire me rappelait un vieux tube de Billy Joel, *Uptown Girl*, et je le lui dis. Il se mit à rire avant de m'avouer que c'était l'une de ses chansons préférées. Puis il me confia qu'il lui suffisait de fermer les yeux pour revoir ma mère descendre gracieusement de son luxueux engin et bouleverser sa vie pour toujours. Jamais encore il n'avait vu de femme aussi belle, à l'époque, et depuis... excepté moi.

— Tu lui en veux, papa ? risquai-je.

— Je lui en ai longtemps voulu, reconnut-il en m'entourant les épaules du bras. Et je ne lui pardonnerai jamais de ne pas m'avoir laissé te donner mon nom quand tu es née. Mais je ne lui en veux plus d'avoir choisi l'argent. Je n'aurais jamais réussi à la rendre heureuse sur le long terme, et elle se connaissait suffisamment pour le savoir.

J'acquiesçai silencieusement, désolée pour nous trois.

— Et puis, soupira-t-il en posant la joue sur le sommet de mon crâne, même si je regrette que ce ne soit pas moi mais ses maris successifs qui t'aient offert toutes ces choses luxueuses, je suis heureux que tu en aies profité. Je ne suis pas orgueilleux au point de ne pas reconnaître que les choix qu'elle a faits t'ont permis d'avoir une belle vie. Je ne suis pas mécontent de la mienne non plus. Je mène une existence qui me satisfait et j'ai une fille dont je suis sacrément fier. Je me considère comme un homme riche parce que ce que je possède me suffit amplement.

Je m'immobilisai pour l'enlacer.

— Je t'aime, papa, soufflai-je. Je suis tellement contente que tu sois là.

Il m'enveloppa de ses bras, et je me dis que je finirais peut-être par être heureuse un jour. Mon père et ma mère avaient une vie qui les comblait bien qu'ils aient renoncé à l'être aimé.

Alors pourquoi pas moi ?

Hélas, après le départ de mon père, je sombrai dans la dépression ! Les jours se succédaient avec une lenteur insupportable. Chaque matin, je réussissais à me persuader que je n'attendais pas de nouvelles de Gideon, et chaque soir je m'endormais en pleurant parce qu'il ne m'avait pas appelée.

On s'inquiétait autour de moi. Mark et Steven redoublèrent de sollicitude au cours de notre déjeuner du mercredi. Nous étions allés au restaurant mexicain où travaillait Shawna et ils se mirent en quatre pour me faire rire. Ce que je fis, parce que je les aimais et que je ne supportais pas qu'ils se fassent tant de souci, mais il y avait en moi un gouffre que rien ne parvenait à combler, et une sourde angoisse à propos de l'enquête sur la mort de Nathan.

Ma mère m'appelait tous les jours pour savoir si la police avait repris contact avec moi – ils ne l'avaient pas fait – et m'informer s'ils avaient ou non appelé Stanton ce jour-là.

Je redoutais que mon beau-père ne soit suspecté et m'efforçais de me rassurer en me répétant qu'il n'avait rien à craindre puisqu'il était innocent. Il n'empêche que je me demandais s'ils ne finiraient pas par trouver quelque chose. Il s'agissait forcément d'un homicide puisqu'ils enquêtaient. Nathan n'habitant pas New York, qui connaissait-il en ville qui désirât sa mort ?

Dans un coin de ma tête, je continuais à soupçonner Gideon d'être derrière ce meurtre, et j'avais d'autant plus de mal à tourner la page sur notre histoire que la petite fille que j'avais été avait maintes fois souhaité la mort de Nathan. Souhaité le faire souffrir autant qu'il m'avait fait souffrir. En même temps que la perte de ma virginité, je devais à Nathan la perte de mon innocence et du respect de moi-même. Je lui devais aussi une éprouvante fausse couche alors que je n'étais encore moi-même qu'une enfant.

Je me forçais à aller aux cours de krav maga, à regarder la télé, à sourire et à rire aux moments opportuns – essentiellement en présence de Cary – et à me lever chaque matin pour affronter une nouvelle journée. J'essayais de ne pas penser au fait que j'étais morte à l'intérieur. Seule la souffrance demeurait vivace. Je maigrissais et dormais beaucoup sans parvenir à trouver le repos.

Le jeudi, sixième jour après Gideon (deuxième époque), je laissai un message à la secrétaire du Dr Petersen pour l'avertir que Gideon et moi abandonnions notre thérapie de couple. Le soir, je demandai à Clancy de faire un crochet par l'immeuble de Gideon afin que je dépose à la réception une enveloppe contenant la bague qu'il m'avait offerte ainsi que sa clef. Je n'y ajoutai aucun message, lui ayant déjà dit l'essentiel.

Le vendredi matin, un autre chef de projet s'étant vu gratifier d'un assistant, Mark me demanda de le mettre au courant du fonctionnement de l'agence. L'assistant s'appelait Will et je le trouvai d'emblée sympathique. Il avait des cheveux courts et bouclés, et des lunettes rectangulaires qui mettaient son visage en valeur. Il préférait le soda au café et fréquentait une fille qu'il avait connue au lycée.

— J'ai l'impression que tu te plais bien ici, dit-il une fois que je lui eus fait faire le tour de la boîte.

— J'adore l'ambiance, répondis-je en souriant.

— Ça me rassure, fit-il en me souriant à son tour. Tu n'avais pas l'air vraiment enthousiaste au début, même quand tu disais des trucs positifs.

— Je tente de me remettre d'une rupture douloureuse, avouai-je en haussant les épaules d'un air faussement dégagé. L'enthousiasme, ce n'est pas trop ça, en ce moment.

— Je suis désolé pour toi, murmura-t-il avec un regard compatissant.

— Oui. Moi aussi.

Le samedi, Cary allait déjà beaucoup mieux. Ses côtes étaient toujours bandées et il garderait son plâtre encore un moment, mais il arrivait à marcher seul et n'avait plus besoin d'infirmière.

Ma mère convoqua toute une équipe d'esthéticiennes – six jeunes femmes en blouses blanches qui s'approprièrent notre living. Cary était aux anges. Ma mère avait l'air fatigué, ce qui ne lui ressemblait pas du tout. Je me doutais qu'elle s'inquiétait pour Stanton. Et je ne pus m'empêcher de me demander si mon père n'occupait pas aussi une partie de ses pensées. Après tout, elle venait de le revoir pour la première fois depuis presque vingt-cinq ans. Si mon père n'avait pas réussi à me dissimuler les sentiments qu'elle lui inspirait encore, j'osais à peine imaginer ce qu'elle-même avait éprouvé.

Elle avait eu la gentillesse de m'apporter une boîte de truffes au chocolat Knipschildt que je goûtai aussitôt. C'était l'une des rares gourmandises auxquelles elle ne me reprochait jamais de céder. Elle comprenait même qu'une femme ait parfois besoin de chocolat.

— Tu choisis quel soin ? s'enquit Cary.

Je réfléchis à la question tout en léchant le chocolat sur mes doigts. La dernière fois que nous avions passé la journée au spa, j'avais choisi le soin séduction, car je venais d'accepter d'avoir une liaison avec Gideon.

Ma situation était à présent radicalement différente.

J'étais libre désormais.

Libérée à tout jamais de la peur insidieuse liée à l'existence de Nathan.

Libre d'aller et venir à ma guise, avec qui je voulais.

Libre d'être celle que je souhaitais être.

Qui était cette Eva Tramell qui vivait à Manhattan et avait décroché le job de ses rêves dans une agence de pub ? Je ne le savais pas encore. À peine débarquée de San Diego, je m'étais retrouvée dans l'orbite d'un homme énigmatique et incroyablement puissant.

Cette Eva Tramell-là en était au huitième jour après Gideon Cross (deuxième époque). Recroquevillée dans un coin, elle pansait ses blessures, et il y avait de fortes chances pour que cela dure parce que je n'imaginais pas tomber de nouveau amoureuse un jour. Pas comme je l'avais été de Gideon. Pour le meilleur et pour le pire, il était mon âme sœur. L'autre moitié de moi-même. Mon reflet.

— Eva ? insista Cary en me scrutant.

— Tout, décrétai-je. Je veux tout ! À commencer par une nouvelle coupe de cheveux – quelque chose de court, à la fois chic et audacieux. Manucure et pédicure – vernis rouge vif. Voilà. Je veux devenir une nouvelle Eva.

Cary haussa les sourcils.

— Le vernis, d'accord, dit-il. Mais les cheveux... j'ai un doute. Il vaut mieux éviter de prendre des décisions radicales quand on ne s'est pas encore remis d'une histoire. Après, ça revient te hanter chaque fois que tu te regardes dans la glace.

Je redressai le menton.

— Nouvelle coupe, Cary Taylor, c'est décidé. Soit tu me soutiens, soit tu regardes et tu la boucles.

— Eva ! s'exclama ma mère. Tu vas être superbe ! Je sais exactement quelle coupe t'ira. Tu vas adorer !

— C'est bon, baby girl, jette-toi à l'eau, sourit Cary. Voyons à quoi ressemble la nouvelle Eva.

La nouvelle Eva se révéla être une petite bombe sexuelle. Mes cheveux autrefois longs et lisses m'arrivaient désormais aux épaules, un astucieux dégradé encadrait mon visage tandis que des mèches platine en rehaussaient la blondeur naturelle. J'avais aussi demandé un maquillage pour voir quel genre de look associer à ma nouvelle coupe et découvert qu'une ombre à paupières gris fumé associée à un gloss rose pâle était l'idéal.

Au lieu d'un vernis rouge vif, j'avais finalement opté pour un brun chocolat, et le résultat me plaisait. Pour le moment. J'étais prête à admettre qu'il ne s'agissait peut-être que d'une étape.

— Je retire ce que j'ai dit, déclara Cary après avoir émis un long sifflement admiratif. Question rupture, tu gères !

— Tu vois ? s'exclama ma mère avec un grand sourire. Je te l'avais dit ! À présent, tu as tout de la citadine sophistiquée !

— C'est comme ça que ça s'appelle ? demandai-je en étudiant mon reflet dans la glace, bluffée par ma métamorphose.

Je paraissais un peu plus âgée. Plus raffinée, cela ne faisait aucun doute. Et indubitablement plus sexy. Découvrir en face de moi une autre fille que la pauvre Eva aux yeux cernés que je voyais chaque jour depuis bientôt deux semaines me remonta le moral. D'une certaine façon, mes joues creuses et mon regard triste convenaient à ce style plus audacieux.

Ma mère insista pour que nous allions dîner dehors, maintenant que nous étions tous superbes. Elle appela Stanton pour le prévenir qu'il devait se préparer à sortir, et je compris aux réponses qu'elle lui fit que son enthousiasme le ravissait. Elle le chargea de choisir le restaurant et de faire la réservation, puis paracheva ma transformation en sélectionnant une petite robe noire dans mon dressing. Tandis que je l'enfilai, elle sortit une de mes robes de cocktail ivoire et la tint devant elle.

— Essaie-la, lui suggérai-je, tout à la fois amusée et éberluée que ma mère puisse encore porter mes vêtements alors que j'avais vingt ans de moins qu'elle.

Une fois prêtes, nous allâmes retrouver Cary dans sa chambre pour l'aider à se préparer.

Depuis le seuil, je regardai ma mère le houspiller de cette façon qui n'appartenait qu'à elle, faisant tout à la fois les questions et les réponses. Debout au milieu de la pièce, Cary la regardait s'agiter autour de lui, un doux sourire flottant sur ses lèvres, visiblement ravi.

Les mains de ma mère lissèrent sa chemise sur ses épaules, puis nouèrent habilement sa cravate. Reculant d'un pas, elle jaugea le résultat. La manche de son bras plâtré était déboutonnée et remontée, et son visage présentait encore des traces d'hématomes, mais même ainsi, Cary Taylor n'avait rien perdu de son élégance naturelle.

Le sourire de ma mère illumina la pièce.

— Éblouissant, Cary ! Tout simplement éblouissant !

Elle revint vers lui et lui planta un baiser sur la joue.

— Presque aussi beau dehors que dedans.

Il cilla, puis tourna vers moi son regard vert où se lisait la plus parfaite perplexité.

— Eh oui, certains d'entre nous te voient tel que tu es, Cary Taylor, lançai-je. Ton physique séduisant ne nous a pas trompées, maman et moi. On sait quel cœur se cache derrière la façade.

— Allez, en route ! déclara ma mère en nous attrapant chacun par la main pour nous entraîner à sa suite.

Le temps que nous arrivions au rez-de-chaussée, la limousine de Stanton nous attendait. Ce dernier en sortit, enlaça ma mère et lui effleura la tempe d'un baiser, sachant qu'elle ne lui aurait pas pardonné d'étaler son rouge à lèvres.

— Eva ! s'exclama-t-il en m'étreignant. Tu es ravissante.

Il serra la main de Cary et lui donna une petite tape sur l'épaule.

— Ça me fait plaisir de vous revoir d'aplomb, jeune homme. Vous nous avez fait une belle frayeur.

— Merci, murmura Cary. Pour tout.

— Ne remerciez pas, répondit mon beau-père. Jamais.

Ma mère laissa échapper un soupir. Elle contemplait Stanton, les yeux brillants d'émotion. Surprenant mon regard, elle m'adressa un sourire serein.

Stanton nous emmena dans un club privé avec un grand orchestre et un couple de chanteurs remarquable. Ils se produisaient à tour de rôle et offraient l'accompagnement idéal pour un dîner aux chandelles servi dans un cadre tout droit sorti d'une photo en noir et blanc de la haute société new-yorkaise de l'entre-deux-guerres.

Je ne pus m'empêcher d'être charmée.

Avant le dessert, Cary m'invita à danser. C'était un excellent danseur, mais vu son état, nous nous contentâmes d'osciller sur place, savourant le plaisir de clôturer une belle journée par un dîner avec nos proches.

— Regarde-les, me dit Cary en tournant les yeux vers Stanton, qui conduisait avec aisance ma mère autour de la piste de danse. Il est fou d'elle.

— Oui. Et elle lui fait du bien. Ils s'apportent mutuellement ce dont ils ont besoin.

Il baissa les yeux sur moi.

— Tu penses à ton père ?

— Un peu.

Les mains que j'avais nouées sur sa nuque frôlaient ses cheveux, et je me rappelai les mèches plus longues et plus sombres d'un autre.

— Je ne me suis jamais considérée comme quelqu'un de romantique, enchaînai-je. Bon, j'aime bien les grandes histoires d'amour et cette ivresse qui accompagne un coup de foudre. Mais le fantasme du prince charmant et du mariage avec l'amour de sa vie, ça ne m'a jamais branchée.

— On est trop blasés, toi et moi, baby girl. On veut juste une vie sexuelle épanouie avec quelqu'un qui connaît nos fêlures et les accepte.

Avec un sourire narquois, je repris :

— Quelque part en cours de route, je me suis imaginé que Gideon et moi, on pouvait tout avoir. Qu'être amoureux nous suffisait. Sans doute parce que je n'avais jamais cru possible de tomber un jour amoureuse à ce point-là. Et parce que j'étais malgré tout victime du mythe selon lequel quand ça arrive, on est censés être heureux jusqu'à la fin de ses jours.

Cary déposa un baiser sur mon front.

— Je suis désolé, Eva. Je sais que tu souffres. J'aimerais tellement pouvoir t'aider.

— Je ne sais pas pourquoi il ne m'est jamais venu à l'idée de chercher un homme avec qui je pourrais être heureuse, tout simplement.

— Dommage qu'on ne veuille pas coucher ensemble. On serait parfaits l'un pour l'autre.

Je m'esclaffai et appuyai la joue contre son torse.

À la fin du morceau, alors que nous nous dirigions vers notre table, je sentis une main se refermer sur mon poignet. Je tournai la tête... et me retrouvai nez à nez avec Christopher Vidal junior, le demi-frère de Gideon.

— J'aimerais vous inviter pour la prochaine danse, déclara-t-il, sa bouche s'incurvant sur un sourire gamin.

Rien dans son apparence ne trahissait l'être malveillant que la vidéo de Cary avait capturé à son insu à la garden-party des Vidal.

Cary se rapprocha de moi, l'air interrogateur.

Spontanément, je faillis décliner l'offre de Christopher, puis je balayai la salle du regard et demandai :

— Vous êtes venu seul ?

— Quelle importance ? répliqua-t-il en m'attirant dans ses bras. C'est avec vous que j'ai envie de danser. Je vous l'enlève, dit-il à Cary avant de m'entraîner sur la piste.

Notre première rencontre s'était passée de la même façon. Il m'avait invitée à danser le soir de mon premier rendez-vous avec Gideon, et à partir de là, les choses avaient commencé à se gâter.

— Vous êtes superbe, Eva. Cette coiffure vous va à ravir.

— Merci, répondis-je avec un petit sourire crispé.

— Détendez-vous, dit-il. Vous êtes toute raide. Je ne mords pas, vous savez.

— Désolé, mais j'aimerais être certaine de ne pas froisser la personne qui vous accompagne en dansant avec vous.

— Je suis ici avec mes parents et l'agent d'un chanteur qui aimerait signer avec Vidal Records.

— Ah !

Mon sourire s'élargit. C'était précisément ce que j'espérais entendre.

Tandis que nous dansions, je continuai néanmoins de balayer la salle du regard, et quand la chanson s'acheva et qu'Elizabeth Vidal se leva, cherchant mon regard, j'y vis un signe. Tandis qu'elle s'éloignait, je m'excusai auprès de Christopher qui protesta.

— Je dois aller me repoudrer, prétextai-je.

— D'accord. Mais j'insiste pour vous offrir un verre à votre retour.

Je suivis Elizabeth Vidal tout en me demandant si je ne ferais pas mieux de dire tout de go à Christopher ce que je pensais de lui. Mais je ne savais pas si Magdalene lui avait parlé de la vidéo prise par Cary, et si elle ne l'avait pas fait, je supposai qu'elle avait une bonne raison.

J'attendis Elizabeth près de la porte des toilettes. Dès qu'elle en sortit, elle me repéra dans le couloir et me sourit. C'était une belle femme brune, et ses yeux étaient du même bleu saisissant que ceux de Gideon et d'Ireland. Le simple fait de croiser son regard me serra le cœur. Gideon me manquait tellement. Je devais lutter à chaque heure de chaque jour pour résister à l'envie de l'appeler.

— Eva, fit-elle.

Elle s'approcha de moi et fit claquer des baisers dans le vide de part et d'autre de mes joues.

— C'est Christopher qui m'a dit qu'il s'agissait de vous parce que, je l'avoue, je ne vous aurais pas reconnue. Cette coiffure vous change énormément. Elle vous va très bien, je trouve.

— Merci. J'aimerais vous parler. En privé.

— Quelque chose ne va pas ? fit-elle en fronçant les sourcils. Cela concerne Gideon ?

— Si vous voulez bien, suggérai-je en lui indiquant l'extrémité du couloir en direction de la sortie de secours.

— De quoi s'agit-il ?

Une fois à bonne distance des toilettes, je lui fis face.

— Vous vous souvenez que lorsque Gideon était enfant, il vous avait dit qu'il avait été victime d'abus sexuels ? lâchai-je sans préambule.

Elle pâlit.

— Il vous a parlé de cela ?

— Non. Mais j'ai été témoin de ses cauchemars. De ces affreux cauchemars où il implore pitié, rétorquai-je d'une voix vibrante de colère. Vous auriez dû le protéger et le soutenir !

Elle releva le menton.

— Vous ne savez pas d...

— On ne peut pas vous reprocher ce qui s'est passé tant que vous n'en avez rien su, l'interrompis-je.

Je rapprochai mon visage du sien et frémis de satisfaction quand elle recula.

— En revanche, tout ce qui s'est passé une fois qu'il s'est ouvert à vous est entièrement votre faute !

— Comment osez-vous venir me trouver pour me lancer de telles horreurs à la figure alors que vous ne savez rien de rien ? cracha-t-elle.

— J'ose parce que votre fils a été gravement traumatisé par ce qui lui est arrivé, et que votre refus de le croire a rendu les choses mille fois pires !

— Comment pouvez-vous imaginer que j'aurais toléré le viol de mon propre enfant ? siffla-t-elle, rouge de colère, les yeux lançant des éclairs. J'ai fait examiner Gideon par deux pédiatres afin de déceler des traumatismes. J'ai fait tout ce que j'étais censée faire.

— Tout sauf le croire ! C'est là que vous avez manqué à votre devoir de mère.

— Je suis aussi la mère de Christopher, et il était présent. Il jure qu'il ne s'est rien passé. Qui étais-je supposée croire alors qu'il n'y avait aucune preuve ? Personne n'a rien trouvé pour étayer les accusations de Gideon.

— Il n'aurait pas dû avoir besoin de fournir de preuves ! C'était un enfant !

Je dus serrer les poings pour résister à l'envie de la frapper. Pas seulement à cause de ce que Gideon avait perdu, mais à cause de ce que nous avions perdu tous les deux.

— Votre rôle consistait à prendre son parti de manière inconditionnelle.

— Gideon était un enfant perturbé. Il était suivi par un thérapeute depuis la mort de son père et cherchait désespérément à attirer l'attention. Vous ne l'avez pas connu à cette époque.

— Je le connais maintenant. Il est brisé, il souffre et il pense qu'il n'est pas digne d'être aimé. Et c'est en partie à cause de vous qu'il est ainsi !

— Allez en enfer, dit-elle avant de s'éloigner à grands pas.

— J'y suis déjà, criai-je dans son dos. Et votre fils aussi !

Je passai le dimanche dans la peau de l'ancienne Eva.

Trey s'était arrangé pour ne pas travailler et il emmena Cary prendre un brunch suivi d'un film. Les voir de nouveau ensemble et désireux d'aller de l'avant me faisait immensément plaisir. Depuis son agression, Cary n'avait invité aucune des personnes qui l'appelaient sur son portable, et je me demandais s'il n'était pas en train de balayer devant sa porte. Je soupçonnais la majorité d'entre eux de n'être que des fêtards dépourvus de consistance.

Livrée à moi-même dans notre immense appartement désert, je fis une énorme grasse matinée, mangeai des tas de trucs qui font grossir et traînai toute la journée en pyjama. Je m'enfermai dans ma chambre pour pleurer sur Gideon, les yeux rivés sur le pêle-mêle de photos que j'avais rapporté du bureau. Sa bague à mon doigt me manquait. Sa voix me manquait. Ainsi que ses lèvres et ses mains sur moi. Et sa façon tendrement possessive de prendre soin de moi.

Le lundi matin, je quittai l'appartement dans la peau de la nouvelle Eva. Ombre à paupières gris fumée, gloss rose pâle, brushing irréprochable, je pouvais feindre d'être une autre – une fille qui n'avait pas le cœur brisé, n'était pas paumée ni en colère.

En sortant de l'immeuble, je vis la Bentley, mais Angus ne prit pas la peine d'en sortir, sachant que je n'accepterais pas qu'il m'emmène. Je ne comprenais pas pourquoi Gideon s'obstinait à lui faire perdre son temps. C'était absurde, à moins que Gideon ne se sente coupable. Je détestais le sentiment de culpabilité et cela m'énervait que tant de gens de mon entourage en souffrent. J'aurais voulu qu'ils cessent de se sentir coupables et qu'ils aillent de l'avant. Comme j'essayais de le faire.

À l'agence, la matinée passa très vite. En plus de mon travail habituel, je devais aider Will, le nouvel assistant. Je lui fus reconnaissante de ne pas hésiter à poser tout un tas de questions car cela m'évitait de compter les jours, les heures, les minutes et les secondes qui me séparaient de la dernière entrevue avec Gideon.

— Tu as l'air en forme, Eva, déclara Mark quand j'entrai dans son bureau. Tu t'en sors ?

— Pas vraiment. Mais je finirai par y arriver.

— Tu sais, dit-il en plantant les coudes sur son bureau, Steven et moi, on a rompu, une fois. Ça faisait à peu près un an et demi qu'on était ensemble. On avait traversé deux pénibles semaines et on avait décidé qu'il valait mieux se séparer. Ç'a été atroce, avoua-t-il avec véhémence. Me lever le matin relevait de l'exploit, et Steven était dans le même état que moi. Je te dis ça pour que tu saches que... si tu as besoin de quoi que ce soit...

— Merci. Pour l'heure, le mieux que tu puisses faire pour moi, c'est me donner des tonnes de boulot, histoire que je n'aie pas le temps de penser à autre chose.

— C'est faisable.

À l'heure du déjeuner, Will et moi proposâmes à Megumi d'aller manger dans une pizzeria. Elle me détailla l'évolution de sa relation avec son rendez-vous arrangé, et Will nous raconta ses aventures dans les rayons d'Ikea car il était en train de meubler le loft qu'il partageait avec sa petite amie. De mon côté, je leur parlai de ma journée « soins de beauté ».

— Il m'emmène dans les Hamptons, ce week-end, annonça Megumi sur le chemin du retour. Ses grands-parents ont une maison là-bas. Cool, non ?

— Plutôt, acquiesçai en m'engageant dans le tourniquet du hall derrière elle. Je t'envie d'avoir trouvé le moyen d'échapper à la canicule.

— Et dire que moi, pendant ce temps, je vais assembler des étagères, grommela Will en entrant dans un des ascenseurs à la suite d'un groupe d'employés. Vivement que ce soit fini !

Les portes, qui commençaient à se fermer, se rouvrirent soudain, et Gideon s'engouffra dans la cabine. Je ressentis avec force ce courant d'énergie qui passait entre nous dès que nous étions en présence l'un de l'autre. J'avais une conscience si aiguë de sa présence que j'en eus la chair de poule et que les poils se dressèrent sur ma nuque.

Megumi me jeta un coup d'œil, et je secouai la tête. Je résistai à la tentation de le regarder, de crainte de commettre un acte aussi désespéré qu'irréfléchi. Il me manquait si cruellement ; cela faisait si longtemps qu'il ne m'avait pas serrée dans ses bras. Autrefois, j'avais le droit de le toucher, de lui prendre la main, de me laisser aller contre lui, de glisser les doigts dans ses cheveux. Savoir que cela ne m'était plus permis me mettait au supplice. Il était si près que je dus me mordre la lèvre pour réprimer un gémissement de désespoir.

J'avais beau continuer de bavarder avec mes collègues, me forcer à me concentrer sur ce qu'ils racontaient, je *sentais* le regard de Gideon peser sur moi.

La cabine poursuivait son ascension ponctuée d'arrêts, le nombre de ses occupants diminuant progressivement. Sachant que Gideon ne montait d'ordinaire jamais dans un ascenseur aussi bondé, je ne pus m'empêcher d'espérer qu'il l'avait fait rien que pour me voir, pour être avec moi, si impersonnelle que soit cette rencontre.

Quand nous atteignîmes le vingtième étage, je pris une longue inspiration pour affronter l'inévitable séparation. Gideon était le seul être au monde en présence de qui je me sentais vraiment vivante.

Les portes s'ouvrirent.

— Attends.

Je fermai les yeux et m'immobilisai. Je savais que j'aurais dû feindre de ne pas l'avoir entendu. Je savais que j'allais souffrir davantage si je lui donnais ne serait-ce qu'une minute de ma vie. Mais comment résister ? Je n'en avais jamais été capable dès qu'il s'agissait de Gideon.

Je m'écartai pour laisser sortir mes collègues. Will fronça les sourcils en constatant que je ne les suivais pas, mais Megumi le tira par le bras. Les portes se refermèrent sans bruit.

Le cœur tambourinant dans la poitrine, je reculai dans un coin de la cabine. Gideon se tenait dans l'angle opposé, dégageant un désir presque palpable auquel mon corps répondit spontanément. Mes seins s'alourdirent, mon sexe devint moite. J'avais terrriblement envie de lui. Besoin. Ma respiration s'accéléra.

Il ne m'avait même pas touchée et j'étais déjà pantelante.

L'ascenseur ralentit et s'arrêta. Gideon sortit une clef de sa poche, l'inséra dans le panneau de commande et bloqua la cabine. Puis il se rapprocha de moi.

Quelques centimètres seulement nous séparaient. Mon pouls s'accéléra, mais je gardai la tête baissée. Son souffle était aussi rapide et bruyant que le mien.

— Tourne-toi, Eva.

Son ton autoritaire – si familier et que j'aimais – m'arracha un frisson. Les yeux fermés, je m'exécutai et laissai échapper un cri étouffé tandis qu'il se plaquait contre mon dos, me pressant contre la paroi de la cabine. Il entrelaça ses doigts aux miens et amena nos mains jointes de part et d'autre de mes épaules.

— Tu es si belle, souffla-t-il en enfouissant le visage dans mes cheveux. Ça me fait mal de te regarder.

— Gideon, qu'est-ce que tu fais ?

Son grand corps solide m'enveloppait, dur, brûlant, vibrant de tension. Je sentais son sexe en érection et ne pouvais m'empêcher de tendre les fesses pour me frotter contre lui. J'avais envie de lui. Envie qu'il me prenne. Qu'il me comble. Qu'il remplisse ce vide en moi.

Il inspira longuement. Ses doigts s'agitaient entre les miens comme s'il avait envie de me toucher ailleurs, mais se l'interdisait.

Je sentis l'anneau que je lui avais offert s'incruster dans ma chair. Je tournai la tête pour le regarder et me raidis.

— Pourquoi ? murmurai-je. Qu'est-ce que tu veux de moi ? Tu veux me baiser, Gideon ? C'est ça ? Décharger en moi ?

Sa respiration se fit sifflante alors que je lui jetai ces paroles crues à la figure.

— Arrête, articula-t-il.

— Tu ne veux pas que j'appelle un chat un chat ? Très bien, dis-je en fermant les yeux. Vas-y, alors. Mais ne porte plus cet anneau et ne fais pas comme si rien n'avait changé.

— Je ne l'enlève jamais. Je ne l'enlèverai jamais. *Jamais*, Eva.

Sa main droite se détacha de la mienne et plongea dans sa poche. Je le regardai glisser à mon doigt la bague qu'il m'avait offerte. Il l'embrassa, puis pressa les lèvres sans douceur contre ma tempe.

— Attends, dit-il d'un ton sec.

Puis il disparut. La cabine redescendit. Je serrai le poing et m'écartai de la paroi, le souffle court.

« Attends. »

Attendre quoi ?

18

Quand je sortis de l'ascenseur au vingtième étage, j'avais l'œil sec et j'étais déterminée. Megumi m'ouvrit la porte et se leva.

— Tout va bien ?

Je m'arrêtai devant le comptoir de l'accueil.

— Je n'en sais strictement rien. Ce type est une énigme.

Elle haussa les sourcils.

— Tiens-moi au courant.

— Je ferais mieux d'écrire un roman, marmonnai-je.

Je regagnai mon box en me demandant pourquoi tout le monde se passionnait tellement pour ma vie sentimentale. Une fois assise à mon bureau, j'attrapai mon portable et appelai Cary.

— Salut, dis-je quand il décrocha. Au cas où tu t'ennuierais...

— Au cas ? répéta-t-il en ricanant.

— Tu te souviens de ce dossier que tu m'avais préparé sur Gideon ? Tu pourrais m'en faire un sur le Dr Terrence Lucas ?

— Pas de problème. Je le connais ?

— Non. C'est un pédiatre.

Cary observa un instant de silence, puis :

— Tu es enceinte ?

— Bien sûr que non ! m'exclamai-je. Et si je l'étais, c'est un obstétricien qu'il me faudrait, banane !

— Ah bon ? Tu veux bien m'épeler son nom ?

Je m'exécutai, raccrochai, cherchai le numéro de téléphone du cabinet du Dr Lucas et appelai sa secrétaire pour prendre rendez-vous.

J'appelai ensuite Vidal Records et laissai un message demandant à Christopher de me rappeler.

Dès que Mark revint de sa pause déjeuner, j'allai le trouver dans son bureau.

— J'aurais besoin de prendre une heure pour un rendez-vous chez le médecin, demain matin. Ça ne te dérange pas si j'arrive à 10 heures ? Je resterai jusqu'à 18 heures pour compenser.

— Non, ce n'est pas la peine. Tout va bien ? ajouta-t-il d'un air soucieux.

— De mieux en mieux chaque jour qui passe.

— Parfait, dit-il en souriant. Voilà qui me fait plaisir.

Je me remis au travail, mais mes pensées ne cessaient de dériver vers Gideon. Je regardai sans arrêt ma bague en songeant à ce qu'il avait dit quand il me l'avait offerte. *Les croix, c'est moi qui m'accroche à toi.*

Attends.

L'attendre lui ? Attendre qu'il me revienne ? Pourquoi ? Je ne comprenais pas qu'il puisse me rejeter comme il l'avait fait et s'imaginer que je serais prête à le reprendre. Surtout avec Corinne dans le tableau.

Je passai le reste de l'après-midi à me remémorer ces dernières semaines, à me souvenir de nos conversations, de ce qu'il avait dit ou fait, à chercher des réponses. Quand je sortis du Crossfire à la fin de la journée, la Bentley était garée le long du trottoir. J'adressai un salut de la main à Angus qui me sourit en retour. Après tout, ce n'était pas sa faute si j'avais des problèmes avec son patron.

Il faisait affreusement chaud et moite. Je décidai d'aller acheter une bouteille d'eau minérale à l'épicerie du coin, et une fois dans la boutique, craquai sur un sachet de mini-chocolats que je réservai pour la fin de mon cours de krav maga. Lorsque je sortis de l'épicerie, Angus m'attendait.

Alors que je rebroussai chemin pour rentrer chez moi, j'aperçus Gideon qui quittait le Crossfire... en compagnie de Corinne. Il avait posé la main au creux de ses reins pour la guider vers une élégante Mercedes noire dont je savais qu'elle lui appartenait. Corinne était souriante. L'expression de Gideon était indéchiffrable.

Je me pétrifiai, incapable de détourner les yeux. Je restai là, plantée au beau milieu du trottoir encombré, en proie à un mélange de tristesse et de colère, en plus d'un épouvantable sentiment de trahison.

Gideon leva les yeux, me vit et se figea comme je venais de le faire. Le chauffeur d'origine hispanique qui avait proposé de m'emmener à l'aéroport ouvrit la portière arrière et Corinne disparut à l'intérieur de la voiture. Gideon demeura immobile, le regard rivé sur le mien.

Il ne pouvait manquer de voir le doigt d'honneur que je lui fis alors.

C'est là qu'un souvenir refit brutalement surface dans ma mémoire.

Tournant le dos à Gideon, je m'éloignai du bord du trottoir, sortis mon portable de mon sac et appelai ma mère.

— Le jour où on est allées déjeuner avec Megumi, attaquai-je dès qu'elle décrocha, c'est lui que tu as vu devant le Crossfire, n'est-ce pas ? C'était Nathan ?

— Oui, admit-elle. C'est pour cela que Richard a décidé de lui donner l'argent qu'il exigeait. Nathan lui avait assuré qu'il ne chercherait plus à t'approcher s'il avait de quoi quitter le pays. Pourquoi cette question ?

— Parce que je suis devant le Crossfire et que je viens seulement de comprendre, répondis-je.

Je pivotai de nouveau sur mes talons et me remis en marche d'un pas rapide. La Mercedes avait disparu, mais ma mauvaise humeur allait croissant.

— Il faut que je te laisse, maman. Je te rappellerai plus tard, ajoutai-je.

— Tout va bien ? s'enquit-elle d'un ton anxieux.

— Pas encore, mais j'y travaille.

— Je suis là, si tu as besoin de moi.

— Je sais, soupirai-je. Je tiens le coup. Je t'aime.

En arrivant à la maison, je trouvai Cary assis sur le canapé, son portable sur les genoux, ses pieds nus calés sur la table basse.

— Salut, lança-t-il sans détacher les yeux de l'écran.

Je laissai tomber mon sac par terre et envoyai valser mes chaussures.

— Tu sais quoi ? lui dis-je.

Il leva les yeux.

— Non, quoi ?

— Je pense que Gideon est parti à cause de Nathan. Tout allait très bien et puis, d'un seul coup, tout a changé. Et peu de temps après, la police est venue nous poser des questions au sujet de Nathan. Je pense que c'est lié.

— Possible, admit-il en fronçant les sourcils. Mais pas sûr.

— Nathan était au Crossfire le lundi qui a précédé ton agression. Parce qu'il voulait voir Gideon. J'en suis sûre. Pas moi. Il ne serait jamais venu me voir dans un endroit aussi surveillé.

— D'accord. Et qu'est-ce que ça signifie ?

— Ça signifie que Gideon allait bien après avoir vu Nathan. Il allait bien jusqu'à la fin de la semaine. Il allait plus que bien durant le week-end qu'on a passé ensemble. Et il allait très bien le lundi matin. Et puis soudain, *crac !* il a pété un câble, et le lundi soir, ça n'allait plus.

— Je suis ton raisonnement.

— Que s'est-il passé pendant la journée du lundi ?

— C'est à moi que tu poses cette question ? s'étonna Cary.

— Non. C'est à moi-même que je la pose. À l'univers. À Dieu. À n'importe qui ! Qu'est-ce qui lui est arrivé lundi, bordel ?

— Je croyais qu'on était d'accord pour que tu le lui demandes directement.

— J'ai obtenu deux réponses de lui : *Fais-moi confiance* et *attends*. Il m'a rendu ma bague aujourd'hui, ajoutai-je en tendant la main pour la lui montrer. Et il porte toujours celle que je lui ai offerte. Est-ce que tu réalises à quel point c'est perturbant ? Ce ne sont pas de simples bagues, ce sont des serments. Des symboles d'appartenance et d'engagement. Pourquoi continue-t-il à la porter ? Pourquoi est-ce si important pour lui que je continue à porter la sienne ? Est-ce qu'il s'imagine sérieusement que je vais l'attendre pendant qu'il couche avec Corinne ?

— Tu crois vraiment qu'il couche avec elle ?

Je fermai les yeux et rejetai la tête en arrière.

— Non. Et je n'arrive pas à décider si ça fait de moi une naïve ou une fille qui se fait obstinément des illusions.

— Et ton Dr Lucas, il a un rapport avec cette histoire ?

— Non, dis-je en allant le rejoindre sur le canapé. Tu as trouvé quelque chose ?

— Ce n'est pas évident de trouver quoi que ce soit quand je ne sais pas ce que je suis censé chercher, baby girl.

— C'est juste une intuition, dis-je en posant les yeux sur l'écran de son portable. Qu'est-ce que c'est que ça ?

— La transcription d'une interview que Brett a donnée hier sur une station de radio de Floride.

— Ah oui ? Et pourquoi tu lis ça ?

— Je suis tombé là-dessus en faisant une recherche sur *Golden Girl*, que j'étais en train d'écouter.

— Qu'est-ce qu'il raconte de beau ?

— Le journaliste lui a demandé si Eva existait vraiment et il a répondu que oui, qu'il a récemment repris contact avec elle et qu'il espère qu'elle voudra bien lui accorder une seconde chance.

— Quoi ? Il peut toujours rêver !

— C'est quand même ce qu'il a répondu, déclara Cary avec un grand sourire. Si Cross ne se ressaisit pas très vite, la relève est assurée, baby girl.

— N'importe quoi, soupirai-je en me levant. Bon, j'ai faim. Tu veux quelque chose ?

— Si tu as retrouvé l'appétit, c'est que ça va mieux.

— Ça va mieux, répliquai-je. Ça va plus que mieux, même.

Le lendemain matin, j'attendis la Bentley sous la marquise de mon immeuble. Lorsque Angus se gara le long du trottoir, Paul m'ouvrit la portière.

— Bonjour, Angus, le saluai-je.

— Bonjour, mademoiselle Tramell, répondit-il en me souriant dans le rétroviseur.

— Connaissez-vous l'adresse de Corinne Giroux ?

— Oui, mademoiselle.

— Parfait. Conduisez-moi chez elle.

Corinne occupait un appartement au coin de la rue de Gideon, et je fus certaine qu'il ne s'agissait pas d'une coïncidence.

Je demandai au réceptionniste de l'informer de mon arrivée et dus patienter vingt minutes avant d'être autorisée à monter au dixième étage. Corinne vint m'ouvrir, rouge et décoiffée, vêtue d'un peignoir de soie noire. Avec ses longs cheveux bruns et ses yeux d'aigue-marine, c'était vraiment une beauté. Et pour ajouter à sa féminité, elle se déplaçait avec une grâce incroyable. En prévision de notre entrevue, j'avais veillé à mettre ma robe préférée – une petite robe grise sans manches dans laquelle je me sentais bien – et m'en félicitai.

— Eva, fit-elle d'une voix un peu haletante. Quelle surprise !

— Pardonnez-moi de passer à l'improviste, mais je n'en ai pas pour longtemps. J'ai juste quelque chose à vous demander.

— Oh ? fit-elle, maintenant la porte à demi fermée.

— Je peux entrer ? m'enquis-je d'un ton pincé.

— Euh, fit-elle en jetant un coup d'œil par-dessus son épaule. Je ne pense pas que ce soit judicieux, non.

— Cela ne me dérange pas que vous ayez de la compagnie. Je n'en ai que pour une minute, insistai-je.

— Eva, commença-t-elle avant de s'humecter les lèvres, comment vous dire cela… ?

J'avais les mains tremblantes et l'esprit soudain encombré d'images de Gideon se tenant nu derrière elle. Je me retrouvais dans la peau de l'ex-petite amie qui ne se doute de rien et interrompt une partie de jambes en l'air. Je ne savais que trop bien combien Gideon adorait faire l'amour le matin.

Oui, je le connaissais bien. Assez pour ne pas me laisser démonter par la petite mise en scène de Corinne.

— Arrêtez votre cinéma, Corinne, lui lançai-je.

Elle écarquilla les yeux. Un sourire moqueur aux lèvres, j'enchaînai :

— Gideon m'aime. Il ne couche pas avec vous.

— Il ne couche pas non plus avec vous, riposta-t-elle, se ressaisissant rapidement, vu qu'il me consacre tout son temps libre.

Très bien. Si elle ne voulait pas me laisser entrer, il ne me restait plus qu'à vider mon sac sur le palier.

— Je le connais, Corinne. Je sais qu'il vous a clairement dit qu'il n'y a plus rien de possible entre vous. Il ne vous a pas donné de faux espoirs. Il vous a déjà blessée par le passé et il ne recommencera pas.

— C'est fascinant. Est-ce qu'il sait que vous êtes ici ?

— Non, mais vous le lui direz. Je veux seulement savoir ce que vous faisiez au Crossfire le jour où je vous en ai vue sortir avec la même tête que celle que vous avez maintenant – celle d'une femme qui vient de s'envoyer en l'air.

— À votre avis ? rétorqua-t-elle avec un sourire narquois.

— Vous n'étiez pas avec Gideon, déclarai-je avec assurance – en souhaitant de toutes mes forces ne pas être en train de me couvrir de ridicule. Vous m'avez vue arriver, n'est-ce pas ? Vous étiez dans le hall et vous m'avez aperçue sur le trottoir d'en face. La veille, au Waldorf, Gideon vous avait confié que j'étais jalouse. Ce que j'ignore, c'est si vous veniez de vous envoyer en l'air avec quelqu'un d'autre ou si vous avez étalé vous-même votre rouge à lèvres et ébouriffé vos cheveux avant de sortir.

Je lus la réponse dans son regard. Cela ne dura qu'une fraction de seconde, mais cela me suffit.

— Deux hypothèses aussi absurdes l'une que l'autre, lâcha-t-elle, méprisante.

Je hochai la tête, en proie à un profond soulagement doublé d'une vraie satisfaction.

— Vous ne l'aurez jamais, Corinne. Je sais que ça fait mal, et j'en suis désolée pour vous. Sincèrement.

— Gardez votre pitié pour vous, cracha-t-elle. C'est avec *moi* qu'il passe tout son temps.

— C'est là votre consolation, Corinne. Si vous êtes attentive, vous savez qu'il souffre en ce moment. Soyez son amie, lui conseillai-je en me dirigeant vers l'ascenseur. Bonne journée, ajoutai-je d'une voix suave.

Corinne claqua la porte en guise de réponse.

Je regagnai la Bentley et demandai à Angus de me conduire au cabinet du Dr Lucas. Avant de refermer la portière, il m'avertit :

— Gideon sera très fâché, Eva.

— Je m'en soucierai le moment venu, Angus.

L'immeuble qui abritait le cabinet du Dr Lucas était assez quelconque, mais la salle d'attente lambrissée de bois sombre et ornée de dessins d'enfants était chaleureuse et accueillante.

Je signai le registre que me présenta la secrétaire, mais j'eus à peine le temps de m'asseoir que celle-ci m'appelait déjà. Elle me conduisit au cabinet de Lucas, qui se leva et contourna son bureau pour me serrer la main.

— Eva, vous n'aviez pas besoin de prendre rendez-vous.

Dieu sait comment, je parvins à sourire.

— Je ne savais pas comment vous joindre autrement.

— Asseyez-vous, je vous en prie.

Je m'exécutai. Lui-même demeura debout et prit appui contre son bureau, agrippant le rebord des deux mains. Une posture qui lui permettait de me dominer...

— Que puis-je faire pour vous ? s'enquit-il avec un sourire affable.

— Gideon Cross a bien été un de vos patients, n'est-ce pas ?

Son visage se ferma instantanément et il se raidit.

— Je ne suis pas autorisé à parler de mes patients.

— Vous vous êtes déjà réfugié derrière la déontologie quand nous nous sommes vus à l'hôpital. Sur le moment, je n'ai pas tiqué, mais j'aurais dû, dis-je en tambourinant sur l'accoudoir de mon fauteuil. Vous avez menti à sa mère. Pourquoi ?

— C'est ce qu'il vous a dit ? demanda-t-il en repassant derrière son bureau.

— Non. Je l'ai déduit par moi-même. D'un point de vue théorique, qu'est-ce qui pourrait vous inciter à mentir au sujet des résultats d'un examen ?

— Rien. Je vais devoir vous demander de partir.

— Allons donc, dis-je en m'adossant à mon siège et en croisant les jambes. J'en attends davantage de vous. Vous étiez plus bavard quand il s'agissait de me décrire Gideon comme un monstre acharné à corrompre les femmes du monde entier.

— Il était de mon devoir de vous mettre en garde, répliqua-t-il, le regard dur. Si vous avez envie de bousiller votre vie, je ne peux rien pour vous.

— Je finirai bien par trouver la réponse. J'avais seulement besoin de voir votre visage. Pour savoir si j'avais deviné juste.

— Vous n'avez rien deviné du tout. Cross n'a jamais été mon patient.

— Ne jouez pas sur les mots – sa mère vous a consulté. Au lieu de passer vos journées à fulminer sous prétexte que votre femme est tombée amoureuse de Gideon, vous feriez mieux de penser à ce que vous avez fait à un enfant qui avait besoin d'aide.

Ma colère était telle que ma voix était devenue tranchante. Je ne pouvais penser à ce qui était arrivé à

Gideon sans avoir envie de faire mal à ceux qui avaient contribué à sa souffrance.

Je décroisai les jambes et me levai.

— Ce qui s'est passé entre votre femme et lui était le fait de deux adultes consentants. Ce qui lui est arrivé quand il était petit est un crime auquel vous avez contribué en travestissant la vérité.

— Sortez.

— Avec plaisir.

J'ouvris la porte à la volée et faillis percuter Gideon qui attendait, appuyé contre le mur à côté de la porte. Il m'attrapa par le bras, mais son regard était braqué sur le Dr Lucas, brillant de haine et d'une fureur glaciale.

— Ne l'approchez pas, lui jeta-t-il.

— C'est elle qui est venue me trouver, répliqua Lucas avec un sourire venimeux.

Le sourire que lui renvoya Gideon me fit frémir.

— Si vous la voyez revenir, je vous conseille de fuir dans l'autre direction.

— Amusant. C'est exactement le conseil que je lui ai donné vous concernant.

Je gratifiai le bon docteur d'un doigt d'honneur.

Ricanant, Gideon me prit par la main et m'entraîna dans le couloir.

— Qu'est-ce que c'est que cette manie de faire des doigts d'honneur, Eva ?

— Quoi ? Tout le monde en fait !

— Vous n'avez pas le droit de faire irruption ainsi, glapit la secrétaire quand nous passâmes devant son bureau.

— Vous pouvez annuler l'appel que vous venez de passer à la sécurité, lui lança Gideon. Nous partons.

— C'est Angus qui m'a mouchardée ? demandai-je quand nous atteignîmes le palier.

— Non. Toutes les voitures sont équipées d'un traceur GPS.

— Tu sais que tu es un grand malade ?

Il pressa le bouton de l'ascenseur et me fusilla du regard.

— Ah bon ? Et toi, qu'est-ce que tu es ? Tu pars dans tous les sens ! Ma mère. Corinne. Lucas. Qu'est-ce que tu fous, Eva ?

— Ça ne te regarde pas. On a rompu, tu t'en souviens ?

Sa mâchoire se crispa. Il se tenait là, incarnation du citadin raffiné dans son costume chic, alors qu'intérieurement il bouillonnait d'une énergie fiévreuse et sauvage. Le contraste entre ce que je voyais quand je le regardais et ce que je ressentais aiguillonna mon désir.

Nous pénétrâmes dans l'ascenseur. Un frisson d'excitation me traversa. Il m'avait couru après. Il inséra une clef dans le panneau de commande.

— Existe-t-il une seule chose dont tu ne sois pas propriétaire à New York ? m'exclamai-je.

La seconde d'après, il fondait sur moi. Une main enfouie dans mes cheveux, l'autre plaquée sur mes fesses, il écrasa ma bouche sous la sienne, me caressant de la langue.

Je gémis, lui agrippai la taille et me hissai sur la pointe des pieds pour intensifier notre baiser.

Il me mordit la lèvre au point de me faire mal.

— Tu crois qu'il te suffit de dire que c'est fini pour que tout s'arrête ? Il n'y a pas de fin, Eva.

Il me poussa et je me retrouvai plaquée contre la paroi de la cabine.

— Tu me manques, murmurai-je en lui empoignant les fesses pour le presser contre moi.

— Mon ange, gronda Gideon.

Il m'embrassait à pleine bouche, avec une passion folle teintée de désespoir.

— Qu'est-ce que tu fais, Eva ? souffla-t-il. Tu vas, tu viens, tu renverses tout sur ton passage.

— J'ai plein de temps libre depuis que j'ai plaqué mon imbécile de petit ami, répondis-je dans un murmure.

Je tressaillis tandis que sa main se crispait dans mes cheveux.

— Tu ne peux pas tout arranger d'un simple baiser, Gideon. Pas cette fois.

C'était tellement dur de le repousser ; presque impossible après avoir été si longtemps privée de lui.

Il appuya son front contre le mien.

— Tu dois me faire confiance.

Je posai les mains sur son torse et l'éloignai. Il ne résista pas, se contentant de me dévisager.

— Pas si tu ne me parles pas, ripostai-je.

Je tendis la main, retirai la clef du panneau de commande et la lui remis.

— Tu me fais vivre un enfer, continuai-je pendant que l'ascenseur se remettait en marche. Délibérément. Tu me fais souffrir. Et je n'en vois pas la fin. Je ne sais pas ce que tu fabriques, champion, mais ton numéro à la Dr Jekyll et Mr Hyde ne me plaît pas du tout.

Il glissa la main dans sa poche en un geste à la fois nonchalant et maîtrisé que j'avais appris à reconnaître comme particulièrement dangereux.

— Tu es complètement ingérable, déclara-t-il.

— Quand je suis habillée, oui. Autant que tu t'y fasses.

Les portes coulissèrent et je sortis de l'ascenseur. Sa main se posa au creux de mes reins, m'arrachant un frisson. Depuis le tout début, ce contact anodin éveillait en moi un puissant désir.

— Si je te revois un jour poser la main sur Corinne de cette façon-là, je te brise les doigts.

— Tu sais que je ne veux personne d'autre que toi, murmura-t-il. Ça m'est impossible. Le désir que tu m'inspires me consume entièrement.

La Bentley et la Mercedes étaient garées le long du trottoir. Le ciel s'était obscurci, comme si, à l'instar de Gideon, il broyait du noir. L'atmosphère était chargée d'une attente pesante, signe avant-coureur d'un orage d'été.

Je m'immobilisai sous la marquise de l'immeuble et regardai Gideon.

— Dis à tes chauffeurs de rentrer ensemble. Il faut qu'on parle, toi et moi.

— C'est ce qui était prévu.

Angus porta les doigts à la visière de sa casquette, puis se glissa derrière le volant de la Bentley. L'autre chauffeur vint remettre un trousseau de clefs à Gideon.

— Mademoiselle Tramell, me salua-t-il.

— Eva, je te présente Raúl.

— Nous nous sommes déjà rencontrés, dis-je. Vous avez bien transmis le message dont je vous avais chargé la dernière fois ?

Je sentis les doigts de Gideon se raidir dans mon dos.

— Il me l'a transmis, confirma-t-il.

— Merci, Raúl, dis-je avec un grand sourire.

Ce dernier rejoignit Angus dans la Bentley tandis que Gideon m'escortait jusqu'à la Mercedes et m'ouvrait la portière passager. Un petit frisson d'excitation me parcourut quand il s'installa au volant et régla le siège pour l'adapter à ses longues jambes. Il mit le moteur en marche et s'inséra avec aisance dans le flot de voitures qui encombraient les rues new-yorkaises.

— J'adore te regarder conduire, lui avouai-je, notant au passage que sa main se crispait sur le volant. Ça m'excite.

— J'en étais sûr, dit-il en me jetant un regard oblique. Tu es une fétichiste des moyens de transport.

— Je suis surtout une fétichiste de Gideon, répliquai-je. Ça fait des semaines... ajoutai-je en baissant la voix.

— Et j'en ai détesté chaque seconde. C'est une vraie torture, Eva. Je ne peux pas me concentrer. Je ne peux pas dormir. Je m'énerve à la moindre contrariété. C'est l'enfer, sans toi.

Je ne souhaitais certes pas qu'il souffre, mais je mentirais en affirmant qu'apprendre que je lui manquais autant qu'il me manquait ne me soulagea pas un peu.

— Pourquoi nous fais-tu subir ça ?

— Une occasion s'est présentée et je l'ai saisie, répondit-il d'un ton ferme. Notre séparation est le prix à payer. C'est provisoire. Il faut que tu sois patiente.

Je secouai la tête.

— Non, Gideon. Je ne peux pas. Plus maintenant.

— Tu ne peux pas me quitter. Je t'en empêcherai.

— Tu ne vois pas que c'est déjà fait ? Je vis ma vie et tu n'en fais plus partie.

— Je suis dans ta vie de toutes les façons qui s'offrent à moi en ce moment.

— En me faisant suivre par Angus ? Ce n'est pas ça un couple.

— Eva, soupira-t-il, je te jure que de deux maux mon silence est le moindre. Que je te donne ou non des explications, tu me fuirais, mais t'en donner reviendrait à choisir la voie la plus dangereuse. Tu crois que tu veux savoir, mais si je parlais, tu le regretterais. Il faut que tu me croies quand je te dis qu'il y a des aspects de moi que tu n'as pas envie de connaître.

— J'ai besoin que tu me donnes quelque chose, m'entêtai-je en posant la main sur sa cuisse. Pour l'instant, je n'ai rien. Je suis vide.

Sa main recouvrit la mienne.

— Tu me fais confiance, Eva. En dépit de ce que tu as vu, de tes doutes et de tes craintes, tu as choisi de te fier à ce que tu as deviné tout au fond de toi. C'est énorme. Pour toi et moi. Pour nous.

— Il n'y a pas de nous.

— Ne dis pas cela.

— Tu me demandais une confiance aveugle et tu l'as obtenue, mais je ne peux rien te donner de plus. Tu m'as révélé si peu de toi. Je le supportais tant que tu faisais partie de ma vie. Mais maintenant, je ne...

— Je fais toujours partie de ta vie, protesta-t-il.

— Pas comme je le voudrais. Tu m'as donné ton corps et j'en ai abusé parce que c'est la seule façon que tu as eue de t'ouvrir à moi. Et maintenant, je n'ai même plus ça. Je n'ai que des promesses. Ça ne me suffit pas. Quand tu n'es pas là, la seule chose qui me reste, ce sont tes secrets.

Il regardait droit devant lui, le profil dur.

Je libérai ma main et me tournai vers la fenêtre, lui présentant mon dos.

— Si je te perdais, Eva, déclara-t-il d'une voix rauque, il ne me resterait plus rien. Tout ce que j'ai fait, je l'ai fait pour ne pas te perdre.

— J'ai besoin de plus, insistai-je en pressant le front contre la vitre. Si je ne peux t'avoir, toi, j'ai besoin de ce que tu dissimules à l'intérieur de toi, mais tu refuses de me le donner.

Nous roulâmes un moment en silence. Une grosse goutte de pluie s'écrasa sur le parc-brise, puis une autre.

— Après la mort de mon père, commença-t-il doucement, j'ai eu beaucoup de mal à m'adapter au changement. Je me souviens que les gens l'aimaient beaucoup, qu'il était toujours très entouré. Il faut dire qu'à l'époque, il enrichissait tout le monde. Et puis, du jour au lendemain, les choses ont basculé et tout le monde s'est mis à le haïr. Ma mère, que j'avais toujours connue gaie et enjouée, pleurait à longueur de journée. Mon père et elle se disputaient quasiment tous les jours. C'est ce dont je me souviens le plus – les cris et les hurlements perpétuels.

Je me tournai vers lui, étudiai son profil impavide, mais m'abstins de tout commentaire de crainte qu'il ne se taise.

— Ma mère s'est remariée tout de suite. Nous avons quitté New York. Elle s'est retrouvée enceinte. Je redoutais sans cesse de tomber sur quelqu'un qui avait été abusé par mon père et me faisais sans arrêt insulter par les autres gamins. Par leurs parents. Par les profs. Tout le monde était au courant de ce qu'avait fait mon père. Aujourd'hui encore, les gens continuent d'en parler. J'en voulais au monde entier. Je piquais des colères terribles. Je cassais tout.

Il s'arrêta à un feu rouge. Il respirait avec difficulté.

— Après la naissance de Christopher, je suis devenu encore plus intenable, et quand il a eu cinq ans, il s'est mis à m'imiter, à exploser en plein dîner, à jeter son assiette par terre ou contre les murs. Ma mère était enceinte d'Ireland à l'époque, et Vidal et elle ont décidé de me faire suivre par un psy.

Le portrait qu'il venait de brosser de l'enfant qu'il avait été – effrayé, blessé, exclu, qui n'arrivait pas à trouver sa place dans la nouvelle vie de sa mère – m'avait tiré des larmes.

— Ils venaient me voir à la maison – la psy et l'étudiant dont elle supervisait la thèse de doctorat. Au début, tout se passait bien. Ils étaient gentils, avenants, patients. Mais la psy s'est mise à passer de plus en plus de temps avec ma mère, qui vivait une grossesse difficile en plus d'avoir à s'occuper de deux garçons très turbulents. Je me suis retrouvé souvent seul avec l'étudiant.

Repérant une place de stationnement libre, Gideon se gara et coupa le moteur. La jointure de ses doigts avait blanchi sur le volant et il déglutit péniblement. La pluie, qui tombait dru depuis un moment, se calma, et au milieu du silence je chuchotai :

— Tu n'as pas besoin de m'en dire plus.

Je débouclai ma ceinture de sécurité pour me rapprocher de lui et lui caresser le visage.

Ses narines frémirent tandis qu'il prenait une brève inspiration.

— Il me faisait jouir. Chaque fois. Il ne s'arrêtait qu'une fois que j'avais éjaculé pour pouvoir dire que j'aimais ça.

Je me débarrassai de mes chaussures, puis lui écartai les mains du volant pour m'asseoir sur ses genoux et le prendre dans mes bras. Il m'étreignit avec une telle force qu'il me fit mal, mais je me gardai bien de m'en plaindre. La rue dans laquelle nous étions garés était noire de monde, que ce soit sur la chaussée ou sur les trottoirs, mais nous nous en moquions. Il tremblait violemment, comme s'il sanglotait de manière incontrôlable, mais n'émettait pas le moindre bruit et ne versait aucune larme.

Le ciel se mit à pleurer à sa place, déversant de nouveau des trombes d'eau qui s'abattaient rageusement sur le pare-brise.

J'encadrai son visage de mes mains et pressai ma joue humide contre la sienne.

— Chut, mon cœur, murmurai-je. Je comprends. Je sais ce que tu ressens. Je sais comment ces gens-là sont fiers d'eux après. Je connais la honte, la confusion et la culpabilité. Ce n'est pas ta faute. Tu ne voulais pas. Ça ne te plaisait pas.

— Je me suis laissé faire, au début, souffla-t-il. Il disait que c'était lié à mon âge, aux hormones... qu'il fallait que je me masturbe, que ça me calmerait. Que je serais moins en colère. Il me touchait, il me disait qu'il allait me montrer comment faire. Que je m'y prenais mal...

— Gideon, non.

Je m'écartai de lui pour le regarder. Je n'imaginais que trop bien comment les choses avaient évolué à partir de là, tout ce qu'on avait pu lui dire pour qu'il ait l'impression d'être lui-même l'instigateur de son propre viol.

— Tu étais un enfant entre les mains d'un adulte manipulateur. Ces gens-là rejettent la culpabilité sur nous pour s'en délivrer, mais ils mentent.

Ses yeux paraissaient immenses et sombres dans son visage très pâle. Je pressai doucement mes lèvres contre les siennes.

— Je t'aime. Et je te crois. Et rien de ce qui s'est passé n'est ta faute.

Gideon me maintint la tête tandis qu'il m'embrassait avec une ardeur presque désespérée.

— Ne me quitte pas.

— Te quitter ? Pas question. Je vais t'épouser.

Il inhala brièvement, puis m'attira contre lui et fit courir ses mains sur mon corps.

Des coups impatients retentirent contre la vitre et je sursautai. Un agent de la circulation en tenue de pluie et gilet fluorescent nous fixait de l'autre côté du pare-brise, les sourcils froncés sous la visière de sa casquette.

— Je vous donne trente secondes pour déguerpir, sinon, je vous dresse un procès-verbal pour attentat à la pudeur.

Affreusement embarrassée, les joues en feu, je regagnai maladroitement mon siège. Gideon attendit que j'aie bouclé ma ceinture pour démarrer, se toucha le front pour saluer l'agent, puis s'engagea sur la chaussée.

Il s'empara alors de ma main, la porta à ses lèvres avant de murmurer :

— Je t'aime.

Je me figeai, le cœur battant.

Entrelaçant ses doigts aux miens, il posa nos mains jointes sur sa cuisse. Le va-et-vient rythmé des essuie-glaces semblait faire écho aux battements de mon cœur.

J'avais une boule dans la gorge.

— Tu veux bien répéter ? articulai-je.

Il ralentit à l'approche d'un feu tricolore et me regarda. Il semblait infiniment las, comme s'il avait épuisé toutes ses réserves d'énergie – et Dieu sait qu'il en avait ! Mais son regard était brillant et chaleureux, et le pli de sa bouche tendre et plein d'espoir.

— Je t'aime, répéta-t-il. Le mot est loin d'exprimer ce que je ressens pour toi, mais je sais que tu as envie de l'entendre.

— J'en ai besoin, acquiesçai-je à voix basse.

— Du moment que tu saisis la différence.

Le feu passa au vert et il accéléra.

— L'amour, on le surmonte, on s'en remet, on peut vivre sans et aller de l'avant. Le perdre et le retrouver. Cela ne peut pas m'arriver. Je ne te survivrais pas, Eva.

Le regard qu'il me lança me coupa le souffle.

— Tu m'obsèdes, Eva. Tu es ma drogue. Tu es tout ce que j'ai toujours voulu, tout ce dont j'ai besoin, tout ce dont j'ai rêvé. Tu es tout. Je ne vis et ne respire que par toi. Pour toi.

Je posai ma main libre sur nos mains jointes.

— La vie te réserve encore tellement de choses, Gideon. Tu ne le sais pas encore, c'est tout.

— Je n'ai besoin de rien d'autre. Quand je me lève le matin, c'est parce que je sais que tu existes que je peux affronter le monde.

Il bifurqua au coin de la rue, ralentit et se gara au pied du Crossfire, juste derrière la Bentley. Il coupa le contact, défit sa ceinture et ajouta, après avoir pris une profonde inspiration :

— Grâce à toi, le monde a pris un sens qu'il ne possédait pas auparavant. J'y ai ma place, désormais, avec toi.

Je compris soudain pourquoi il avait travaillé si dur, pourquoi il avait connu une réussite aussi insensée alors qu'il était si jeune. Depuis la mort tragique de son père, Gideon n'avait eu de cesse de trouver sa place dans le monde. De ne plus se sentir exclu.

Il me caressa la joue de ses doigts repliés. Cette tendresse-là m'avait tellement manqué que j'en aurais pleuré de bonheur.

— Quand me reviendras-tu ? chuchotai-je.

— Dès que je pourrai, dit-il avant de déposer un baiser sur mes lèvres. Attends.

19

De retour au bureau, je trouvai un message de Christopher sur mon répondeur, mais hésitai à poursuivre ma croisade pour connaître la vérité. Christopher n'était pas le genre d'homme que j'avais envie de fréquenter plus avant.

Le regard de Gideon quand il m'avait parlé de son passé et le son de sa voix, si rauque au souvenir de la honte qu'il avait éprouvée, me hantaient encore.

Je ressentais sa souffrance comme s'il s'agissait de la mienne.

Je n'avais pas le choix. Je rappelai Christopher et lui proposai de déjeuner avec moi.

— Déjeuner avec une belle femme ? répondit-il avec un sourire dans la voix. Mais comment donc ! Et que diriez-vous d'aujourd'hui ? À la trattoria où nous sommes allés la dernière fois ?

— Parfait, répondis-je.

Nous convînmes de nous retrouver à midi. Je venais à peine de raccrocher que Will apparut.

— J'aurais besoin de ton aide, fit-il avec un regard suppliant.

— Pas de problème, dis-je en me forçant à sourire.

À midi, je descendis retrouver Christopher qui m'attendait dans le hall. Ses courts cheveux châtains étaient ébouriffés et son regard vert étincelait. En pantalon noir et chemise blanche aux manches retroussées, il paraissait sûr de lui et était séduisant. Mais quand il me décocha un sourire, je réalisai soudain que je ne pouvais pas lui demander ce qu'il avait dit à sa mère des années auparavant. Il n'était lui-même qu'un petit garçon qui vivait au sein d'une famille perturbée.

— Votre appel m'a surpris, dit-il d'emblée. Mais j'avoue que je suis curieux d'en connaître la raison. Je me demande si ce ne serait pas en rapport avec le fait que Gideon s'est remis avec Corinne.

Cette déclaration me fit mal. Très mal, même. Je savais que ce n'était pas vrai. Je n'avais aucun doute à ce sujet. Mais je voulais que Gideon m'appartienne complètement et que tout le monde le sache.

— Pourquoi le haïssez-vous autant ? demandai-je en m'engageant dans la porte à tambour du Crossfire.

Le tonnerre grondait encore au loin, mais la pluie avait cessé, laissant les trottoirs noirs et luisants.

Christopher me rejoignit sur le trottoir, et quand il posa la main au creux de mes reins, je ne pus réprimer un frisson de répulsion.

— Pourquoi cette question ? s'étonna-t-il. Vous souhaitez que nous échangions nos notes à son sujet ?

— Pourquoi pas ? répliquai-je.

À la fin du déjeuner, j'avais une idée assez précise de ce qui alimentait la haine de Christopher pour son demi-frère. Christopher ne se souciait que de lui-même. Gideon était plus beau que lui, plus riche, plus puissant, plus sûr de lui... plus *tout*. Christopher était tout bêtement dévoré par la jalousie. Ses souvenirs de Gideon exprimaient clairement que ce dernier avait toujours été au centre de l'attention. Mais ce qu'il ne lui pardonnait pas, c'était d'avoir transposé leur rivalité fraternelle sur le plan professionnel en devenant l'actionnaire majoritaire de Vidal Records. Je pris mentalement note de demander à Gideon ce qui l'avait poussé à agir ainsi.

Alors que nous venions de nous arrêter au pied du Crossfire, un taxi se rangea le long du trottoir, projetant une gerbe d'eau sale. Réprimant un juron, je m'écartai vivement et faillis heurter Christopher.

— J'aimerais vous revoir, Eva. Vous inviter à dîner, peut-être ?

— On s'appelle, me défilai-je. Mon colocataire ne va pas bien du tout en ce moment, et je dois m'occuper de lui.

— Vous avez mon numéro, dit-il en déposant un baiser sur le dos de ma main qui me souleva le cœur. Et je sais comment vous joindre.

Je regagnai avec soulagement le hall du Crossfire. Alors que je me dirigeais vers les tourniquets, l'un des employés chargés de la sécurité m'arrêta.

— Mademoiselle Tramell, voulez-vous me suivre, s'il vous plaît ? dit-il en souriant,

Intriguée, je l'accompagnai jusqu'au petit bureau dans lequel on m'avait remis mon badge le jour de mon embauche. Il m'ouvrit la porte, et je découvris Gideon qui m'attendait à l'intérieur.

Appuyé contre le bureau, les bras croisés, il affichait une expression à la fois narquoise et amusée. La porte se referma derrière moi et il secoua la tête en soupirant.

— Y a-t-il d'autres personnes de mon entourage que tu as l'intention de harceler à mon sujet ? s'enquit-il.

— Tu recommences à m'espionner ?

— Je te couve d'un regard protecteur.

— Comment sais-tu si je l'ai harcelé ou non ? répliquai-je en haussant les sourcils.

Son sourire s'élargit.

— Parce que je te connais.

— Eh bien, figure-toi que je ne l'ai pas harcelé. Vraiment, insistai-je tandis qu'il me jetait un regard incrédule. J'en avais l'intention mais, finalement, je me suis abstenue. Tu peux m'expliquer ce que nous faisons dans cette pièce ?

— C'est une sorte de croisade à laquelle tu te livres, mon ange ?

— Est-ce que tu réalises que tu prends très calmement le fait que je viens de déjeuner avec Christopher ? Et que je réagis moi aussi très calmement au fait que tu passes tout ton temps libre avec Corinne ? Nos réactions sont totalement différentes de ce qu'elles étaient il y a un mois.

Il était différent. Il sourit et la façon dont ses lèvres s'incurvèrent me fit fondre.

— Nous nous faisons mutuellement confiance, Eva. C'est agréable, tu ne trouves pas ?

— Que je te fasse confiance ne m'empêche pas d'être déconcertée par ce qui se passe entre nous.

Il s'approcha de moi et déposa un baiser tendre sur mes lèvres.

— Je t'aime.

— Tu es de plus en plus doué pour le dire.

Il m'effleura les cheveux du bout des doigts.

— Tu te souviens de la nuit où tu as fait ce cauchemar, alors que j'étais sorti ? Tu te demandais où j'étais.

— Je me le demande toujours.

— Je suis allé à l'hôtel vider la chambre. Ma garçonnière, comme tu l'appelles. T'expliquer cela alors que tu étais en train de rendre tripes et boyaux ne m'a pas semblé opportun.

Un soupir de soulagement franchit mes lèvres.

— J'avais complètement oublié l'existence de cette chambre jusqu'à ce que tu en parles chez le Dr Petersen, continua-t-il. Nous savons tous deux que je n'en aurai plus jamais l'usage. Ma petite amie est davantage portée sur les moyens de transport que sur les lits, conclut-il en ouvrant la porte.

Il me décocha un sourire malicieux et sortit. Je le regardai s'éloigner. Un tas de pensées se bousculaient dans ma tête, mais je décidai de faire le tri plus tard, quand j'aurais vraiment le temps de les examiner une à une.

En rentrant chez moi, à la fin de la journée, je fis un crochet pour acheter une bouteille de jus de pomme pétillant en guise de champagne. La Bentley me suivait toujours, mais cela ne me dérangeait plus.

Le Dr Petersen avait raison. L'abstinence m'avait éclairci les idées. D'une certaine façon, cette séparation nous avait rendus plus forts, Gideon et moi. Elle nous avait permis de nous apprécier davantage l'un l'autre et de moins tenir certaines choses pour acquises. J'aimais Gideon plus que jamais alors que je m'apprêtais à passer une petite soirée tranquille avec mon colocataire, que j'ignorais où il était et avec qui. Cela ne m'inquiétait absolument pas parce que je savais que j'étais dans ses pensées et dans son cœur.

Mon portable sonna et je le pêchai au fond de mon sac. Le nom de ma mère s'afficha à l'écran, je répondis.

— Bonjour, maman.

— Je ne comprends pas ce qu'ils cherchent ! gémit-elle. Ils ne laissent pas Richard tranquille. Ils sont allés récupérer les films des caméras de sécurité à son bureau, aujourd'hui.

— Les inspecteurs ?

— Oui. Ils n'arrêtent pas de fouiner. Qu'est-ce qu'ils veulent à la fin ?

— Mettre la main sur un tueur, répondis-je en m'engageant dans ma rue. Ils veulent sans doute surveiller les allées et venues de Nathan. Vérifier des dates et des heures, ce genre de choses.

— Mais c'est ridicule !

— C'est une supposition, maman. Mais ne t'inquiète pas, ils ne trouveront rien puisque Stanton est innocent. Ça finira par se tasser.

— Il a toujours été si bon, Eva, souffla-t-elle. Il est si bon pour moi.

Il y avait une note suppliante dans sa voix ; je laissai échapper un soupir.

— Je sais, maman. Je comprends. Papa aussi comprend. Tu as fait pour le mieux. Personne ne te juge. Tout va bien.

Tandis que je continuais à la rassurer, je songeai que les inspecteurs de police pourraient se faire une idée très précise de l'évolution de ma relation avec Gideon rien qu'en visionnant les enregistrements des caméras de sécurité du Crossfire.

J'entrai dans mon appartement, me dirigeai vers la cuisine.

— Appelle-moi, si tu as besoin de moi, dis-je à ma mère en posant mon sac sur le comptoir. Je ne bouge pas de chez moi ce soir.

Nous raccrochâmes et j'avisai un trench-coat que je ne connaissais pas sur le dossier d'un des tabourets du bar.

— Je suis rentrée ! criai-je à l'intention de Cary.

Je rangeai la bouteille de jus de pomme au frigo et allai prendre une douche. Je sortais de ma chambre lorsque la porte de celle de Cary s'ouvrit, livrant passage à Tatiana. J'écarquillai les yeux en découvrant le déguisement d'infirmière dont elle était affublée, avec porte-jarretelles dépassant de sa miniblouse et bas résille.

— Salut, ma cocotte, me lança-t-elle avec un petit sourire suffisant.

Juchée sur ses hauts talons, Tatiana Cherlin me dépassait d'une bonne tête. Elle avait en outre un visage et un corps à se damner.

— Prends soin de lui pour moi, ajouta-t-elle en passant devant moi.

Clignant des yeux, je la regardai disparaître dans le living puis entendis la porte d'entrée se refermer un instant plus tard.

Cary apparut sur le seuil de sa chambre, le cheveu en bataille et les joues rouges, seulement vêtu d'un caleçon. Il appuya l'épaule contre le chambranle avec un sourire satisfait.

— Salut.

— Salut. On ne s'embête pas, à ce que je vois.

— Oh que non !

— N'y vois aucun jugement de ma part, mais je croyais que c'était fini, Tatiana et toi.

— Je n'ai jamais pensé que quoi que ce soit avait commencé. Elle a débarqué aujourd'hui pour se répandre en excuses parce qu'elle était à Prague, qu'elle vient de rentrer et qu'elle n'a appris ce qui m'était arrivé que ce matin. Elle s'est amenée dans cette tenue, comme si elle avait deviné ce qui se passait dans ma cervelle de tordu.

— Elle te connaît bien, j'imagine, dis-je en adoptant la même pose que lui.

— Faut croire, oui, répondit-il avec un haussement d'épaules. On verra ce que ça donnera. Elle sait que Trey fait partie de ma vie et que je tiens à lui. Trey, en revanche... ça ne va pas lui plaire, c'est sûr.

— Qu'est-ce que tu dirais d'oublier nos proches et de se faire un marathon de films d'action ? proposai-je, peu désireuse de débattre de ce sujet avec lui. J'ai acheté du champagne sans alcool.

Il haussa les sourcils.

— Quel intérêt ?

— Tu ne peux pas mélanger médocs et alcool, lui rappelai-je.

— Tu as zappé le krav maga ?

— Je me rattraperai demain. J'avais envie de passer la soirée avec toi. Affalée sur le canapé, à manger de la pizza avec des baguettes et des plats chinois avec les doigts.

— J'aime bien ton petit côté prude, mais j'adore carrément ton côté rebelle, déclara-t-il avec un grand sourire. Et je suis partant pour la soirée canap'.

Parker retomba lourdement sur le tapis en laissant échapper un grognement et je poussai un cri, fière de ma prouesse.

Renverser un type aussi costaud que lui n'était pas un mince exploit. J'avais eu beaucoup de mal à me concentrer ces deux dernières semaines, mais il avait quand même réussi à m'enseigner quelques petites choses.

Riant, Parker me tendit la main pour que je l'aide à se relever.

— Bien, me félicita-t-il. Très bien, même. Tu pètes le feu, ce soir, dis donc !

— Merci. On recommence ?

— Fais une pause de dix minutes et profites-en pour te réhydrater. Il faut que je parle à Jeremy avant qu'il s'en aille.

Jeremy était l'un des profs, un type immense que je ne me sentais pas encore prête à affronter, même si j'avais déjà vu des filles minuscules l'envoyer au tapis.

Je ramassai ma serviette et ma bouteille d'eau et me dirigeai vers les gradins d'aluminium qui bordaient la salle. Je ralentis le pas quand j'aperçus un des flics qui étaient venus chez moi. L'inspecteur Shelley Graves n'était pas en tenue de travail, cependant. Elle portait des vêtements de sport et ses cheveux étaient attachés en queue-de-cheval.

Comme elle venait d'entrer et que les gradins se trouvaient à côté de la porte, je me retrouvais à avancer droit sur elle. Je m'efforçai d'adopter une démarche nonchalante.

— Bonsoir, mademoiselle Tramell, me salua-t-elle quand j'arrivai à sa hauteur. C'est amusant de se croiser ici. Vous suivez les cours de Parker depuis longtemps ?

— Environ un mois. Contente de vous voir, inspecteur.

— Sûrement pas, répliqua-t-elle avec un sourire narquois. Et vous ne le serez pas davantage quand nous aurons fini de bavarder.

Je fronçai les sourcils, troublée par cette réponse sibylline.

— Je ne peux vous parler qu'en présence de mon avocat, lui rappelai-je cependant.

Elle écarta les bras.

— Je ne suis pas en service. De toute façon, vous n'avez rien à dire. C'est moi qui vais parler, enchaîna-t-elle en désignant les gradins.

J'y pris place à contrecœur. J'avais toutes les raisons de me méfier.

— Si nous montions un peu plus haut ? suggéra-t-elle en poursuivant son ascension jusqu'en haut.

Je me levai et la suivis.

Une fois que nous fûmes assises, elle cala les coudes sur ses genoux et regarda les élèves qui s'entraînaient.

— Ce n'est pas la même ambiance ici, le soir, observa-t-elle. D'ordinaire, je viens dans la journée. Je m'étais promis que si je vous croisais un jour que je n'étais pas en service, je vous parlerais. Mais, franchement, je n'y croyais pas trop. Et contre toute attente, vous voilà. Ce doit être un signe.

Je n'étais pas convaincue par son explication.

— Vous ne me donnez pas l'impression d'être du genre à croire aux signes, répliquai-je.

— Vous n'avez pas tort. Disons que, pour une fois, je fais une exception.

Elle pinça les lèvres un moment, comme si elle réfléchissait, puis me regarda.

— Je pense que c'est votre ami, Gideon Cross, qui a tué Nathan Barker.

Je me raidis et respirai un grand coup.

— Je ne pourrai jamais le prouver, ajouta-t-elle d'un air sombre. Il est trop malin. Trop méticuleux. Il a soigneusement préparé son crime. À l'instant où il a pris la décision de tuer Nathan Parker, il n'a rien laissé au hasard.

Je ne savais pas si je devais rester ou partir – quelles seraient les conséquences de l'une ou l'autre décision. Et tandis que j'hésitais, elle poursuivit :

— Je pense que tout a commencé le lundi qui a suivi l'agression de votre colocataire. En fouillant la chambre d'hôtel dans laquelle le corps de Barker a été retrouvé, nous avons découvert des photos. Beaucoup de photos de vous, mais celles dont je vous parle concernaient votre colocataire.

— Cary ?

— Si je devais présenter cette affaire au procureur pour obtenir un mandat d'arrêt, je lui dirais que Nathan Barker a agressé Cary Taylor pour intimider et menacer Gideon Cross. Selon moi, Cross avait refusé de céder au chantage de Barker.

Mes mains se crispèrent sur ma serviette. Je ne supportais pas l'idée que Cary ait pu souffrir à cause de moi.

Graves faisait peser sur moi son regard acéré et indéchiffrable. Un regard de flic. Mon père avait ce regard-là.

— C'est là que Cross a compris que vous couriez un grave danger. Il ne se trompait pas. J'ai eu sous les yeux les preuves que nous avons collectées dans la chambre de Barker – des photos, des notes détaillées sur votre emploi du temps quotidien, des articles découpés dans la presse... jusqu'à des détritus provenant de votre poubelle. D'habitude, on ne trouve ce genre de choses que lorsqu'il est trop tard.

— Nathan me surveillait ? articulai-je, secouée par un violent frisson.

— Il épiait vos moindres faits et gestes. Le chantage qu'il a tenté d'exercer sur votre beau-père et sur Cross n'était qu'une étape dans son plan. Je pense que Barker s'est senti menacé par votre relation avec Cross. Il espérait peut-être que Cross se détournerait de vous s'il découvrait votre passé.

Gagnée par la nausée, je portai ma serviette à ma bouche pour prévenir un éventuel haut-le-cœur.

— À partir de là, voici comment les choses se sont passées selon moi, dit-elle en faisant mine de s'intéresser aux exercices des élèves. Cross prend ses distances avec vous et se met à sortir avec son ex-fiancée. D'une part pour calmer Barker, et d'autre part pour supprimer tout mobile. Pourquoi tuerait-il un homme pour une femme qu'il a laissée tomber ? Il a été très habile – il ne vous a rien dit. Vos réactions n'étaient pas simulées quand nous sommes venus vous voir et étayaient donc le mensonge de Cross.

Elle se mit à taper du pied, son corps mince vibrant d'énergie contenue.

— Cross ne sous-traite pas le boulot. Pas de témoin, aucun risque de remonter jusqu'à lui. De plus, il agit pour des raisons personnelles – pour *vous*. Il veut s'assurer que Barker ne vous menacera plus jamais. Il organise à la dernière minute une fête pour le lancement de sa vodka dans un hôtel qui lui appartient. Il convoque la presse et se laisse prendre en photo. Il dispose désormais d'un alibi en béton. Et il sait exactement où vous vous trouvez à ce moment-là, et que vous avez vous aussi un alibi en béton.

La jointure de mes doigts blanchit sur ma serviette. *Mon Dieu...*

J'avais l'impression de me déplacer à reculons dans un long tunnel sombre, tout ce que j'avais cru jusqu'alors se résumant à un minuscule point de lumière.

Graves ouvrit sa bouteille d'eau, en but une gorgée et s'essuya la bouche d'un revers de main.

— Je vous avoue que cette histoire de soirée de lancement à l'hôtel m'a posé un sacré problème. Comment démolit-on un alibi aussi solide ? J'ai dû retourner trois fois sur place pour finir par apprendre qu'un incendie s'était déclaré dans les cuisines ce soir-là. Rien de sérieux, mais on a dû évacuer l'hôtel pendant une heure. Les invités ont attendu sur le trottoir, Cross allant et venant entre l'intérieur et l'extérieur, comme le ferait n'importe quel propriétaire en pareil cas. Une demi-douzaine d'employés m'ont dit l'avoir vu et lui avoir parlé à ce moment-là, mais aucun d'eux n'a été en mesure de me révéler avec précision à quelle heure. C'était le chaos. Qui se soucie de l'heure au beau milieu d'un incendie ?

Je secouai machinalement la tête.

— J'ai chronométré la distance entre l'entrée de service de l'hôtel – où Cross s'est entretenu avec les pompiers – et l'hôtel de Barker à deux rues de là : moins de quinze minutes aller-retour. Barker a été tué d'un seul coup de poignard en plein cœur. Pas de blessures défensives, son corps gisait à côté de la porte. À mon avis, il a ouvert à quelqu'un qu'il attendait et l'affaire a été réglée en moins d'une minute. Cerise sur le gâteau, l'hôtel où logeait Barker appartient à l'une des filiales de Cross Industries et les caméras de sécurité venaient juste de tomber en panne à cause de travaux d'amélioration qui s'éternisent depuis des mois.

— Coïncidence, dis-je d'une voix enrouée.

— Bien sûr. Pourquoi pas ? répondit Graves en haussant les épaules.

Mais le regard qu'elle m'adressa me dit qu'elle *savait*. Elle ne pouvait pas le prouver, mais elle savait.

— Je pourrais continuer à passer du temps sur cette affaire pendant que les dossiers s'empilent sur mon bureau, mais à quoi cela servirait-il ? Cross ne représente pas un danger pour la société. Mon coéquipier vous dirait que c'est un crime de faire justice soi-même et, d'ordinaire, je suis d'accord avec lui. Mais Nathan Barker avait l'intention de vous tuer. Peut-être pas la semaine prochaine. Peut-être pas l'année prochaine. Mais un jour il l'aurait fait.

Elle se leva, épousseta son pantalon et ramassa sa bouteille d'eau et sa serviette sans se soucier de mes sanglots irrépressibles.

Gideon... Je pressai ma serviette sur mon visage, bouleversée.

— J'ai brûlé mes notes, poursuivit-elle. Mon coéquipier estime, tout comme moi, que nous sommes dans une impasse. Personne ne regrette la disparition de Nathan Barker. Son propre père m'a confié qu'à ses yeux son fils était déjà mort depuis des années.

Je la regardai en clignant des yeux pour chasser mes larmes.

— Je ne sais pas quoi dire.

— Vous avez rompu avec lui le lendemain de notre visite à votre domicile, n'est-ce pas ?

Elle hocha la tête tandis que j'acquiesçais.

— Il était au commissariat quand vous l'avez appelé. Il faisait sa déposition. Il a quitté la pièce, mais je le voyais à travers la porte vitrée. Je n'ai vu une telle souffrance sur un visage que lorsque je dois annoncer le décès d'un proche à quelqu'un. Pour être franche, c'est pour ça que j'avais envie de vous parler si je vous croisais un jour – pour que vous retourniez auprès de lui.

— Merci, lui dis-je du fond du cœur.

Elle secoua la tête, commença à descendre les gradins, puis s'immobilisa, se retourna et me lança :

— Ce n'est pas moi qu'il faut remercier.

Je ne me souviens pas d'avoir quitté la salle ni d'avoir dit à Clancy de me conduire chez Gideon. Je ne me souviens pas d'avoir signé le registre de la réception ni d'avoir pris l'ascenseur. Une fois sur le palier, cependant, je me suis arrêtée et je me suis demandé comment je m'étais retrouvée là.

J'ai appuyé sur la sonnette et j'ai attendu. Comme personne ne venait m'ouvrir, je me suis laissée tomber sur le sol, le dos à la porte.

C'est là que Gideon m'a découverte. Les portes de l'ascenseur se sont écartées, il est sorti et s'est figé sur place en me voyant. Il portait sa tenue de sport et ses cheveux étaient humides de sueur.

— Je n'ai plus de clef, ai-je expliqué pendant qu'il me regardait sans rien dire.

Je ne me suis pas levée parce que je n'étais pas sûre que mes jambes me supporteraient. Il s'est accroupi devant moi.

— Qu'est-ce qui se passe, Eva ?

— J'ai croisé l'inspecteur Graves, ce soir. Ils classent l'affaire.

Il laissa échapper un long soupir.

Un soupir qui confirma ce que je savais déjà.

Le regard de Gideon s'assombrit quand il comprit que je savais. La vérité planait au-dessus de nous, presque palpable.

Je pourrais tuer pour toi, renoncer à tout ce que je possède pour toi, mais jamais je ne renoncerai à toi.

Il s'agenouilla sur le sol de marbre, tête baissée, et attendit.

Je me redressai, m'agenouillai à mon tour devant lui. Lui soulevai le menton. Lui caressai le visage de mes doigts et de mes lèvres. Murmurant tout contre sa peau :

— Merci... merci... merci.

Il m'entoura de ses bras et m'attira à lui, la tête nichée au creux de mon cou.

— Qu'allons-nous faire, à présent, Eva ?

Je l'enlaçai.

— Ce qu'il faudra. Ensemble.

Remerciements

Je suis infiniment reconnaissante à Cindy Hwang et Leslie Gelbman pour leur soutien et leurs encouragements et, plus important encore, d'avoir aimé l'histoire d'Eva et de Gideon. Il faut de la passion pour écrire un livre et il faut aussi de la passion pour le vendre. Je les remercie d'être aussi passionnées.

Il y aurait de quoi écrire un livre sur toutes les raisons que j'ai de remercier mon agent, Kimberly Whalen. La trilogie Crossfire est une énorme multinationale qui requiert des efforts colossaux, et rien n'échappe à Kimberly. Sa vigilance me permet de me consacrer à ma part de notre collaboration – l'écriture ! – et c'est pour cela que je l'aime.

Cindy, Leslie, Kim, Claire Pelly et Tom Weldon ont été épaulés par les dynamiques équipes de Penguin et Trident Media Group. J'aimerais pouvoir citer tout le monde nommément, mais il y aurait des dizaines de personnes à remercier de leur dur labeur et de leur enthousiasme. Penguin et Trident veillent sur la trilogie Crossfire à une échelle mondiale et je leur suis infiniment reconnaissante du temps qu'ils ont consacré à mes livres.

Ma plus profonde gratitude à l'éditrice Hilary Sares qui a joué un rôle fondamental dans la création de la série Crossfire.

Un grand merci à mon publiciste, Gregg Sullivan, qui me simplifie la vie de bien des façons.

Je dois aussi remercier tous les éditeurs internationaux (plus d'une trentaine à l'heure où j'écris ceci) d'avoir accueilli Eva et Gideon dans leur pays et de les avoir fait découvrir à leurs lecteurs. Vous avez tous été absolument merveilleux et je vous en sais gré.

Et à tous les lecteurs du monde entier qui ont aimé l'histoire d'Eva et de Gideon : merci ! Quand j'ai écrit *Dévoile-moi,* j'étais persuadée que je serais la seule à l'apprécier. C'est un tel bonheur de savoir que vous aussi vous l'aimez, et que nous suivons le voyage d'Eva et de Gideon ensemble. Mieux vaut être accompagnée d'amis pour parcourir des routes semées d'embûches !

Auteure de renommée internationale, classée n° 1 sur les listes du *New York Times*, Sylvia Day a écrit une douzaine de romans primés, traduits dans plus de trente-six langues.

Elle a été nominée pour le prix Goodreads du meilleur auteur, et son œuvre a été récompensée par le prix Amazon dans la catégorie « Meilleure Romance de l'année ». Elle a également reçu le prix Romantic Times et a été nominée à deux reprises pour le prestigieux RITA Award.

Rendez-lui visite sur son site Internet officiel : www.sylviaday.com, sur sa page Facebook : facebook.com/authorsylviaday et suivez-la sur Twitter : twitter.com/sylday

Composition
NORD COMPO
Achevé d'imprimer en Espagne
par CPI
le 10 octobre 2014.
1er dépôt légal dans la collection : février 2013
EAN 9782290064993
OTP L21EDDN000424B012
Éditions J'ai lu
87, quai Panhard-et-Levassor, 75013 Paris
Diffusion France et étranger : Flammarion